호주로 순간을 칠하다

호주로 순간을 칠하다

발행일 2018년 5월 11일

지은이 윤 동 주
펴낸이 손 형 국
펴낸곳 (주)북랩
편집인 선일영 편집 권혁신, 오경진, 최승헌, 최예은
디자인 이현수, 김민하, 한수희, 김윤주, 허지혜 제작 박기성, 황동현, 구성우, 정성배
마케팅 김회란, 박진관
출판등록 2004. 12. 1(제2012-000051호)
주소 서울시 금천구 가산디지털 1로 168, 우림라이온스밸리 B동 B113, 114호
홈페이지 www.book.co.kr
전화번호 (02)2026-5777 팩스 (02)2026-5747

ISBN 979-11-6299-118-3 03810(종이책) 979-11-6299-119-0 05810(전자책)

이 도서의 국립중앙도서관 출판예정도서목록(CIP)은 서지정보유통지원시스템 홈페이지(http://seoji.nl.go.kr)와 국가자료공동목록시스템(http://www.nl.go.kr/kolisnet)에서 이용하실 수 있습니다.
(CIP제어번호 : CIP2018014200)

영어 초보자의 고군분투 **호주 워킹홀리데이**

호주로 순간을 칠하다

윤동주 지음

브리즈번(Brisbane) 시티 홀(City hall) 광장. 시계탑 앞에서 나는 길 잃은 아이처럼 우두커니 서 있었다. 분노가 치밀어 올라 몸이 떨려 벤치에 느긋하게 앉아 있을 수가 없었다.

다시 전화를 걸어보았지만 역시나 통화 연결음만 이어질 뿐 아무도 받지 않았다. 이로써 벌써 20통째였다. 이제는 확신이 들었다. 아니, 처음 전화를 받지 않을 때부터 이미 잘못되었다는 것을 어렴풋이 느끼고 있었지만, 아닐 거라는 희망을 놓지 않았을 뿐이었다.

치현이 형 말대로였다. 사장은 도망쳤고 나는 낙동강 오리알 신세가 되어버렸다. 호주(Australia)로 워킹홀리데이(Working holiday)를 오면서 환상적인 생활만을 꿈꾼 것은 아니었다. 하지만 내가 이런 일을 당할 거라고는 단 한 번도 생각해 본 적이 없었다.

나는 다시 휴대폰을 집어 들고 사장에게 문자를 보내기 시작했다.

"이 X같은 사장님. 혼자 잘먹고 잘살지 말고 그냥 하시는 일 다 말아먹어 버렸으면 좋겠네요. 어떻게 같은 한국인끼리 이러는지 하나도 이해 가지 않네요. 그냥 결론은 당신이 쓰레기라는 거예요. 어디 가서 한국인이라고 하고 다니지 마세요." 나는 휴대폰을 주머니 속에 찔러 넣어버렸다. 속에서 천불이 났지만 이것 말고는 내가 사장에게 할 수 있는 것은 아무것도 없었다. 청소회사 사장의 전화번호 말고는 이름, 주소, 나이 등 아무것도 아는 것이 없었다. 정말 대책 없는 멍청이였다.

나는 브리즈번 시티 홀 광장 주위를 한 바퀴 둘러보았다. 전 세계에서 모인 다양한 인종의 사람들이 바쁘게 움직이고 있었다. 같은 공간에 있었지만 나만 다른 세상에 갇힌 것 같은 기분이 들었다. 그렇게 사람들을 보고 있자니 갑자기 서러움이 북받쳤다. 이제는 분노마저도 사그라들었다. 마땅히 분노를 표출할 대상이 없어서일지도 모른다. 사장은 순식간에 사라졌고 나는 바보같이 사람을 너무 믿었었다.

사실상 호주 생활에 문제가 될 만한 큰일은 아니었지만 머나먼 호주 땅에서 혼자 지내고 있는 나에게는 남북 전쟁보다 더 큰 문제로 느껴졌다. 이런 수모를 당하려고 내가 워킹홀리데이를 왔나 싶은 회의감도 들었다. 주위를 한 번 더 둘러보았지만 내 옆에는 아무도 없었다. 여기서 나의 서러움을 받아줄 사람은 없었다.

하… 대책 없는 멍청이. 하하. 쓴웃음이 나왔다. 나는 마음을 추스르고 벤치에 앉았다. 조금 진정이 됐는지 이런저런 생각들이 머릿속을 헤집고 지나갔다. 호주로 워홀(워킹홀리데이)을 온 것에 대한 회의감이 들어서였을까. 불현듯 머릿속에서는 호주로 오기 전, 한국에서의 생활이 생각나기 시작했다. 과거를 회상해보니 그래도 '호주의 대책 없는 멍청이'가 '한국의 철없는 막둥이'보다는 나은 타이틀 같았다. 이럴 때 말장난이라니. 어이가 없어서 또다시 웃음이 나왔다.

한국에서 나는 1남 2녀 중 막내로 태어났다. 유복한 가정에서 막둥이인 데다가 장남으로 태어나 어릴 때부터 응석받이로 자랐다. 초등학교 1학년 때는 집안 여기저기에 빨간색 차압 딱지가 붙었지만 내가 그것이 무엇인

지 알기에는 너무 어린 나이였다. 집안에 여러 문제가 있었지만 나는 언제나처럼 철부지 막둥이로 자랐다.

중학생 때 학교는 내 세상이었다. 선생님에게는 예의 없게 굴었고 친구들 사이에서는 껄렁거리는 아이였으며 후배들에게는 무서운 선배였다. 정말 철없이 놀고 다녔다. 고등학교를 서울로 가게 되면서 처음으로 부모님과 떨어지게 되었지만, 서울에서도 여전히 막둥이였다. 대학교 때문에 서울로 올라온 누나들과 함께 살면서 누나들이 내 뒷바라지를 모두 해 주었고 어린 나이에 부모님과 떨어져 사는 것이 부모님에게는 걱정이었는지 더욱더 나를 보호해 주셨다. 그런 집안 환경은 내가 대학교에 진학하고 나서도 크게 바뀌지 않았다. 나는 그저 부모님과 누나들에게는 철없는 막내였을 뿐이었고 그렇게 자란 나는 우유부단하고 두려움이 많으며 남들에게 의존하는 철부지가 되어 있었다.

그래서였을까. 언제부턴가 혼자서 살아가는 삶에 대해 동경을 가지게 되었다. 그러던 중 알게 된 것이 워킹홀리데이였다. 나는 25살이라는 적지 않은 나이였기에 빠르게 준비를 했고 26살에 곧바로 호주로 워킹홀리데이를 떠났다.

호주로 떠나 올 때 '새로운 나로 거듭나자!'와 같은 거창한 목표는 없었다. 그저 많은 것을 경험하고 느끼고 싶었다. 물론 그 과정에서 생기는 조금의 변화는 기대했었다. 아프니까 청춘이고 아픈 만큼 성장한다는 말처럼.

호주를 온 뒤로 나는 변하고 있었다. 그건 나 스스로도 확실히 느낄 수 있었다. 나는 더 이상 우유부단하고 투정 많은 응석받이가 아니다. 호주로 온 지 6개월이 지났지만, 앞으로도 호주에서 지낼 시간이 많이 남았다. 일도 계속하고 여행도 다니겠지. 때론 지금 같이 뭣 같은 경우도 종종 마주할 것이다. 물론 두려움도 있었다. 이보다 더한 일이 생기지 말란 법도 없지 않은가. 그리고 나는 아직 문제가 발생했을 때의 대처법도 확실히 알지 못했다.

하지만 지금까지 잘해 온 것처럼 앞으로도 잘해나갈 것이다. 호주는 그런 곳이었다. 나를 믿게 만드는 곳. 혼자라서 고독하기보다는 혼자라서 나 자신을 더 의지하게 만드는 곳. 그래서 나는 호주가 좋다. 사장이 임금을 주지 않고 도망친 사건은 그저 작은 해프닝으로 치부해도 좋을 만큼.

휴. 사장한테 뒤통수를 제대로 한 대 갈겨 맞고 나니 별의별 생각이 다 드는구나 싶었다. 나는 벤치에서 일어나 집 방향으로 몸을 돌렸다. 그리고 수많은 사람들 사이로 끼어들었다. 그러자 마음이 한결 편안해지는 것을 느꼈다. 집으로 가는 길에 나는 다시 주머니에 넣은 휴대폰을 꺼내서 문자를 보냈다.

"어머니. 아들은 호주에서 잘 지내고 있습니다. 그러니 걱정 마세요."

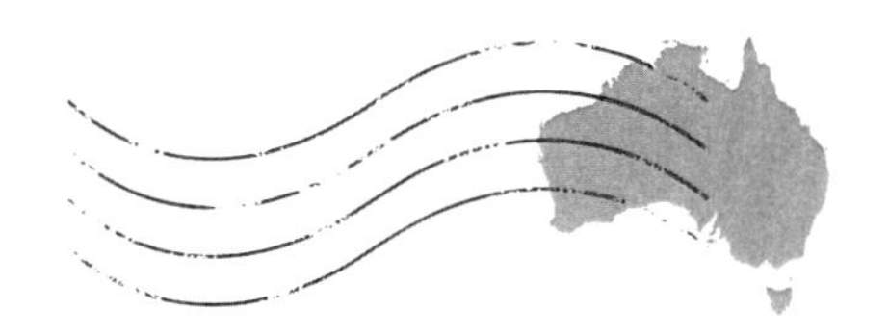

CONTENTS

데이오프

취미를 넘다

호주 워킹 '홀리데이'

가자, 한국으로

워킹홀리데이? 워킹홀리데이!

"세상의 유일한 기쁨은 시작하는 것이다." 이탈리아(Italy)의 시인
체사레 파베세(Cesare Pavese, 1908~1950년)가 남긴 말이다.
그래, 어떻게 될지는 모른다. 그렇지만 한번 시작해보자!

내가 가는 길

휴대폰 사진첩에 들어가 내가 저장해 놓은 사진들을 보기 시작했다. '오페라 하우스(Opera house)' '하버 브리지(Harbour bridge)' '그레이트 오션로드(Great ocean road)' '그레이트 배리어 리프(Great barrier reef)' 등 천혜의 자연환경과 웅장한 건축물이 눈부시도록 아름다운 몇 장의 사진으로 남아 있었다. 호주에 가기 전, 페이스북(Facebook)에 올라온 호주에 관한 사진들을 보고 나는 막연한 동경심이 생겨 내 휴대폰에 저장해 놓았다. 사진으로 볼 때마다 느끼는 거였지만 하나하나 아름답지 않은 곳이 없었다. 나는 어린아이가 놀이동산을 꿈꾸듯 호주라는 나라의 환상에 젖어 있었다.

나는 우유부단하고 두려움이 많은 아이였다. 막내에다가 장남으로 태어나 부모님과 두 명의 누나 밑에서 보살핌을 받으며 자란 탓일지도 모른다. 하지만 언제부터인가 막둥이라는 호칭이 영 마음에 들지 않았다.

서울권 대학교로 진학했지만 독립할 수 없었다. 독립하기를 기대했지만 이미 서울에 살고 있던 누나들과 함께 살게 되었고 여전히 부모님과 누나들의 그늘에서 철없는 막둥이로 지냈다. 나는 독립을 원했고 혼자만의 시

간을 가지기를 바랐다. 이런 나를 주위 사람들은 투정 부리는 철부지로밖에 보지 않았다. 그도 그럴 것이, 나는 확고한 신념도, 아무런 준비도 없이 그저 제재를 받지 않으며 자유롭게 지내고 싶을 뿐이었다.

그렇게 투정을 부리며 지내던 중 페이스북에 뜬 호주에 관한 사진을 보게 되었다. 사진을 보자마자 호주라는 나라에 사로잡혀 버렸다. 워낙 넓은 나라이다 보니 몇 일간의 여행보다는 워킹홀리데이로 넘어가 호주 곳곳을 둘러보고 싶었다.

예전부터 워킹홀리데이라는 제도를 알고 있었다. 내가 수능을 준비하던 고등학교 3학년일 때, 둘째 누나가 호주로 1년간 워킹홀리데이를 떠났었다. 항상 부모님과 누나들의 보살핌 아래에서 지내던 나에게는 신선한 자극이었다. 하지만 그때는 진지하게 고려해 보기에는 너무 어린 나이였다. 그렇게 워킹홀리데이는 지나간 시간 속에 묻혀버리는 듯하다가 이 몇 장의 사진들로 인해 다시금 내 머릿속에 떠오르게 된 것이다.

호주 워킹홀리데이에 대한 감정은 이전의 '독립하고 싶다'라는 감정과는 전혀 다른 감정이었다. 이전의 독립은 그저 혼자 원하는 대로 살고 싶다는 생각이 컸다면 호주 워킹홀리데이에 대한 감정은 외국으로 나가서 많은 것을 나 스스로 경험하고 느끼고 싶다는 것이었다.

하지만 여전히 우유부단하고 두려움 많은 나는 결단을 내리기 힘들었다. 무엇보다 교육과를 다니고 있었던 나로서는 임용준비를 포기해야만 워킹홀리데이를 떠날 수 있는 상황이었다. 1년, 어쩌면 2년이라는 시간을 소비하게 될 수도 있는 결정이었기에 선뜻 그 누구에게도 말하지 못하고 있었다.

혼자서 고민에 빠져 지내던 중 아버지가 가족 모두 함께 여행을 가는 것이 어떠냐며 제안하셨다. 생각할 시간이 필요했던 나에게 여행은 심신에 적잖이 영향을 줄 수 있을 것 같았다. 그렇게 우리 가족은 추석을 맞이해

3박 4일간 괌(Guam)으로 여행을 떠났다.

괌에 위치한 어느 레스토랑에서 둥근 테 안경을 쓰고 있는 동양계 미국인이 나에게 말을 걸어왔다.

“Hi. guys, table for four?”

“어? 어…저….”

“네. 저희 창가 옆에 앉을게요. 그리고 저희 더블 베이컨 버거와 하와이언 피자, 럼 스테이크 그리고 시원한 콜라 주세요.”

내가 어리바리하며 한마디도 못 하고 있을 때 둘째 누나가 말을 꺼냈다. 물론 영어로 대답했다.

괌 여행에서 모든 대화나 문의, 여행 가이드는 둘째 누나의 몫이었다. 중·고등학교 때 항상 순위권에 들던 우등생 누나. 중앙대학교 컴퓨터공학과를 졸업한 수재인 데다가 호주로 ‘워킹홀리데이’까지 다녀오면서 더욱 영어회화에 자신감이 붙은 것 같았다. 반면, 공부는 곧잘 했지만 영어에는 완전 젬병이었던 나는 식당에서의 간단한 주문조차 못 하니 민망함을 넘어 나 스스로에게 화가 나기까지 했다.

모두 다 같이 즐겁게 식사를 하고 있었지만 내 머릿속은 여전히 복잡한 심경으로 가득했다. 외국까지 와서 말 한마디 못하다니. 더욱더 영어권인 호주로 떠나고 싶다는 마음과 임용을 준비해야 한다는 생각의 대립이 팽팽해졌다. 이를테면 이성과 본능이 대립하는 것과 비슷한 맥락이었다. 젠장. 가슴이 턱하고 막혀왔다. 걱정만 많을 뿐 어느 것 하나 제대로 결정을 내리지 못하는 것이 역시나 결단력이 부족한 나였다.

혼자 고민해봤자 뫼비우스의 띠처럼 끝도 없이 이어질 것이 뻔했다. 결국, 나는 현재 내가 하는 고민에 대해 가족들에게 털어놓았다.

“네가 하고 싶은 대로 해. 휴학도 괜찮다고 보는데 목적 없는 휴학은 결사코 반대야. 동주야. 워킹홀리데이를 가는 건 정말 괜찮아.” 나의 고민에

누나가 가장 먼저 입을 뗐다.

누나의 대답에는 고민의 흔적은 없었다. 너무나도 확신에 찬 누나의 대답을 듣자 워킹홀리데이를 꼭 가야만 할 것 같았다. 하지만 흥분도 잠시, 이내 부모님 눈치가 보였다. 역시나 심각한 표정을 지으시는 아버지. "동주야. 한번 도전해 봐! 외국 나가서 살아보는 것도 큰 경험이지! 요즘은 늦은 것도 아니야~." 살짝 냉랭해진 분위기를 깬 것은 어머니의 응원이었다.

어머니의 응원에 아버지는 멋쩍은 듯 심각한 표정을 푸시고는 "조금 늦지 않니? 임용고시는 어쩔 생각이니?"라고 말씀하셨다. 가장 최대의 고민거리였던 임용고시 준비. 아버지의 말 한마디에 또다시 온갖 생각들이 머릿속을 헤집어 놨지만 그래도 이제는 결론을 내릴 때였다.

"저 임용은 조금 미룰까 해요. 솔직히 임용만이 제 길은 아니잖아요. 호주 갔다 와서 결정할게요." 너무나 담담한 말투로 대답했다.

"그래도 교육과를 갔는데 임용은 쳐 봐야지!" 아버지는 조금 격앙된 목소리로 말씀하셨다.

옆에서 조용히 듣고 있던 어머니와 누나는 나에게 응원을 해주면서 아버지를 설득하기 시작했고 곧이어 아버지는 "잘 생각해보고 결정해."라고 말을 바꾸셨다. 둘째 누나와 어머니의 응원으로 얼떨결에 동의하신 아버지. 처음 아버지 표정을 봤을 때는 걱정됐는데…. 그래도 모두 이렇게 응원해 주다니. 예상과 다른 반응에 조금 당황스러웠지만, 가족들의 열띤 응원 덕분에 손가락 끝까지 전해지는 짜릿한 전율을 오랜만에 느낄 수 있었다.

괌 여행을 마치고 한국으로 돌아가는 비행기 안, 마음속 한구석에서는 '과연 내가 쥐고 있는 것을 모두 내려놓고 떠나는 것이 맞는 걸까?'라는 의문이 들기도 했지만, 앞으로는 나의 결정에 과감해지기로 다시 한번 굳게 마음을 다졌다. 마음 한편에 남아있던 두려운 심정을 털어버리고 창밖을 바라보니 유리창에 비친 나는 입가에 옅은 미소를 머금고 있었다.

추석 연휴가 끝이 나고 가장 먼저 해야 할 일은 내가 정착할 나라와 도시를 정하는 것이었다. 워홀(워킹홀리데이) 비자로 갈 수 있는 나라는 '호주' '네덜란드(Netherlands)' '캐나다(Canada)' '영국(United Kingdom)' '일본(Japan)' '프랑스(France)' 등 21개국에 달했다. 하지만 이미 마음속으로는 광활한 영토와 세계 자연 유산을 품은, 에메랄드색의 바다를 가진 호주로 정해 놓은 상태여서 다른 곳은 알아보지 않았다.

호주는 면적이 7,741,220㎢으로 세계 6위의 크기를 자랑하고 6개의 행정구역(QLD, SA, WA, VIC, NSW, TAS)과 2개의 특별구역(NT, ACT)으로 이루어져 있다. 크고 작은 도시들이 많지만 내가 정착할 도시를 고르는 것은 크게 어렵지 않았다. 워킹홀리데이 비자로 거주하고 있는, 통칭 '워홀러'들이 많이 가는 도시들이 있기 때문이었다.

먼저 시드니(Sydney). 호주의 랜드 마크(Land mark)인 오페라 하우스가 있으며 세계 3대 미항(美港) 중 하나인 시드니항으로도 유명한 단연 호주 최대의 도시이다.

멜버른(Melbourne). 멜버른은 오세아니아의 작은 유럽이라고 불릴 만큼 유럽풍 건물들이 많다고 한다. 우리에게는 드라마 <미안하다, 사랑한다>의 촬영지로 많이 알려진 곳이다.

캔버라(Canberra). 현재 호주의 수도이며 계획도시다. 시드니의 도시 규모가 커지면서 수도였던 멜버른과 호주의 수도를 두고 이해관계가 상충하자 호주 정부에서는 새로운 수도건설을 추진하게 되면서 캔버라가 수도가 되었다는 이야기는 이미 유명하다.

브리즈번(Brisbane). 호주 제3의 도시이다. 다른 도시에 비해 큰 특징이 없던 브리즈번. 왠지 끌렸다. 내가 촌놈이라 그런지 대도시는 뭔가 부담스러웠다. 하하. 그 이유 말고도 브리즈번은 사실 둘째 누나의 정착지였었다. 솔직히 외국에 나가서 살다니… 무섭잖아! 누나에게 많은 도움을 받을 수 있을 거라는 생각에 나는 브리즈번을 선택했다.

그 외에도 세계 최대 산호초 '그레이트 배리어 리프'가 있는 케언즈(Cairns), 호주 서쪽의 낭만적인 도시 퍼스(Perth), 그리고 끝없는 모래사장으로 유명한 휴양지 골드코스트(Gold Coast)까지. 모두 '워홀러'들에게 사랑받는 도시로 유명하다.

정착지는 브리즈번으로 정했지만, 호주로 워홀을 결심한 가장 큰 이유 중 하나는 바로 케언즈였다. 유네스코 지정 세계 자연 유산인 최대의 산호초 '그레이트 배리어 리프'가 있는 곳. 스쿠버 자격증을 가지고 있는 사람은 누구나 한 번쯤 그곳에서 거대 물고기 '나폴레옹 피쉬'와 함께 투명한 바닷속을 헤엄치기를 꿈꿔 봤을 것이다. 스쿠버 자격증을 땄을 때 나에게도 꼭 한번 가보고싶은 바다 중 하나였다. 하지만 더 이상 나에겐 꿈이 아니었다. 머지않아 현실로 마주할 수 있다는 사실은 이제껏 무미건조했던 나의 일상을 붉게 물들였다.

워킹홀리데이? 워킹홀리데이!

이제 정착할 나라와 도시를 정했으니 워홀을 떠나기에 앞서 만반의 준비를 해야 했다. 이전의 나 같았으면 아무 준비 없이 떠났겠지…. 뭐, 그건 그것대로 나쁘진 않지만 이번에는 철저하게 준비를 하고 떠나고 싶었다. 하지만 준비성이라는 것이 항상 부족했던 나의 머릿속에는 곧바로 떠오르는 것이 없었다. 관련 서적을 찾아보니 워홀에 관한 가이드북들이 꽤 많이 있었다. 가이드북은 다 비슷비슷할 거라는 생각으로 표지가 가장 와 닿는 책으로 골랐지만, 독서에 익숙하지 않았던 나는 처음 몇 장만 보고는 가이드북을 책장으로 던져버렸다. 송충이는 솔잎을 먹어야 한다고 했던가. 역시 모를 때는 인터넷에서 요점만 보는 것이 나에게는 가장 적절한 방법인 것 같았다.

'자, 우선 워홀 준비를 위해서 뭐가 필요한지 볼까?'라는 생각으로 인터넷에 접속했다. 역시나 비자에 관련된 내용이 많이 있었다. 요즘은 무(無)비자로 갈 수 있는 나라들이 많아졌지만, 호주는 워홀은 물론이고 관광을 위해서도 비자가 필요한 나라이다. 많은 유학원에서 비자 대리신청을 해주겠다며 글을 올려놓았지만 '내가 결정하고 내가 실천하자'를 앞으로의 좌우명으로 정했기에 처음부터 남에게 의지하고 싶지 않았다. 나는 비자 신청 방법을 찾아보기 전에 맛보기로 호주 이민성에 들어가 보았다. 그러나 첫 화면을 보고는 바로 노트북을 덮었다. 당연하다면 당연하겠지만, 모든 게 영어였다. 나의 고질병, 영어 울렁증에 머리가 아프기 시작했다.

우선 진정한 다음 마음을 다잡고 차근차근 시작해보자. 처음부터 겁먹지 말자. 스스로 그렇게 위안을 한 뒤 컴퓨터를 켜서 비자신청 관련 블로그를 검색해 보았다. 워홀 비자 신청에는 가장 중요한 조건이 있는데 만 18세 이상 만 30세 이하의 나이 제한이 있다는 것이다(2015년 기준). 원하는 시기에 언제든지 신청을 할 수 있고 비자를 받으면 12개월 이내로 자유롭게 호주에 입국할 수 있다. 체류 기간은 호주 입국일로부터 1년이기 때문에 입국일 선택도 자유롭게 할 수 있다. 그리고 비자 발급을 위해서는 유효기간이 최소 12개월 이상 남은 여권, 호주 이민성 계정, 비자 발급 비용 440AUD(호주 달러), 마지막으로 건강한 신체가 필요했다. 이러한 기본 정보도 모르고 워홀을 신청하겠다고 까불어 댔으니… 무식한 놈이 용감하다고 했는데 나는 영어 앞에서는 한없이 겁쟁이가 되었다.

괌 가족여행을 가기 전에 재발급받아 놓은 여권이 있었기에 손쉽게 1단계를 클리어했다. 그다음으로 필요한 것은 비자 발급 비용. 440AUD면 한

화로 약 40만 원 정도의 금액이었다. 매번 부모님께 용돈을 타 쓰는 신세였지만 이번만큼은 스스로 준비하고 싶었다. 그래서 여름방학 때 아르바이트로 모아놓은 100만 원을 쓰기로 했다. 원래는 새로운 노트북을 살 계획이었지만 지금 쓰고 있는 노트북도 아직 쓸 만해서 갖고 싶던 노트북을 과감하게 포기하기로 했다.

웬만큼 기본적인 준비는 하고 호주 이민성 사이트에 들어가 보았다. 비자 발급신청을 하기 위해서는 계정이 필요한데 영어로 되어 있을 뿐 여느 한국 사이트의 회원가입과 다를 게 없어 어렵지는 않았다. 다만 비밀번호 재발급을 위한 질문과 답을 3가지나 설정해야 하는 것이 조금 까다로웠을 뿐이었다.

계정을 생성한 뒤에 'First Working Holiday Visa(417)'를 클릭했다. 영어로 되어 있어 혼란스러웠지만 우리나라는 인터넷 강국인 만큼 검색하면 원하는 것은 다 찾을 수 있기 때문에 전혀 문제 될 게 없었다. 여기서 가장 중요한 것은 여권 정보를 실수 없이 '정확히' 적어야 한다는 것이다. 여권 정보를 잘못 입력하게 되면 수정요청을 해야 하고, 이로 인해 비자발급에 많은 시간이 들면서 정신이 피폐해질 수도 있다는 글을 읽었다. 나는 나의 정신건강을 위해서 5번이나 입력 정보를 확인하고 제출했다. 그러니 결제 창이 떴다.

파르르. 막상 결제 창을 보니 마우스 위에 올려져 있는 손이 떨리면서 힘들었던 아르바이트가 주마등처럼 머릿속을 스쳐 지나갔다. 딸깍. 헉. 결제 버튼을 누르니 숨이 막혀왔다. 그렇게 나는 내 앞에 있는 낡은 노트북과 종신 계약을 맺었다. 그리고 마지막 단계로 비자신청 내역에 들어가서 호주 입국 전에 의무적으로 받아야 하는 신체검사에 필요한 서류인 '헬스 폼(Referral letter)'을 출력했다.

신체검사는 신청한 날로부터 28일 이내에 지역별로 지정된 병원으로 가서 받아야 했다. 누가 성질 급한 한국인 아니랄까 봐 나는 비자 신청 다음 날 오전, 무작정 지정 병원인 강남 세브란스 병원으로 달려갔다. 접수처에 가서 당당하게 접수신청을 했는데, 가슴이 철렁했다. 이럴 수가! 워홀 신체검사는 무조건 예약 후 예약 날짜에 방문해야 한다는 것이었다. 접수처 직원에게 바로 예약을 해 달라고 하자 직원분은 강남 세브란스병원은 다른 병원과 다르게 인터넷으로 예약해야 한다고 알려주었다.

터덜터덜 걸어 접수처를 나왔다. 알아보지 않고 덤벼드는 게 얼마나 바보 같은 짓인지 바로 알 수 있었다. '이제 무엇이든 확실하게 알아보자. 혹시 모를 상황이 생길 수 있으니 항상 미리 알아보자.' 이렇게 다짐하며 병원을 나섰다.

그날 저녁 집에서 바로 신체검사 예약을 하고 게시판에 명시되어 있는 신체검사에 필요한 준비물인 여권, 헬스 폼, 여권용 사진 1장을 준비했는지 확인하고 침대에 누웠다. 며칠 뒤 화요일 오전 9시, 부스스한 머리와 눈은 반쯤 잠긴 비몽사몽한 상태로 준비물과 신체검사 비용 5만 원을 들고 털레털레 병원으로 가서 신체검사도 클리어했다. 여담이지만 그다음 달에 신체검사를 받은 대학교 후배는 신체검사 비용이 올라 15만 원을 냈다고 했다. 그래도 나는 발 빠르게 움직여 10만 원을 아낄 수 있어 다행이었다.

신체검사를 받고 일주일 뒤 나는 문제 없이 호주 정부로부터 비자 승인이 되었다. 이제 호주라는 나라에 입국할 수 있는 모든 조건은 충족했다. 아무래도 외국을 나갈 땐 마음 흐트러지지 않게 비행기 표부터 결제해서 날짜부터 정해야 한다는 것이 내 생각이었다. 그렇게 바로 내가 결제한 비행기 표는 홍콩 국적기인 '캐세이 퍼시픽(Cathay Pacific Airways)'으로, 홍콩(Hong Kong)을 경유한 다음 케언즈에 잠시 정차 후 브리즈번에 도착하는 무려 17시간의 비행 일정을 가진 비행기였다. 4시간 이상 비행기를 타

본 적 없던 나였기에 머리가 어지러워졌지만, 직항은 훨씬 비싸기에 어쩔 수 없는 선택이었다. 휴가를 맞이해 짧은 기간 동안 호주로 여행을 떠나는 것도 아니고 워홀이기에 어쩔 수 없었다. 그리고 혹시 모를 일에 대비해 출국하기 전에 최대한 돈을 아껴 쓰는 것이 좋을 것 같아 약간의 망설임 끝에 결제를 진행했다.

2016년 3월 22일 오후 5시 비행기로 호주로 날아가기만 하면 끝! 일리 없었다. 나는 워홀에 대한 기본 지식은 물론 돈도 없었고 영어 실력도 형편없었다. 하지만 이제부터는 미친 실행력을 가지자고 결심한 나였기에 꾸물거리지 않았다.

2015년 11월 중순인 그때는 출국일까지 4개월이라는 시간이 남아있었다. 그 4개월이라는 시간은 내가 호주에 대해 알아가고 돈을 모으고 영어 공부를 하기에 충분한 시간이었다. 시간을 확인한 후 여러 가지 사항을 점검했다. 아직 학기 중에다가 여러 가지 일로 매우 바빴기에 돈을 모을 수 있는 처지가 아니었다. 그럼 아르바이트는 과감하게 방학 때로 패스. 그다음으로 호주에 대한 정보를 모아야 했다. 호주에 대해 알아가는 데는 유학원의 도움이 컸다. 유학원에서는 브리즈번에 관련된 정보와 지도, 그리고 현지 어학원에 대한 정보 등 많은 것을 제공해주었고 어학원 등록에 적절한 할인까지 해주었다.

호주에서 워홀 비자로는 어학원을 4개월 이상 다닐 수가 없었다. 이런 규제가 아니더라도 어차피 나는 가진 돈이 많지 않아 비싼 현지 어학원을 오래 다닐 수가 없었다. 그래서 내가 등록한 과정은 'Ih-ALS 어학원 9주 과정'으로 유학원의 이벤트 기간을 통해 무려 200달러나 할인된 금액으로 등록할 수 있었다. 그리고 유학원을 통해서 유학생보험까지 가입을 완료했다. 전혀 알지도 못하는 해외로 떠나는 건데 보험은 필수지. 아무렴.

12월 중순, 종강을 맞이하고 가장 먼저 아르바이트를 구했다. 영어 공부까지 병행하기에는 편의점이 제격이었다. 편의점 야간 아르바이트를 하면서 낮에는 영어 학원에 다니며 공부를 했다. 낮에는 밭일을 하고 밤에는 공부하는 것을 '주경야독(晝耕夜讀)'이라 했는데 나는 '야경주독(夜耕晝讀)'으로 출국 전 남은 두 달을 채워 나갔다. 그런 노력으로 나는 출국 일주일 전까지도 일해서 200만 원을 모을 수 있었다. 부족한 건지, 넉넉한 건지 도저히 감이 잡히지 않았지만 걱정하지 않았다. 단지 호주에서 일할 수 있는 워킹홀리데이 비자를 가지고 호주에서 살아갈 나를 믿을 뿐이었다.

거의 모든 준비를 마쳤다. 아니 엄밀히 말하자면 나의 워홀 준비 리스트를 마친 것이었다. 틀림없이 많이 허술할 것이다. 어찌 완벽하게 준비해서 떠날 수 있을까. 그러나 다만 그저 많은 준비를 했고 그 일련의 준비로 인해 호주로 워킹홀리데이를 떠나는 것이 더 이상 두렵지는 않을 뿐이었다. 지금으로써는 그거면 충분했다.

내가 워홀을 준비할 때 많은 사람이 말했다. 여행은 다니는 것보다 준비하는 과정이 더 즐거운 법이라고. 그땐 그저 웃어넘겼지만 이제 와서 나는 그 사람들에게 말한다. "리스펙(Respect)!"

세계로 가는 첫걸음

영국의 철학자 토머스 칼라일(Thomas Carlyle, 1795~1881년)은 이렇게 말했다.
"경험은 최고의 교사이다.
다만 수업료가 지나치게 비쌀 뿐이다." 아무렴!

끝과 시작

"내일이면 비행기를 타고 호주로 떠나는데 기분이 어때?"

"심장이 터질 것 같아!"

누나의 질문에 나는 소리치듯 대답했고 심장은 더욱 세게 요동쳤다. 설렘 반, 두려움 반으로 이민 가방을 5번이나 재점검하고 백팩, 노트북 가방까지 확인하던 중이었다. 이민 가방이 생각보다 무거웠다. 나에게 주어진 수하물 무게는 고작 24kg이었다. 웨이트 운동으로 다져진 나의 팔 근육이 나의 머릿속으로 직접 소리쳤다. '이봐, 풋내기 친구. 이건 28.4kg이라고! 어서 다시 싸도록 해!' 나는 짐을 밖으로 꺼내 무거운 물품을 백팩으로 옮기고 가볍고 부피가 큰 짐들로 이민 가방을 다시 꾸렸다. 꿀꺽. 다시 이민 가방을 들어보니 훨씬 가벼워졌다. 가벼워진 이민 가방만큼 홀가분해진 마음으로 나는 평소보다 조금 늦은 시간에 침대로 향했다.

침대에 누워 있는 나에게 늦은 3월의 밤은 포근하게 느껴질 정도로 고요했다. 그 고요함은 나의 요동치는 심장을 누그러뜨릴 만큼 감미롭게 다가왔다. 나는 커다란 기대와 새로운 꿈을 껴안고 편안하게 잠으로 빠져들었다.

다음날, 너무 설레어 서두르다 보니 오후 5시 비행기인데 12시에 인천 공항에 도착했다. 그런데 분명 5시 비행기인데 1시에 수속 창구가 열리는 것 아닌가! 거추장스러운 이민 가방을 수하물 칸에 실으려고 창구가 열리자마자 달려갔다. 하지만 안타깝게도 카운터는 5시 출발 비행기가 아닌 똑같은 일정으로 브리즈번으로 가는 3시 출발 비행기 탑승자 수속 중이었다.

"에이, 그럼 그렇지. 이렇게 빨리 창구가 열릴 리가 없겠죠…." 아쉬운 표정을 지으며 다시 자리로 돌아가려던 찰나, 항공사 직원이 나에게 물었다.

"지금 비행기에 빈자리가 있는데 혹시 괜찮으시면 3시 출발 비행기로 변경해드릴까요?"

"오. 그렇게 해 주실 수 있나요? 그럼 부탁드립니다!"

조금이라도 일찍 호주를 느끼고 싶었던 나는 한치의 망설임도 없이 수락했다. 걱정했던 이민 가방은 다행히 제한 무게를 넘기지 않았고 무사히 수하물 칸에 실렸다. 나는 가족들과 여자친구에게 조금 이른 작별인사를 하고 출국 심사대로 들어갔다.

들뜬 마음으로 심사대에서 기내 수하물 검사를 받는데 공항 직원이 나에게 기내 반입 금지 품목이 있다고 했다. 그것도 무려 5가지나 된다는 것이었다. 가방을 들고 들어갈 수 없다며 직원이 나를 막아섰다. 당황스러움에 떨리는 목소리로 어떤 항목이냐고 묻자, 직원이 보여주는 것은 다름 아닌 어젯밤 이민 가방이 무거워 다른 가방으로 옮겼던 샴푸 2통, 린스, 스킨, 로션이었다. 나는 일정 용량 이상의 액체류를 기내에 반입할 수 없다는 걸 몰랐다. 가격도 비싼 탈모 방지 샴푸, 린스이기에 버릴 수도 없는 노릇이었다.

비행기 탑승 시간은 다가오고 있었고 더 이상 지체할 수 없었다. 나는 직원의 배려로 직원 전용 통로로 밖으로 뛰어나가서는 누나한테 택배로 보내 달라는 말과 함께 거의 던지다시피 그 물건들을 건네 주고는 비행기로 뛰어들어가 좌석에 몸을 실었다. 정말로 멍청했다. "아버지, 어머니. 이런 바보 같은 아들이 호주에서 잘 살아갈 수 있을까요?" 혼잣말을 할 정도로 걱정이 앞서기 시작했다.

얼마 뒤, 그런 내 속을 알 리 없는 비행기는 공항을 뒤로 한 채 엄청난 굉음과 함께 활주로를 달렸고 푸른 하늘로 힘차게 날아올랐다. 잘 있어, 한국. 지켜주지 못해 미안해, 나의 모발들.

얼마나 지났을까. 영어로 울려 퍼지는 기내 방송에 잠을 깼다. 몸이 찌뿌둥했다. 홍콩 공항에서 3시간 보낸 것을 제외하면 14시간을 좁은 기내에서 웅크리고 있었다. 이럴 때면 나의 자부심이던 큰 덩치가 원망스럽다.

비행기는 브리즈번 공항에 무사히 착륙했고 나는 바짝 긴장한 채로 입국 심사대로 향했다. 하지만 긴장한 것이 무색할 정도로 아무 문제 없이 입국 심사대를 통과했고 나는 바로 수하물을 찾으러 갈 수 있었다. 수하물 컨베이어 벨트 끝에서 웅장한 자태를 드러내는 나의 땡땡이무늬 이민 가방. 휴. 짐까지 무사히 도착한 것을 보니 안도감이 들었다. 이민 가방을 챙기고 게이트를 향해서 빠르게 움직였다. 드디어 호주 입성인가. 오오! 감격해 마지않고 있는데 엄청난 덩치의 공항직원이 내 쪽으로 성큼성큼 다가와 말을 걸었다.

"#@#$&*$…." 정말이지 하나도 못 알아 듣겠다. 나는 빨리 이 상황을 모면하고 싶었다. 공항 직원이 주의 사항을 알려 주는 것처럼 들리기에 기어들어가는 목소리로 "Okay…?"라고 대답했다. 그리고는… 엄청난 덩치의 공항 직원에게 끌려갔다. "저기요, 왜? 도대체 왜?" 놀란 나의 입에서는 한국어가 마구잡이로 튀어나왔지만, 서양인 직원이 알아들을 리는 만무했다. 다들 왼쪽 통로로 나가는데 나보고는 오른쪽으로 가라는 행동을 취하는 직원. 뭔가 잘못되었다는 것이 느껴졌다. 잔뜩 겁을 먹은 상태로 오른쪽 통로로 나가보니 TV에서만 보던 셰퍼드 탐지견이 검은색 경찰복을 입은 공항 경찰 옆에 앉아 있었고 나 이외에도 몇몇 사람이 일렬로 서 있었다. 그 모습을 보고 나니 등에서 식은땀이 맺히기 시작하더니 이내 주체할 수 없을 정도로 땀을 쏟아내기 시작했다.

"하…. 호주. 입국부터 만만하지 않구나." 혼잣말이 끝나기 무섭게 일렬로 서 있는 사람들을 한 번씩 훑고 지나가는 탐지견. 나 역시도 그냥 지나쳤다. 내가 서 있던 줄에서 따로 불러 가 검사를 받은 사람은 없었다. 소리 없는 아우성, 모두의 표정을 보니 딱 그 느낌이었다. 물론 나 역시도 마음의 소리를 한껏 내질렀다. '이야아아! 드디어 정말로 호주 입성이다!'

나중에서야 알게 되었지만, 그 직원은 입국하는 사람들에게 음식을 가지고 있는지, 식물을 반입하는지 또는 반입 금지 물품이 있는지 등을 무작위로 물어보는 역할이었고 나는 아무것도 모른 채 "네. 있습니다."라고 대답을 한 꼴이었다. 정말이지 생활 영어의 절실함을 브리즈번 공항에 발을 내딛자마자 느낄 수 있었다.

우여곡절 끝에 공항 밖으로 나와 경유지였던 홍콩 공항에서 미리 불러두었던 픽업 차량을 타고 숙소로 이동했다. 이동하면서 보이는 예쁜 마을들 그리고 그 마을을 지나 브리즈번 시티로 들어설 때 내가 너무 감탄사를 연발하니 기사님이 진정하라며 사탕을 주며 웃었다. 외국에서는 뭐든지 조심해야 된다는 말에 혹시 몰라 사탕을 먹지는 않았지만, 사탕보다 더한 호주 입국의 달콤함에 취해 이미 정신을 차리기 힘들었다. '호주야! 브리즈번아! 반갑다!'

세계로 가는 첫걸음

호주에는 도시마다 워홀러 또는 유학생들이 숙소, 구인·구직, 벼룩시장 등의 정보를 얻는 사이트들이 있다. 내가 애용하는 사이트는 '썬브리즈번(Sunbrisbane)'이라는 사이트로 여기를 통해 호주에서 지낼 숙소를 한국에서 미리 구할 수 있었다. 호주에서 숙소는 '쉐어(Share)'라는 개념으로 운영되고 있었다. 쉐어는 집주인이 집을 렌트한 다음 방을 1인실, 2인실 또는 3인실로 꾸며 놓고 '워홀러'들을 받아서 기숙사처럼 운영하는 방식이다. 처음 내가 구한 숙소는 마스터룸(화장실이 딸린 방) 3인실로, 1주일 단기로 들어갔다. 단기로 들어간 이유는 한국에서 숙소를 구하면 사진으로만 확인할 수 있을 뿐 집 상태를 직접 볼 수 없기 때문에 단기로 숙소에 들어가 지내면서 직접 돌아다니며 마음에 드는 집을 구하는 편이 훨씬 낫다는 호주를 갔다 온 지인의 충고가 있었기 때문이었다.

시티에 도착해서 단기 숙소에 들어서자 주방에서 나는 퀴퀴한 냄새를 맡을 수 있었다. 거실은 지저분했으며 베란다는 담뱃재로 범벅이 되어 있었다. 분명 사진으로 본 곳과 같은 곳이었지만, 분위기와 청결 상태는 확연히 달랐다. 숙소 위치가 시티 중심부에 있다는 것 말고는 어느 하나 괜찮은 점이 없었다. 단기로 들어온 것마저 돈이 아까울 정도였다. 하지만 지금으로써는 어쩔 도리가 없었다. 이미 엎질러진 물이었다. 어찌 되었든 나는 한국에서 단기 계약을 끝내 놓은 상태였고 당장 이 괴물 같은 크기의 이민 가방을 풀어 놓을 곳도 없었다. 나는 한시라도 빨리 이 칙칙한 숙소를 벗어나 호주를 몸소 느끼고 싶어 간단히 짐만 내려놓은 채로 밖으로 뛰어나갔다.

브리즈번 시티에는 브리즈번강이 흐르고 두 개의 큰 공원인 '보타닉 가든(Botanic gardens)'과 '로마 파크(Roma Street Parkland)'가 있다. 브리즈번 시티는 밤에는 형형색색의 불빛으로 치장을 하는 시티 홀이 인상적인, 크지는 않지만 매혹적이고 아름다운 도시였다. 난생처음 만난 브리즈번은 나에게 아늑하고 따뜻한 모습으로 가슴 깊숙한 곳까지 스며들어 왔다.

꼬르륵. 슬슬 허기져 오는 배의 신호를 느꼈다. 아직 영어 울렁증이 치유되지 않았던 터라 식당보다는 마트를 찾아보았다. 그때 눈앞에 보이는 익숙한 실루엣, 세븐일레븐 편의점이 있었다. 한국의 편의점과는 사뭇 다른 느낌이었지만 배가 너무 고파 크게 신경 쓰지 않았다. 두루마리 휴지 2개와 물 1병 그리고 샌드위치 1개를 집어 들고 계산대로 향했다. 가격은 15달러. 한국 돈으로 14,000원 정도였다. "호주도 한 물가 하는구나…." 씁쓸한 혼잣말을 하며 집으로 들어왔다. 지구 남반구에 위치해 있어 한국과 계절이 정반대인 호주. 호주의 3월은 가을로 접어들 때였지만 꽤 더운 날씨였고 열심히 돌아다닌 나는 이미 땀으로 흥건하게 젖어 있었다. 간단히 샤워를 하고 나와 침대에 누웠다. 그리고 노트북에 와이파이를 연결 후 샌드위치를 집어 들고 호주 정보 검색에 몰두했다.

"으음~. 통장 개설은 '커먼웰스(Commonwealth)' 'NAB' 'ANZ' '웨스트팩(Westpac)' 은행 중에서 해야겠다. 또… 여기서 일을 하려면 텍스 파일 넘버(Tax File Number)를 온라인으로 신청해야 하고 휴대폰 개통은 '옵터스(Optus)' '보더폰(Vodafone)' '텔스트라(Telstra)' 등에서 하면 되는구나. 큰 마트는 '콜스(Coles)' '울워스(Woolworths)'가 유명하구만. 응? 어? 이럴 수가!" 호주 정보 검색 중에 우연히 본 편의점에 대한 내용은 가히 충격이었다. 편의점 가격이 콜스나 울워스와 같은 마트와 비교하면 거의 두 배라는 것이었다. 한국의 편의점과는 딴판이었다. 하, 망할 샌드위치. 정보의 중요성을 새삼 다시 깨달으며 호주에서의 첫날 밤은 나의 쓰라린 속을 달래며 그렇게 지나갔다.

삐걱삐걱. 2층 침대가 흔들리는 소리에 잠에서 깼다. 2층에서 지내는 남자가 출근 준비를 하더니 바로 나가 버렸다. 어제도 밤늦게 들어와서 한마디도 못 나눴는데 이렇게 일찍 나가다니…. 아쉬움을 남겨두고 나도 자리에서 일어나 정신을 차렸다.

나에게는 바쁜 일정이 기다리고 있었다. 통장 개설에 휴대폰 개통 그리고 시티 탐방까지. 늑장 부릴 여유가 없었다. 새로운 집에 대한 인스펙션(inspection, 사전 점검)이야 1주일의 여유가 있었지만, 내일부터 다음 주 월요일까지 부활절인 '이스터 홀리데이(Easter holiday)'이기 때문에 통장 개설과 휴대폰 개통은 당장에 해야 할 과제였다.

아침은 간단하게 토스트로 때웠다. 전자레인지에서는 음식물 쓰레기통보다 더한 냄새가 났다. 도저히 요리를 해 먹을 수 없는 주방 상태를 보며 다른 집들도 이럴까 하는 두려움마저 들었다. 빠르게 식사를 끝낸 다음 간편하게 옷을 차려 입고 집 밖으로 향했다. 민소매를 입어도 될 정도로 햇볕은 꽤 강하게 내리쬐고 있었지만, 대기가 상큼하게 느껴질 정도로 브리즈번의 날씨는 습하지 않고 상쾌했다.

가장 먼저 옵터스 통신사로 향했다. 구글(Google) 지도를 따라 이동하니 찾는 데는 그리 어렵지 않았다. 세 번의 연습, 세 번의 심호흡. 떨지 말자.

"하이…. 캔 유 오픈 마이 폰?"이라고 말하자 피식 웃는 직원. 내가 생각해도 웃긴 발음이었다. 아마 긴장한 내 표정도 직원을 웃기는 데 한몫했을 것이다. 잔뜩 미소를 품은 옵터스 직원은 여권과 집 주소를 요구하더니 일사천리로 일을 진행했다. 직원은 10분도 안 되어서 가장 저렴한 30달러 요금제로 개통해주었다. 직원은 선불 계산이며 다 사용할 경우에는 충전 가능하다고 친절하게 알려주었다. 나는 생각보다 쉽게 한 건을 해결한 것 같아 홀가분한 마음으로 다음 목적지인 커먼웰스 은행으로 향했다.

이 은행을 고른 이유는 따로 없었다. 그저 노란색 로고가 마음에 들었을 뿐, 그 이상도 이하도 아니었다. 호주 은행에는 한국인 직원이 많이 있다는 이야기를 들어 안심하고 은행에 들어가 한국인 직원부터 찾았다. 하지만 단한 명뿐인 한국인 직원이 휴가라는 청천벽력 같은 소식이 들려왔다. 가는 날이 장날이라더니…. 은행의 노란색 로고처럼 내 머릿속 또한 노래졌다.

그렇지만 통장 개설을 5일 뒤로 미룰 수는 없었다. 모르는 사람들과 함께 지내기 때문에 호주에서는 도둑을 조심하라는 말이 있다. 2,000달러가량의 현금을 들고 있었던 나는 모든 만약의 상황이 불안했기 때문에 어쩔 수 없이 현지인 직원과 대화를 나누었다. 은행 직원은 영어를 전혀 못 하는 고객을 자주 만나봤는지 쉬운 단어를 이용해서 간단하게 질문을 하고는 능수능란하게 내 정보를 입력해 나갔다.

통장개설이 끝나 갈 무렵 직원이 알려주는 상세 사항을 듣고 있는데 유독 한 단어가 귀에 맴돌았다. 바로 4달러. 커먼웰스 은행은 계좌 고객의 통장에서 4달러의 통장 유지비를 매달 빼간다는 것이었다. 하지만 며칠 전, 검색 중 우연히 그 사실을 알게 되었고 통장 유지비를 내지 않아도 되는 방법이 있다는 것 또한 알게 되었다. 그건 바로 학생 신분이면 통장 유지비가 면제된다는 것이었다. 나는 한국에서 가지고 온 국제 학생증을 직원에게 제시했고 다행히도 통장 유지비를 면제받을 수 있었다.

통장 개설과 휴대폰 개통을 했다는 만족으로 홀가분하게 브리즈번 시티와 보타닉 가든 그리고 그 옆으로 쭉 뻗어 있는 강길인 리버사이드를 콧노래를 흥얼거리며 산책했다. 수많은 외국인 사이에서 호주로 떠나온 것을 실감하다 보니 어느새 해 질 녘이 되었다. 집으로 돌아오는 길, 단기로 살고 있는 집으로 들어갈 생각에 콧노래는 한숨으로 바뀌었고 온몸의 털이 곤두섰다. 앞으로 남은 5일 안에 제발 괜찮은 집을 구하길 간절히 바랄 뿐이었다.

썬브리즈번 사이트를 통해 3일간 집 인스펙션을 5군데 정도 돌아다녀 보았다. 집을 구할 때 무작정 구하는 것이 아니라 나름의 기준을 잡았다. 첫 번째는 집의 청결 상태였다. 단기로 지내고 있는 집의 실상을 보고 너무나 충격이었기에 가정집처럼 깨끗하지는 않더라도 최소한의 규칙과 룰이 있으면서 깔끔한 집을 원했다. 두 번 다시 단기 숙소 같은 상태의 집으로 들어가고 싶지 않았다. 두 번째는 외국인 룸메이트의 유무였다. 호주까지 왔는데 외국인들과 부딪치며 사는 것은 누구나 꿈꾸는 생활일 것이다. 세 번째는 마스터라고 불리는 집주인의 유무였다. 아무래도 집주인이 같이 살면 제재를 많이 받는다는 글을 본 적 있어서 마스터와의 동거를 원하지 않았다. 그 외에도 몇 가지 기준을 더 가지고 집을 둘러보던 중, 마지막으로 시티에서 도보로 15분가량 거리가 떨어진 '스프링 힐'이라는 언덕에 위치한 집을 방문했다.

인스펙션으로 방문한 날 거실에서 파티를 즐기고 있던 그 집의 사람들을 볼 수 있었다. 필리핀(Philippines) 아저씨, 일본 여자, 대만(Taiwan) 남자, 이탈리아 남자 등 여러 사람이 깔끔하게 정돈된 넓은 거실에서 다 같이 둘러앉아 식사하고 있었다. 오손도손 서로 영어로 대화하며 즐겁게 식사하는 모습. 그 광경을 본 순간 내 마음은 그 집의 풍경에 사로잡혀 버렸다. 집주인이 이곳저곳을 설명해주는 건 이미 귀에 들어오지 않았다. 내가 바라던 곳이야! 바로 이곳이 나의 꿈같은 호주 생활의 시작을 위한 집이라는 확신이 들었다. 나는 3일 뒤부터 들어가기로 마스터와 바로 계약을 하고 보증금을 걸어 놓고는 두근거리는 심장을 부여잡고 집을 나왔다.

설레는 마음으로 집으로 돌아오는 길, 집 앞에 다다르니 마음의 소리가 입 밖으로 튀어나왔다. "아, 집을 이따위로 해놓고 사람을 받아? 이런 사기꾼들!" 현관문에다 욕을 한 바가지 퍼부으니 속이 다 후련해졌다.

후. 호주에 대해 아무것도 몰랐던 나는 호주까지 와서 비싼 값을 지불하며 아주 조금씩 호주를 알아가는 중이었다.

내가 쓰는 세계사(世界事)

많은 국적의 외국인이 모이는 호주. 외국인 친구들을 통해 알게 된,
어떨 때는 웃기고 어떨 때는 당황스러우며 어떨 때는 소스라치게 놀랄 정도로
받아들이기 힘들었던 다른 나라의 문화와 관습들. 그러다 보니 문화 차이로 인해
생기는 에피소드들도 다양했다. 이러한 에피소드들로 나의 워킹홀리데이는
더욱더 역동적으로 흘러간다.

고군분투 새내기

호주에 오자마자 맞이한 4일간의 연휴를 알차게 보내고 학원에 등원하는 첫날이었다. 학원 옆의 작은 베이글 가게에서 풍기는 고소하고 달콤한 냄새에 잠시 행복해 있다가 이내 두려움이 엄습했다. 학원 앞에 도착했지만, 막상 들어가려고 하니 또다시 도지는 영어 울렁증에 발걸음이 무거웠다. "할 수 있다! 할 수 있다! 할 수 있다!" 세 번 외치고 곧바로 직진. 학원 내부는 내가 좋아하는 노란색으로 온통 도배되어 있었다. 리셉션 데스크(Reception Desk)에는 동양인 남자와 서양인 여자가 한 명씩 앉아 있었고 그 둘은 무엇이든 도와줄 수 있다는 표정으로 나를 부담스럽게 응시했다. 내가 오늘 첫 등원이라는 것을 한눈에 알아보고는 남자 직원이 나에게 몇 가지 질문을 하더니 컴퓨터 실로 나를 안내해 주었다.

갑작스럽게 시작된 테스트. 50문제의 간단한 시험이 치러졌다. 테스트를 보는 중간중간 2명씩 호명이 되었고 호명된 2명은 시험 담당 선생님과 5분가량 영어로 대화를 나누면서 회화 점수가 매겨졌다. 나는 키가 작고 어려 보이는 일본인 여자와 함께 입장했다. 시험 담당관과 일본인 여자 그리고 나는 서로 간단한 인사를 나누었다. 그리고 곧바로 담당관이 일본인 여자와 나에게 간단한 자기소개를 부탁했다.

"My name is Scott. I am Korean." 나의 간단한 소개를 시작으로 우리는 5분가량 대화를 나눴고 완벽하지는 않았지만 내심 만족하며 컴퓨터 실로 돌아와 남은 테스트를 마저 치렀다. 한국에서 공부한 2개월, 전혀 쓸모 없지는 않았구나. 내심 뿌듯해하며 남은 시험에 박차를 가하고 있는데 옆자리에 앉은 예쁜 브라질(Brazil)인 친구가 자신을 '줄리아나'라고 소개를 했다. 처음으로 받아보는 외국인의 인사에 살짝 쭈뼛거리면서 반갑게 인사를 받아주었다. 인사를 나눈 뒤 줄리아나는 문제의 답안지를 줄줄 써 내려 갔다. 아…. 나도 저 정도로 할 수 있어야 하는데. 자신감이 급격하게 떨어졌다.

나는 아슬아슬하게 제한 시간 전에 답안지를 제출할 수 있었다. 사실 마지막 50문항이었던 '친구에게 편지 쓰기' 문제는 시간이 촉박해 2줄 정도밖에 쓰지 못했지만, 시간이 더 주어지더라도 결과는 비슷했을 것이라는 생각에 크게 아쉬움은 없었다. 답안지 제출 후, 리셉션 여자 직원이 초코칩 과자와 'Ih-ALS'가 새겨진 텀블러를 나눠주고 나서 10분 뒤에 결과가 나오니 자리에서 기다려 달라는 말을 남기고는 컴퓨터 실 밖으로 나갔다. 나는 허기진 상태라 초코칩 과자를 허겁지겁 먹었지만, 턱없이 부족한 양의 초코칩 과자는 긴장이 풀리면서 몰려오는 공복감을 충족시키지는 못했다.

정확히 10분이 흐르고 파란색 학원 티셔츠를 입은 6명의 직원이 들어왔다. 그리고 학생 개개인에게 시험 점수와 들어갈 반에 관해 설명했다. 나에게는 올백 머리를 한 구릿빛 피부의 브라질인 직원이 다가와 수업에 필요한 책과 몇 장의 프린트물을 내밀었다. 내가 책과 종이를 받아 들자 그는 싱긋 웃어 보이고는 다른 학생에게로 향했다. 내가 받은 첫 번째 프린트물에는 나의 시험 성적이 적혀 있었는데 내심 기대한 것에 비해 나의 점수는 56점으로 형편없이 낮았다.

낮은 점수에 실망하며 줄리아나에게 잘 봤냐고 물어보니 줄리아나는 멋쩍게 웃기만 했다. 여유만만한 모습에 몇 점일까 문득 궁금해져 슬쩍 점수지를 바라보니, 줄리아나의 점수는 44점이었다. 여유롭게 시험을 치르길래 높은 점수를 받았을 거라는 내 예상과는 달리 나보다 더 낮은 점수였다. 줄리아나의 친구들은 그녀의 점수를 보더니 키득키득 웃으며 놀리기 시작했고 그 모습이 너무 정답게 보여 나도 모르게 미소를 지었다. 의외의 모습이 인상 깊었던 줄리아나는 학원에서 만난 나의 첫 외국인 친구였다.

어느새 나에게 종이와 책을 건네준 브라질 직원은 다시 내 옆에 와 있었다. 그는 학원 수업 과정에 대해 차근차근 설명하기 시작했다. 학원의 수업 레벨은 낮은 순서대로 '비기너' '엘리멘트리' '프리-인터미디어' '로우-인터미디어' '하이-인터미디어' '어퍼-인터미디어' '프리-어드밴스' '어드밴스'의 총 8개로 나뉘었다. 나는 낮은 점수에도 불구하고 하이-인터미디어반으로 배정되었다. 줄리아나는 나보다 한 단계 낮은 로우-인터미디어반이어서 서로 다른 반이라고 아쉬워하며 작별인사를 나누었다.

학원 수업 방식은 평일에는 오전반, 오후반, 보충반으로 나뉘는데 오전반은 자신의 레벨에 맞는 반에서 문법 위주의 수업이 진행되고 오후반은 이동식 수업으로 말하기·듣기·읽기·쓰기 수업으로 매주 반이 바뀌며 진행된다고 했다. 그리고 보충반은 1시간 정도 추가수업으로 원하는 수업을 전날에 미리 선택할 수 있었다. 토요일은 활동 수업으로 이것 또한 보충반과 마찬가지로 선택 사항이다. 그리고 일요일은 꿀같은 휴일. 언제 어디서나 가장 기대가 되는 건 휴일이다.

내가 호주에 와서 원어민에게 영어로 수업을 배우다니, 온몸의 말초신경에서 찌릿찌릿한 자극이 터져 나왔다. 외국인과 몇 마디 나눈 게 다였지만 '할 수 있겠는데?'라는 용기가 내 안에서 조금씩 번지는 것을 느낄 수 있었다. 어느새 학원을 처음 들어올 때의 두려움은 사라지고 구수한 베이글 향기만이 내 속으로 조금씩, 조금씩 스며들어 왔다.

내가 쓰는 세계사

Teacher. 미셸은 내가 속한 반의 담임 선생님이다. 그녀는 미국인으로 아름답고 자상하며 학생들을 아낄 줄 아는 사랑스러운 분이다. 하루는 미셸 선생님이 '문화'를 주제로 수업을 진행했다. 각 나라의 문화에 관해 토론하던 중 미셸 선생님이 꺼낸 얘기는 한국의 'Dog meat'에 관한 주제였다. 많은 국적의 학생이 모여 있는 수업에서는 정말 자극적이고 극단으로 치달을 수 있는 주제였지만, 미셸 선생님은 지극히 중립적인 태도를 유지하면서 개고기에 관한 설명을 했다. 미셸 선생님의 설명은 개고기를 먹는 문화에 대한 역겨움도, 무시도 아닌 문화에 대한 존중의 자세로 이야기했다. 그리고 미셸 선생님은 자신은 먹어본 적 없고 앞으로도 먹을 생각은 없다는 말로 개고기에 대한 이야기를 끝맺었다.

싸늘해진 교실. 따가운 시선. 잘못은 없는데 등줄기에서 식은땀이 폭포수처럼 흘렀다. 나뿐만 아니라 교실에 있는 한국인 친구들 모두 그러한 눈치였다. 그때 정적을 깬 것은 스페인(Spain) 친구 마르티나였다. 어디로 튈지 모르는 럭비공 같은 마르티나여서 반 전체가 숨죽여 마르티나를 응시했다.

"스콧, 레오. 너희는 먹어본 적 있니?"

"아니. 나는 강아지를 키우는 사람으로서 먹지는 못하겠더라. 그것도 2마리나 키우고 있어."

영어 이름이 '레오'인 동갑내기 한국인 친구 용훈이가 대답했다. 용훈이는 먹어본 적 없고 집에 강아지를 2마리나 키우고 있어 앞으로도 먹을 생각은 없다고 얘기했다. 용훈이의 말이 끝나자 모두의 이목이 나에게로 집중되었다.

상황 판단이 느렸던 나는 어릴 때 개고기인 줄 모르고 먹어본 적은 있지만, 지금은 먹지 않는다고 얘기했다. 그러나 눈치 없이 사실대로 이야기한 것이 화근이었다. 아니, 나는 그것이 눈치를 봐야 할 일인지조차 인지하지 못하고 얘기를 꺼냈다. 그러자 마르티나가 불같이 화를 냈다. 그녀는 나에게 에스파냐어(스페인어)를 속사포처럼 쏘아 댔는데 알아듣지는 못했지만, 한 가지 확실한 건 그녀가 하는 말이 분명 욕이라는 점이었다. 나는 평소 마르티나와 친하게 지내며 마르티나가 모르거나 힘들어하는 부분에서 많은 도움을 주었다. 그런 나를 자신의 호주 '로미오'라고 부르며 그렇게 좋아하더니…. 정말로 충격이었다.

미셸 선생님은 예상치 않게 살벌해진 분위기를 만회하려고 추가 설명을

덧붙였지만, 상황은 좀처럼 나아지질 않았다. 마르티나는 그날 수업이 끝날 때까지 나를 쏘아봤고 뭔가를 강하게 깨무는 듯한 제스처도 취했다. 개고기에 대한 외국인의 인식이 어떠한지 알게 된 계기였다. 휴…. 정말 외국에서는 말 한마디 잘못했다간 몰매를 맞을지도 모른다는 무서운 생각에 등골이 오싹해졌다. 앞으로 다시는 'Dog meat'에 대해서는 입도 뻥긋하지 말아야겠다고 다짐하고 또 다짐했다.

국가 기념일에 관한 수업 중, 여러 국가의 기념일이 소개되는 가운데 일본인 친구인 츠구미의 차례가 되었다. 츠구미는 교실 앞으로 나가 자신이 준비한 자료를 가지고 일본의 기념일에 대해 설명하기 시작했다. 츠구미는 유창한 발음으로 설명을 시작하는데 나로서는 아주 듣기 거북한 말들이 쏟아져 나왔다. 설명 중간중간에 제2차 세계대전, 원자폭탄, 종전과 같은 전쟁과 관련된 단어들이 들렸기 때문이다. 츠구미의 설명을 100% 다 알아듣지는 못했지만, 대략적인 내용은 이러했다.

1945년 8월 미국이 히로시마에 원자폭탄을 투하해 수십만 명이 죽었고 며칠 뒤 제2차 세계대전에서 일본이 항복을 선언했다는 것. 그래서 일본에선 매년 8월마다 수십만 명의 원자폭탄 피해자들과 제2차 세계대전 전사자 그리고 전쟁 항복을 애도한다는 내용이었다. 이럴 수가. 식민지였던 국가의 국민들 앞에서 소개한 기념일이 전쟁 항복을 애도하는 날이라니…. 나는 마음 깊숙한 곳에서부터 분노가 치밀어 올랐다.

나뿐만이 아니었다. 우리와 같은 처지였던 대만 친구들 또한 분노했고 심지어 일본의 식민지가 아니었던 브라질, 콜롬비아(Colombia), 유럽(Europe) 친구들도 인상을 찌푸렸다. "츠구미. 이번엔 네가 말실수한 거야." 라며 점잖게 말하는 대만에서 온 애니. 애니는 차분하게 말했지만, 그 말투 속에는 살벌함이 묻어 있었다. 평소 큰누나 같은 이미지로 반 친구들에게 항상 친절하고 친근하게 대하던 애니였지만, 이번에는 조금 화가 난 표정이었다. 하지만 눈치가 없는 건지, 순진한 건지. 츠구미는 "우리나라에서 애도하는 날을 설명한 건데 뭐가 잘못이야?"라며 받아쳤다.

부글부글. 애국정신으로 똘똘 뭉치진 않았지만, 가만히 듣고 있을 수만은 없었다. "츠구미. 그날은 식민지 국가가 독립을 한 날이고 전 세계의 비극이었던 제2차 세계대전이 끝난 날이야. 전범이었던 일본에서 애도의 날이라는 것을 우리 앞에서 자랑스럽게 얘기하면 안 돼!" 영어를 못하는 나였지만 어눌한 문장으로 모두의 앞에서 츠구미에게 말했다. 머리를 쥐어짜내서 문장을 만들어야 했지만 할 말은 해야 했다. 츠구미는 여전히 조금 불만스러운 표정이었지만 더이상 입을 열지는 않았다.

평소 일본에서 귀여운 아이들에게 '~짱'을 붙이는 것을 따라서 나는 츠구미를 츠구짱이라 부르고 츠구미는 나를 동짱이라고 부를 정도로 친했지만, 그렇다고 그냥 듣고 넘길 이야기가 아니었다. 직접 그 시대를 겪지는 않았지만, 식민 국가였던 설움과 아픔은 대한민국 국민이라면 누구라도 잘 알고 있을 것이다. 츠구미. 나도 말이 심했어. 하지만 이건 좀 예민한 문제야.

삼바(Samba)의 고장 브라질은 나라 이름만 들어도 자유롭고 활기찰 것 같다. 실제로도 브라질 친구들과 지내면 자유롭다 못해 '너무 남을 신경 안 쓰는 거 아냐?'라는 생각마저 들 정도였다. 영어를 쓸 때 소문자 대문자를 뒤죽박죽으로 쓰고 때로는 중간중간 필기체를 쓰기도 해서 시험지 교환 채점을 할 때 곤욕을 치른 적도 여러 번 있었다. 그것뿐만 아니라 브라질 친구들은 수업 중에 음식 먹기, 대답하기 곤란한 질문 하기, 신체 접촉도 서슴없이 해 당황스러울 때가 이만저만이 아니었다.

어려워하는 나와는 달리 유독 브라질 친구들과 친했던 용훈이에게 이러한 고충을 얘기하자 알 것 같다는 표정을 지으며 피식 웃었다. 용훈이도 요즘은 그러려니 하는데 브라질 친구들과 친해질 무렵에는 나와 똑같은 생각을 느꼈다며 브라질 친구들에게 직접 물어보자고 했다. 역시 나만 이상하게 느낀 것이 아니었다. 그렇다고 직접 물어보자니…. 조금 민감한 주제일 수도 있다는 생각에 걱정이 앞서기 시작했다. 하지만 나나 용훈이나 어린아이의 호기심 수준으로 궁금한 것은 못 참는 성격이기 때문에 브라질 친구 카밀리아에게 슬쩍 질문을 던졌다.

자연산 빨간 곱슬머리가 인상적인 브라질 친구, 카밀리아의 말에 의하면 브라질은 총기 소지가 합법인 것만 봐도 알 수 있듯이 조금 위험한 나라라고 했다. 그리고 아무리 자기 동네라도 밤이 되면 바깥 활동을 자제할 정도로 치안이 불안하다고 했다. 총기가 합법이라니…. 카밀리아의 얘기만 들었을 때는 브라질은 상상 이상의 무법지대였다. 그녀는 어릴 때부터 위험에 노출되다 보니 점점 대담해지면서 자신에게 집중하다 보니 다른 사람을 크게 신경 쓰지 않는 것 같다며 설명을 마쳤다.

"카밀리아! 브라질은 정말 익사이팅 하구나. 한국과 스케일이 달라!" 내가 흥분한 억양으로 말을 꺼내자 조금 으쓱해 하는 카밀리아였다. 하지만 어디까지나 이 이야기는 믿거나 말거나다. 순전히 카밀리아에게 전해 들은 얘기일 뿐이다. 하지만 온몸이 문신으로 꽉 차 있는 카밀리아 외에도 파티 때마다 다른 사람들의 시선은 신경 쓰지 않고 웃통을 벗고 춤을 추던 토레스, 매번 짓궂은 장난을 쳐 주위 사람들을 당혹스럽게 만드는 앤젤, 학원에서는 매우 모범생이지만 하루가 멀다 하고 밤마다 화려한 옷을 입고 클럽을 다니는 나탈리아 같은 브라질 친구들의 자유분방함을 보면 꽤 신빙성이 있어 보였다. 역시 삼바의 고장. '흥'과 '멋'이 있고 '개성'이 넘치는 브라질 사람들이다.

미켈레는 항상 날 보면 "All good?" 이라며 인사를 하는 하우스 메이트(Housemate)이다. 호주에서 레스토랑의 보조 셰프로 근무하고 있으며 같은 하우스 메이트인 한국인 여자 하영이와 교제 중인 잘생긴 이탈리아 남자다. 영어를 항상 이탈리아식으로 발음하는 재밌는 친구였다. 예를 들어, 보통 사람들이 '산'을 영어로 '마운트'라고 말한다면 미켈레는 '몬트'라고 말했다. 그래서 미켈레와 대화를 나눌 때면 알아듣기가 여간 힘든 것이 아니었다. 하지만 신기하게도 하영이는 미켈레의 이탈리아식 영어 발음을 단번에 알아들었고 고맙게도 내가 미켈레의 영어 발음을 이해하지 못해 난처해 할 때면 번역까지 해주었다. 하영이는 적응이 되면 알아듣기 어렵지 않다고 말했지만 나는 5개월을 같이 살았어도 마지막까지 미켈레의 발음을 알아들을 수 없었다.

미켈레에게는 케빈이라는 친구가 있었다. 케빈 또한 잘생긴 외모에 부드러운 성격을 소유한 이탈리아 남자였다. 이 둘은 이탈리아에서부터 친구였고 호주로 함께 넘어왔다. 학원 친구 용훈이도 그들과 마찬가지로 고향 친구인 효현이와 함께 호주로 넘어왔는데 그 둘은 매일 붙어 다닐 정도로 엄청난 브로맨스(Bromance)를 보여줬다. 반면 미켈레와 케빈은 그들과는 다르게 일주일에 한 번 만날까 말까 할 정도로 친구지만 교류가 드물었다. 유럽과 한국의 문화 차이인가 싶을 정도로 똑같은 상황에서 정반대의 모습을 보여주는 그들이었다. 어쩌면 한국과 유럽의 문화 차이가 아니라 그저 용훈이와 효현이, 그 둘의 브로맨스가 과하게 지나친 것일 지도 몰랐다.

하루는 하우스 메이트들이 다 함께 모여 저녁식사를 했는데 케빈이 초대됐다. 케빈은 미켈레보다 5살이나 어렸는데 미켈레는 항상 케빈을 자신의 '친구'라고 소개하며 어릴 때부터 친하게 지냈다고 말했다. 그래서 내가 한국에선 나이 차이가 나면 '친구'가 아니라 '형' '동생'으로 호칭을 정리한다고 하자 미켈레는 이해하지 못하겠다는 표정을 지으며 말했다. "호칭

이랑 나이는 중요하지 않아. 우리가 친구란 것이 중요하지. 스큇." 서양에서는 자신보다 나이가 많아도 이름으로 부르는 것을 알고 있었지만, 나이에 연연하지 않다니. 더욱 놀란 것은 동양 국가는 대부분 한국과 비슷할 거라 생각했지만 일본, 대만 또한 나이를 크게 신경 쓰지 않는다는 것이었다. 심지어 나는 한국을 제외하고는 동양이든 서양이든 모두 '만 나이'로 계산을 하는 것도 그제서야 알았다. 철저한 나이 중심의 사회에서 자랐던 나에겐 신선한 충격이었다.

그날 밤. 하우스 메이트들과 함께한 저녁 식사가 끝이 나 씻고 침대에 누웠다. 하지만 나는 선뜻 잠이 들지 못했다. 왜냐하면, 저녁 식사 때 했던 대화가 계속해서 머릿속에 맴돌았기 때문이었다. 나이가 많은 것을 자랑하고 과시한다는 뜻에서 나온 단어인 '나이 부심'이 떠올랐다. 한국에서 형이랍시고 동생들에게 대접받기를 원했던 내가 너무나도 민망하고 스스로가 형편없어 보였다. 나이 부심이라는 얼마나 꽉 막힌 생각으로 살았는지 스스로 반성하면서 외국인 친구들의 생각을 배우는 시간이었다. 미켈레, 케빈, 심지어 40대의 필리핀 아저씨 마이클까지 이제는 모두 나의 친구로 거리낌 없이 받아들일 수 있을 것 같았다. 나아가 한국 사람들을 만나더라도 더 이상 나이 부심으로 부끄럽게 행동하지 않겠다는 다짐을 함으로써 마음 편하게 잠자리에 들 수 있었다.

학원 또는 바깥 어디서든 향긋한 봄 내음이 내 코를 찔렀다. 봄이 와서 그런 것이 아니다. 여기저기서 보이는 따뜻한 봄날의 꽃망울 같은 커플들. 친구들과 '사랑이 싹트는 브리즈번'이라고 부를 만큼 특히 브리즈번에는 연애를 갓 시작하는 커플들이 많이 있었다. 여자친구를 한국에 남겨 두고 온 나로서는 썩 유쾌하지만은 않은 상황이었다.

학원 친구 노부코는 호주 남자와 연락을 주고받았는데 초반에 무척이나 힘들어했다. 하루는 점심시간 때 연락하는 남자에 대한 고민을 털어놓았는데 그 고민은 서로 연락을 주고받기 시작한지 꽤 오랜 시간이 지났음에도 남자가 고백하지 않는다는 것이었다. 우리 말로 하면 계속 '썸' 관계만 유지하고 있는 것이었다.

"동양인이라고 쉽게 만나는 거 아냐?"

"일부러 간 보는 거 아냐?"

"너랑 사귈 마음이 없는 거 같은데." 등 온갖 나쁜 추측이 난무했다. 나는 은근슬쩍 노부코의 휴대폰에 저장된 남자친구의 사진을 보았다. 입이 쩍하고 벌어질 정도로 잘생겼다. "…." 나는 보지 말았어야 했다. "외모부터 따악~ 카사노바 상이야!" 자격지심에 괜히 노부코에게 심술궂게 이야기했다. 나도 다른 친구들의 이야기에 맞장구치며 부정적인 의견을 내놓고 있는데 때마침 키가 작고 패션 감각이 남다른 일본인 친구 마리가 대화에 끼었다.

마리는 다른 친구들에 비해 서양인 친구들을 꽤 많이 알고 지냈고 남자친구 또한 호주인이었다. 그런 마리에게 노부코가 고민을 털어놓자 왜 그런지 알 것 같다는 마리의 대답이 돌아왔다. 오오! 다들 궁금했는지 모두 마리에게 귀를 기울이고 그녀의 이야기에 집중하기 시작했다.

마리의 말에 의하면, 서양인들은 사귈 때 고백을 잘생략한다는 것이었다. 마리는 서양인들이 우리처럼 "우리 사귀자." "오늘부터 1일."과 같은 고백을 잘 하지 않는 것 같다고 말했다. 처음 '썸' 관계에서 자연스럽게 사귀는 사이로 발전할 거라며 자신도 그렇게 서양인 남자친구와 관계가 유지되어 왔다고 말했다.

음? 그게 뭐야. 너무 애매하잖아! 나는 좀처럼 이해되지 않았다. 나뿐만 아니라 그 자리에 있었던 친구들 모두 이해를 못 하는 듯이 반응했다. 그러자 마리는 노부코에게 남자친구에게 직접 물어볼 것을 권했다. 생각의 차이가 있을 때는 당사자와 대화를 해보라는 마리. 현명한 말이었다. 노부코가 용기 내어 메시지를 보내자 몇 분 지나지 않아 노부코의 남자친구는 "허니. 난 너를 사랑해. 넌 내 여자친구야."라며 달콤한 답장을 보내 왔다. 남자인 내가 보기엔 온몸에 닭살이 돋을 정도로 오글거리는 말이었지만, 여자들에게는 대단히 만족스러운 대답인 듯했다. 그 답장 하나에 부정적인 의견을 내놓던 여자들의 굳어버린 표정은 어느새 녹아 버렸고 이래도 되나 싶을 정도로 180도 돌변해 노부코의 남자친구를 칭찬하기 시작했다. 무엇보다도 노부코의 표정이 너무나 환하게 밝아져 있었다. 역시 여자는 사랑받을 때 가장 아름답다는 말이 괜히 있는 게 아닌가 싶었다.

문득 이 친구가 만약 다른 말을 했었다면 어떻게 되었을까 생각해봤다. 읍! 생각만으로도 몸에 오한이 돌면서 속담 하나가 떠올랐다. 이봐. 잘생긴 서양 친구. 혹시나 다른 헛소리를 했으면 넌 제 명에 못 살았을 거야. 왜냐하면, 여자가 한을 품으면 오뉴월에도 서리가 내리는 법이거든.

워홀을 온 뒤에는 할아버지, 할머니들에게 눈길이 많이 갔다. 브리즈번에는 할아버지, 할머니가 많은 지역이라거나 '고령화 시대' 같은 이유가 아니라 정말로 나의 기억에 남을 만큼 멋진 분들이 많았다. '나도 나이가 들면 저분들처럼 늙어야지'라는 생각으로 나의 60대를 상상하게 만드는 그런 분들이었다.

브리즈번 근교 바닷가 '레드클리프(Red cliff)'의 'Bee gees way'. 거기서 만난 수줍게 사진을 찍어달라고 부탁하던 노부부, 캐주얼 정장을 말끔히 차려입고 아기자기한 예쁜 꽃을 허리춤에 숨긴 채로 아내에게 다가가던 할아버지, 골드코스트 바닷가 벤치에서 책을 읽고 있는 남편에게 계속해서 입맞춤하던 할머니 그리고 아내의 입맞춤을 받고는 흡족하게 웃으며 책장을 부드럽게 넘기던 할아버지. 나이가 들어서도 서로에게 사랑한다는 표현을 아끼지 않는 모습에 나는 깜짝 놀랐다. 나이를 지긋이 드시고도 서로가 서로에게 사랑을 표현하고 싶어 하는 모습들을 보고 있자니 질투심마저 들었다.

브리즈번에는 서로에 대한 사랑을 표현하시는 분들도 많았지만, 스스로의 개성을 표출하시는 분들도 많았다. 캐주얼 정장에 뾰족구두를 신고 수염을 멋들어지게 기른 멋쟁이 할아버지, 젊은 사람들도 무서워하는 액티비티(Activity)한 활동을 즐기시는 할머니 그리고 목 조각, 마술, 그림 등 자신만의 장기를 살려 마켓에서 작품을 팔거나 공연을 하시는 할아버지, 할머니. 무엇보다 가장 기억에 남는 분은 타투 가게에서 왼팔에 손바닥만 한 꽃 모양의 타투를 받으시면서 나에게 "쏘~쿨!"이라고 외치던 할머니였다. 그분들의 호탕함과 유쾌함은 나의 좁은 인생관에 적지 않은 영향을 미쳤다.

타인에 대한 마음이나 자신의 개성을 꾸밈없고 당당하게 표현하는 호주의 어르신들. 호주 사람들은 어릴 때부터 이렇게 살아온 건지 아니면 나

이가 들면서 더욱 표현력이 풍부해진 건지. 나는 호주에 와서 나의 어머니가 습관처럼 하던 말의 뜻을 이해할 수 있었다. 그래! 인생은 60부터 시작이지. 나는 아직도 어리다.

나는 호주에서 친구들이 주최하는 파티란 파티는 항상 참석했다. 학원 파티, 유학원 파티, 일본인 파티, 심지어 브라질 파티도 참석했다. 쉬는 날이면 혼자 집에서 궁상떨고 싶지 않았기에 일부러 파티를 더 찾아다녔다.

파티는 주로 공원 바비큐장이나 아파트에 위치한 바비큐 라운지를 이용했다. 호주의 거의 모든 공원에는 시 자체에서 운영하는 바비큐장이 있다. 무료인 데다가 주위에 테이블 또한 많아서 파티에 많은 사람이 모일 때 이용이 용이했다. 반면 아파트 바비큐 라운지는 규모가 크지 않고 때로는 유료인 곳도 종종 있어 소규모 인원으로 파티를 할 때 주로 이용했다.

바비큐장이 여기저기에 널려 있는 것만 봐도 호주 사람들의 파티에 대한 사랑이 각별하다는 것을 알 수 있었다. 파티를 즐긴 후에 다음 사람들이 편안하게 이용할 수 있도록 깨끗하게 청소를 해 놓고 가는 모습들을 보고 있으면 흐뭇하면서도 나에게 많은 생각을 남겼다.

'빨리빨리'라는 한국인의 정서로 살아오면서 온갖 철없는 행동들을 하고 다닌 나에게는 여유 있는 삶과 모두의 즐거움을 위한 이타적인 행동은 본받아 마땅한 삶의 방향성이었다. 말 그대로 파티를 아름답게 즐길 줄 아는 사람들 사이에서 나는 재미와 감동 그리고 교훈까지 얻을 수 있었다.

어느 나라에서든 친구들과의 파티에서는 빠질 수 없는 것이 있다. 바로 술이다. 친구들과 바비큐 파티를 할 때 주로 마시는 술은 맥주나 와인이었다. 호주는 우리나라와 달리 일반 마트나 편의점에서 술을 구입할 수 없다. 일명 '보틀샵(Bottle Shop)'이라고 부르는 주류 전문 판매점에서만 구매가 가능하다.

또한, 호주에서는 'BYO'라는 관습이 자리 잡고 있었다. 'BYO'는 'Bring Your Own'의 약자로 파티에 참석할 때 자신이 먹을 음식이나 음료를 챙겨서 오는 것이다. 학원 파티에서는 주로 주류를 BYO로 각자 들고 왔는데 그 이유는 술값이 비싸기 때문에 술을 마실 사람은 각자 들고 와야 하는 것이었다.

호주는 술의 도수가 높을수록 가격도 비싸졌다. 내가 사랑하는 소주 또한 도수가 높기 때문에 한국에서는 상상도 할 수 없는 가격으로 판매되고 있었다. 보통 소주 한 병이 12,000원에서 15,000원 사이였다. 애주가인 나로서는 미치고 팔짝 뛸 노릇이었다. 궁핍한 학생이었던 나에게는 소주는 너무나 큰 사치였다. 그래서 내린 결론은 다른 술에 비해 가격이 저렴한 호주산 맥주인 'XXXX'와 'VB' 그리고 박스로 파는 와인을 이용하는 것이었다. 신기하게도 박스로 파는 와인에는 꼭지가 달려 있어 손쉽게 와인을 따라서 먹을 수 있었기 때문에 워홀러들의 파티에서 가장 인기 있는 상품이었다.

역시 학원 친구들도 주머니 사정은 비슷했다. 유럽, 남미, 아시아 등 각국에서 호주로 넘어온 친구들 모두 호주에서는 부유하지 않은 학생이었다. 하지만 타지의 외로운 생활 때문인지 모두 파티를 즐기기 위한 열정만은 대단했다. 거의 매주 주말에 파티가 열리는 것만 보아도 그들의 열정을 알 수 있었다. 모두와 함께 술과 음악에 취해 즐겁게 시간을 보낼 수 있는 파티는 다른 사람들에게도, 나에게도 호주에서 누릴 수 있는 최고의 유흥이었다.

호주 '워킹' 홀리데이

"일하지 않는 자여, 먹지도 마라." 『성경』에서도 말했듯이 일의 중요성은 어디서든 강조된다. 호주에서도 마찬가지다. 내가 '워킹홀리데이 비자'라는 것을 잊어서는 안 된다.

직업을 갖기 위한 노력

호주에 온 뒤로 생활비, 유흥비 등으로 한국에서 들고 온 돈을 쓰기만 하다 보니 나도 모르는 새에 통장 잔액이 바닥을 보였다. 호주로 넘어와 흥청망청 돈을 쓰며 놀기만 했으니 당연한 결과였다. 나는 발등에 불이 떨어진 마냥 급한 마음으로 바로 구직 활동을 하기 시작했다.

일을 구하기에 앞서 내게 필요한 것은 '텍스 파일 넘버(Tax File Number, TFN)'였다. 호주에서 일하기 위해서는 일을 하고 있다는 것을 신고하고 세금을 납부하기 위해 필요한 나만의 고유 번호인 '텍스 파일 넘버'를 신청해야만 한다. 신청 후 고유번호가 우편으로 집에 오기까지 2주에서 4주 정도의 시간이 소요되기 때문에 호주에 오자마자 최대한 빠르게 신청해야 했지만, 노느라 바빴던 탓에 뒷전으로 밀려났고 이미 기억 속에서 잊힌 지 오래였다.

역시나 한국은 인터넷 강국이다. 인터넷을 검색해보니 신청 방법이 상세하게 나와 있었다. TFN 신청에 필요한 것은 여권과 내가 사는 집의 주소뿐이었다. 여권은 나의 신분증이었고 집 주소는 텍스 파일 넘버가 우편으로 발송되기 때문에 상세하게 기재했다. 다행히 블로그를 따라 모든 내용을 입력한 뒤에 제출 버튼을 누르니 문제없이 승인되었고 임시로 텍스 파일 넘버를 발급받을 수 있었다.

이렇게 손쉽게 발급받을 수 있는 TFN 신청만이 구직을 위한 준비의 끝이 아니었다. 한 가지 더, 호주에서는 '레쥬메(Resume)'라고 부르는 이력서가 필요했다. 호주의 레쥬메 양식은 한국의 이력서 양식과는 조금 달랐다. 한국처럼 형식적이고 틀에 박힌 고정된 양식이 존재하지 않고 각자의 이력서를 개성에 맞게 꾸민 후 자신의 경력을 써넣는 방식이었다. 무엇보다 사진을 첨부하지 않는다는 것에 크게 감명을 받으면서 마음 한편으로는 씁쓸함이 감돌았다. 한국의 이력서 양식 대부분에는 증명사진을 붙이는 칸이 있는 것이 왠지 외모지상주의를 방증하는 것 같다는 생각 때문이었다.

나는 한국에서 만들어진 이력서 양식에 경력을 써넣기만 했었지 양식 자체를 만들어 본 적 없었기에 인터넷, 학원 친구, 룸메이트의 레쥬메를 참고할 수밖에 없었다. 며칠 만에 어렵게 만든 첫 레쥬메는 민망할 정도로 거의 표절 수준이었다. 뜨끔. 모방은 창조의 어머니라지만 찝찝한 기분이 드는 건 어쩔 수 없었다.

게다가 고용주에게 내밀 수 있을 정도인지 의문스러울 정도로 단어의 선택이나 문장의 배치는 뒤죽박죽이었고 양식 자체도 크게 눈에 띄지 않았다. 큰일이었다. 내가 고용주였다 해도 그냥 넘겨버릴 것 같은 레쥬메였다. 지우고 고치기를 반복했지만 짧은 영어 실력을 갖춘 나로서는 제대로 된 레쥬메를 만들기에는 역부족이었다.

하지만 다행히도 학원에서 학생들의 부족한 레쥬메를 고쳐주는 프로그램이 있었고 나는 전적으로 그 프로그램의 도움을 받을 수밖에 없었다. 프로그램 담당 선생님은 틀린 단어 또는 레쥬메에 적절하지 않은 단어를 알

맞은 단어로 고쳐주고 문장의 배치를 정해주고 디자인을 설정해 주었다.

충격적이게도 나의 첫 레쥬메는 거의 빨간 줄투성이었다. 원본을 알아보기 힘들 정도의 첫 레쥬메를 고치고 검사받기를 일주일간 반복해서 부단히 노력한 끝에 꽤 그럴싸한 레쥬메가 탄생했다. 또 몇몇 일자리에서는 '커버레터(Cover letter)', 즉 자기소개서를 원하는 곳도 간혹 있어서 혹시 모를 상황을 대비해 간단한 '커버레터' 또한 작성했다. 자, 이제 제대로 일자리를 구해 볼까?

구인광고를 통해서 레쥬메를 여기저기에 뿌렸다. 마땅히 마음에 드는 곳은 없었지만, 바닥 친 통장 잔액을 보고 있으면 찬밥, 더운밥 가릴 처지가 아니었다. '어느 한 곳이라도 연락이 오겠지'라는 희망을 품고 마냥 연락이 오기만을 기다렸다.

"……."

연락을 기다린 지 3~4일이 지났지만, 아무리 기다려도 연락을 보내오는 곳이 단 한 군데도 없었다. 자꾸 줄어드는 통장 잔액과 커져만 가는 불안감. 그렇다고 가족에게 손을 벌리고 싶지는 않았다. 부모님에게 내가 내린 결정으로 온 호주에서 잘살고 있다는 것을 보여주고 싶었고 타지에서 걱정을 끼치고 싶지는 않았다. 걱정만 앞서던 때라 학원 친구들을 만나면 일자리가 안 구해진다며 한탄만 늘어놓았다.

"인터넷으로 보내지만 말고 차라리 직접 찾아가서 레쥬메를 내보지그래? 생각보다 인터넷에 안 올라오는 일자리들이 꽤 많아!" 나의 궁상을 보다 못한 학원 친구 용훈이가 밖으로 나가서 가게에다 직접 레쥬메를 돌려보라고 권유했지만, 아직은 그럴 용기가 턱없이 부족했다.

일자리가 구해지지 않아 걱정만 많아지던 나날. 이제는 방값을 낼 돈도 없어 스트레스가 극에 달했을 그때 구원의 손길이 나의 손을 잡았다. 바로 '롤&스시' 전문점에서 연락이 온 것이다. 오늘부터 바로 출근할 수 있냐는 전화에 나는 기쁨을 감추지 못하고 한달음에 가게로 달려갔다.

가게의 매니저 치현이 형은 여기는 '롤&스시'를 전문적으로 파는 가게이고 나는 주방에서 일하게 될 거라는 설명과 함께 이틀간의 트라이얼(Trial, 인턴 기간) 과정 동안 평가를 한 후 정직원으로 고용할 것이라고 말했다. 나 이전에 후보가 2명이나 다녀갔지만 뽑히지 않았고 그다음 3순위였던 나에게 연락이 온 것이었다. 나에게 기회가 돌아와서 기쁜 반면, 2명이나 채택이 되지 않았다는 사실에 나는 바짝 긴장할 수밖에 없었다.

설거지, 밥 짓기, 튀김, 물류 정리, 물류 배달 등. 트라이얼 이틀간 뽑히기 위해 땀을 뻘뻘 흘리며 최선을 다했고 그런 나의 노력은 다행히도 빛을 발했다.

오전 7시부터 12시까지 하루 5시간, 주 6일. 이것이 가게에서 나에게 주어진 시간표였다. 아침 일찍부터 출근해야 하는 어려움을 빼고는 모든 것이 마음에 들었다. 무엇보다 오후 12시 정각에 퇴근이라는 점과 토요일이 휴무라는 점이 가장 마음에 들었다. 게다가 여기는 최저임금대로 시급을 주고 연금 또한 챙겨주었다.

한국의 2.5배에 달하는 최저임금으로 타 선진국에 비해서도 높은 임금으로 유명한 호주. 호주의 모든 사업장은 법적으로 마땅히 최저임금이 지켜져야 하지만, 높은 임금 때문에 몇몇 가게의 사장들은 연금은 고사하고 최저임금도 지켜주지 않았기에 좋은 직장을 구했다고 자부하며 일을 시작했다.

호주에서는 급여를 월급이 아닌 주급, 혹은 2주급으로 지급했다. 그래서 급여의 유통이 잘 되었는데 돈이 없어도 일주일만 기다리면 돈이 들어오는 장점이 있는 반면, 이런 안일한 생각으로 인해 급여를 헤프게 쓸 수 있다는 단점 또한 가지고 있었다. '이거, 호주 정부가 일부러 급여를 바로 쓰게 하기 위해 만든 방법 같은데…. 영악한 호주 정부 같으니라고.' 모든

것을 너무 놀기 좋게, 쓰기 좋게 만들어 놓았다.

스시 가게에서는 매주 목요일 11시에 주급이 들어왔다. 직원 모두 매주 화요일쯤 되면 목요일이 되기만을 목이 빠져라 기다렸고 목요일에 주급이 들어오면 다들 환호성을 질렀다. 와우!

첫 직장 동료였던 스시 가게의 형, 누나들은 호주에 온 지 얼마 안 된 나에게는 친형, 친누나 그 이상이었다. 특히 영주권자인 치현이 형은 호주에 관련된 많은 것들을 알고 있었고 내가 호주에 정착하는 데 큰 도우미 역할을 해주었다. 나에게 첫 직장이라서 더 큰 의미가 있는 곳이지만 직원들끼리도 사이가 돈독하고 정이 흘러넘치는 최고의 직장이었다.

7월. 이제 스시 가게도 익숙해져 갈 무렵. 드디어 나의 여자친구인 은애에게 호주로 워킹홀리데이 올 것을 설득했다. 내가 무려 6개월 동안 권유한 끝에 여자친구는 자신감을 갖고 부모님을 설득시켜 3년을 다닌 직장을 그만두고 워홀이라는 어려운 결정을 내렸다.

워홀을 결정한 뒤로 은애는 항상 걱정이 많았다. 영어 공부, 비자신청, 아르바이트 등 내가 워홀을 준비했던 과정을 그녀도 순차적으로 밟아야 했기 때문이었다. 워홀을 준비하는 그 어려움과 막막함을 알기에, 그리고 내가 워홀을 설득시킨 만큼 큰 책임감도 느끼고 있었기에 나는 호주에서 온 힘을 다해 은애를 도왔다.

은애의 걱정과는 달리 한 번 거쳐왔던 과정이라서 그런지 나는 큰 어려움 없이 은애를 도울 수 있었다. 역시! 사람은 경험해봐야 해. 은애가 한국에서 해야 할 준비는 순조롭게 진행되어 갔지만, 나에게는 한가지 고민이 생겼다.

은애가 9월 20일로 비행기 표를 끊어 호주 입국 날짜가 확정됐지만, 수중에 모아 놓은 돈이 한 푼도 없었기 때문에 조금 걱정이 되었다. 은애가 오기 전에 돈을 모아 놓을 필요가 있었다. 호주에서 초기 정착금이 많이

드는 것은 아니었다. 다만 은애가 오면 쉬는 날마다 여행을 다니고 싶었고 은애가 초기에 적응을 잘할 수 있도록 내가 금전적으로 도움을 주고 싶었다. 하지만 한 주에 30시간을 일해서 번 돈은 집세, 식비, 유흥비 등으로 빠져나가고 도무지 쌓일 기미가 보이지 않았다.

나는 이 문제로 더 이상 깊이 고민할 필요 없이 바로 답을 내렸다. 돈이 없으면 돈을 벌면 되는 것이다. 다른 일을 구해서 일을 더 하면 될 간단한 문제였다. 그러나 생각은 굳혔지만, 꼬리에 꼬리를 물고 또 한가지 고민이 생겼다. 오전 중에 일하고 있던 터라 다른 일을 구해 원래의 일에 시간을 맞추기가 여간 어려운 것이 아니었기 때문이다.

그때 문득 든 생각이 있었다. 비는 시간에 언제든지 맞출 수 있는 일을 구하자는 생각이 뇌리에 스쳤다. 그렇다면 과연 내가 무엇을 할 수 있을까? 여러 가지로 생각해보니 가장 적합한 것은 바로 수영이었다. 대학교에서 수영 동아리에 가입하면서 수영 관련 자격증을 여러 개 취득했고 한국에서 수영 강사 경력도 있어서 여기서도 충분히 잘할 수 있을 것 같았다. 더군다나 브리즈번은 아파트마다 수영장이 설치되어 있어 수영을 가르치기에 최적의 환경이었다.

이제는 무슨 일이든 일단 해보자는 생각으로 조금씩 몸이 꿈틀거리기 시작했다. 하지만 무작정 움직이기만 하는 것은 오히려 독이 될 수 있다는 것을 이제는 확실히 알고 있었다. 그래서 이번에는 실행에 앞서 만반의 준비를 시작했다.

가장 먼저 법적으로 문제가 없는지 알아봐야 했다. 관련직에 종사하는 분들에게 물어도 보고 인터넷으로 검색도 했다. 내가 알아본 바로는 호주에서 수영을 가르치기 위해서는 호주 국제 수영 지도자 자격증이 필요하다. 하지만 그건 수영장에서 레인을 대여해 전문적으로 다수의 학생 수업을 진행할 경우이고 아파트 수영장에서 개인적으로 수영을 가르칠 때는 법적인 제재가 없었다.

수영 강습이 법적인 문제가 없다는 것을 확인하고 난 뒤 나는 곧장 스포츠 용품 가게로 향했다. 거기에서 킥 판, 수영 핀, 풀 부이 등 수영 강습에 필요한 물품을 구매했고 그다음 단계를 준비하기 위해 집으로 향했다. 무엇보다 수영 강습을 하기 위해서는 강습생이 있어야 한다. 그리고 나는 강습생을 구하기 위해 나를 홍보할 수단이 있어야 했다. 그래서 나는 수영 자격증과 경력을 위주로 새로운 레쥬메를 만들었다.

제목 : ★☆에메랄드빛 바다를 가진 호주까지 왔는데,
내가 맥주병이라니!?!?☆★

자주 이용하던 사이트의 구인·구직, 과외 페이지에 눈에 띌 만한 제목을 적고 나의 새로운 레쥬메를 올리고 설명을 덧붙였다. 과연 사람들이 연락이 올까…. 나는 기대 반 걱정 반으로 매일같이 수영 연습과 강습법을 공부했다.

수강신청 연락이 언제 올지는 몰랐다. 어쩌면 아예 안 올지도 모르는 일이었다. 하지만 돈을 받고 나의 재능으로 누군가를 가르치는 일을 소홀히, 적당히 할 수는 없는 노릇 아닌가. 그래. 잘 안될지도 모르지. 그래도 괜찮아. 일단 해 보는 거지 뭐.

띠리리-

"네. 여보세요?"

"안녕하세요. 수영 과외 보고 연락 드렸습니다!"

헉. 걱정한 것이 민망할 정도로 생각보다 빨리 연락이 왔다. 나의 첫 수강생은 호주에 온 지 한 달밖에 안 된 워홀 새내기였다. 웃는 상의 얼굴에 큰 키, 다부진 체격, 다정다감한 말투를 가진 학생이었다. 솔직히 말하면 첫 번째 수강생이어서 조금 미화된 이미지일 수도 있다. 하하. 첫 번째 수강생을 시작으로 쉬는 날이 부족할 정도로 꾸준히 연락이 왔다. 내 예상대로 주위에 바다가 많고 바다에서 즐기는 활동이 많다 보니 수영을 배우려는 사람들이 꽤 많았다.

수영 강습에서 큰돈은 아니었지만, 용돈 정도는 벌 수 있었다. 그래도 그게 어디인가. 무엇보다 강습생과 협의를 통해 시간을 조정할 수 있다는 것이 가장 큰 장점이었다. 또 많은 사람과 정보를 교류하면서 지겹지 않게 강습을 꾸준히 이어 나갈 수 있었다. 나는 최고의 일거리를 찾았다고 만족하며 스시 가게와 수영 강습 두 가지를 병행하며 돈을 모으기 시작했다. 그렇게 나는 '워킹'에서 조금씩 재미를 찾아가고 있었다.

인생사 새옹지마

스시 가게 일과 수영 강습을 병행하던 중 하우스 메이트인 동생 가람이에게 연락이 왔다. 자신이 하는 오피스 청소를 부득이한 사정으로 그만두게 되었는데 혹시 할 생각이 없냐는 권유였다. 시간은 오후 7시부터 10시까지, 하루 3시간이었다. 오전에 스시 가게, 낮에 수영 강습, 저녁에 청소. 이 얼마나 완벽한 조합인가! 가람이는 이틀간의 트레이닝을 받고 9월 20일부터 본격적으로 시작할 수 있다는 말을 시작으로 여기가 얼마나 좋은 직장인지에 대한 설명을 덧붙였고 자신도 어쩔 수 없이 그만두는 거라며 계속해서 나를 세뇌시켰다.

사실 나는 가람이가 권유할 때부터 이미 하려고 마음먹고 있었다. 무엇보다도 그 일을 시작하는 날이 은애가 호주로 오기로 한 날이었다. 좋은 일이 계속해서 겹치다 보니 불현듯 묘한 감정이 들었지만, 이는 찰나였을

뿐 곧 즐거움에 콧노래를 흥얼거렸다.

그날 저녁 일을 마치고 가람이를 만나서 술 한잔하며 고맙다는 인사를 한 번 더 전했다. 나는 가람이와 오랜만에 신나게 술잔을 비웠다. 우리는 술에 취해 칙칙한 어둠이 우리 주위에 짙게 깔리는 것도 느끼지 못하고 비싸디비싼 소주를 새벽까지 마셨다.

며칠 뒤, 드디어 꿈만 같던 9월 20일의 아침이 밝았다. 오늘은 스시 가게에 휴무를 냈다. 물론 브리즈번 공항으로 은애를 마중 나가기 위해서였다. 멋있게 꽃단장을 하고 들뜬 마음에 서두르다 보니 도착 시각보다 1시간이나 일찍 공항에 도착했다. 오전 7시. 게이트가 열리고 '서은애'라는 명찰이 달린 짙은 보라색 이민 가방이 불쑥 얼굴을 내밀었다. 나는 입이 찢어지도록 웃었다. 입을 다물려고 해도 다물어질 기분이 아니었다. 호주 브리즈번에서 은애를 맞이하면서 내 머릿속에는 유리상자의 노래 <사랑해도 될까요>가 울려 퍼졌다.

"문이 열리네요~. 그대가 들어오죠~. 첫눈에 난 내 사람인 걸 알았죠."

뭔가 예감이 좋았다. 은애도 무사히 왔고 오늘부터 오피스 청소도 정직원으로 일하게 되었다. 이틀간 트레이닝을 받아 보니 크게 어려운 건 없었다. 정말 돈을 거저 번다는 말이 생각날 정도였으니 말이다. 지금의 안락함이 계속될 것 같았다. 하지만 인생사 새옹지마라고 했던가. 일주일 뒤에 생각지도 못했던, 아니 간혹가다 들은 적은 있지만 절대 나에게는 일어나지 않을 거라고 생각했던 일이 일어나고야 말았다.

갑자기 전해 들은 청소회사 사장 지인의 부고 소식. 사장은 직원들에게 잠시 한국에 가게 되었다며 청소권을 다른 지인에게 일주일 정도 맡긴다는 말만 남기고 훌쩍 떠나 버렸다. 어쩌다 보니 일주일의 휴무가 생겨버렸다. 생각보다 딱히 나쁘지는 않았다. 은애도 왔는데 쉴 수 있게 되어서 차라리 잘됐지. 그렇게 생각했다. 하지만 연락하기로 한 날짜는 지나가는데 사장으로부터는 연락이 한 번도 없었다. 뭔가 이상하다고 느꼈지만, 처음에는 믿고 기다릴 수밖에 없었다. 그렇게 바보처럼 아무 의심 없이 기다린 것이 큰 실수였다.

청소회사 사장이 한국으로 떠난 지 5일째 되던 날, 치현이 형이 요즘 자신도 청소를 시작했다며 자기와 같이 일하자는 권유를 했다. 영화 <친구>에 나오는 "경상도 사나이하면 의리!"라는 내용처럼, 비록 영화는 아니었지만 청소회사 사장과의 의리도 있고 좋지 못한 일로 떠나 있는 사람을 배신하는 것 같아 치현이 형에게 미안하다며 거절 의사를 밝혔다.

거저 들어오는 일자리를 놓치는 것이 영 아쉬워서 치현이 형에게 룸메이트 효현이를 소개해 주었다. 그리고 며칠 뒤 효현이는 고맙다며 나에게 술을 샀고 술을 마시며 치현이 형과 함께 일하는 청소에 대한 설명을 했다. "청소. 저기 법원 옆에 있는 회사야. 회사 이름이 '레드 햇'인가? 뭐 일은 수월하더라. 아무튼, 소개해줘서 고맙다! 친구야."

응? 듣다 보니 익숙한 회사와 지역에 다시 효현이에게 되물었다. "어디에서 일한다고?" 처음에 내 귀를 의심했다. 왜냐하면, 효현이가 청소하는 오피스는 불과 며칠 전까지만 해도 내가 청소하던 오피스였던 것이다.

다음 날 아침 설마 하는 심정으로 출근하자마자 치현이 형에게 한달음에 달려가 물어보았다. "아니겠지. 효현이가 잘못 알고 있는 걸 거야." 계속해서 혼잣말을 하면서 마음을 진정시켜보려 했지만, 불안함에 손끝이 떨려 오는 것은 어쩔 수 없었다. 그리고 가게에서 치현이 형이 하는 이야기는 나를 충격의 도가니로 빠뜨렸다.

치현이 형이 오피스 청소권을 넘겨받은 계기는 이러했다. 이전 청소권 소유자였던 청소회사 사장이 오피스 측의 요구사항, 불만사항 등을 깡그리 무시하며 제대로 관리를 하지 않았고, 참다못한 오피스 측에서 청소권을 치현이 형이 소속된 회사로 넘긴 것이었다. 청소권을 놓친 사장은 직원

들에게 임금을 주지 않고 청소권이 넘어간 사실조차 말하지 않았다. 지인의 부고? 한국 방문? 모두 사장의 새빨간 거짓말이었다. 그는 자신도 잘린 마당에 직원들에게 임금을 주기가 아까워 핑계를 대며 도망친 것이었다.

신기했다. 나에게 이런 일이 생겼다는 것이. 도망친 사장의 청소권을 넘겨받은 사람이 가게 매니저 형인 데다가 나보고 같이 하자고 제안한 일이 며칠 전까지 내가 하던 일이었다니. 이렇게 우스울 수가! 신기하면서도 청소회사 사장이 뒤통수를 쳤다는 생각에 화가 머리끝까지 치솟았다. 헉헉. 끓어 오르는 분노에 숨이 막히고 손이 떨려 왔다.

호주에서 한국 사람을 가장 조심해야 한다는 말을 들은 적이 있었다. 하지만 나에게 이런 일이 생길 줄은 꿈에도 생각하지 못했다. 믿음에 대한 배신의 후유증은 말이 아니었다. 그래. 이런 일이 비일비재 하니까 같은 한국 사람끼리 조심하라는 말까지 생겼겠지. 하하하. 이런 개XX. 휴. 여리고 착한 내가 호주에 와서 조금 거칠어졌다.

뚜루루루- 뚜루루루- 신호가 가는 것을 보니 번호를 정지시키진 않았다. "아아아악!" 브리즈번 어딘가에서 웃고 있을 청소회사 사장 생각에 넌더리를 쳤다. 하지만 지금 내가 할 수 있는 것이라고는 그저 전화를 계속 걸어보는 것뿐. 나는 아무것도 할 수 없는 그저 무능력한 워홀러일 뿐이었다.

그렇다고 받지도 않는 전화기를 든 채로 마냥 주저앉아 있을 수만은 없었다. 나는 주위 사람들에게 내 상황을 설명했고 도움을 구했다. 그리고 주위의 소개로 '페어 워크(Fair Work)'라는 곳을 찾았다. '페어 워크'는 호주 정부에서 노동자들을 보호하기 위해 설립한 기관으로 최저임금 미준수, 임금체불, 부당해고 등 근무지에서 노동자에 대한 부당 대우나 고용주와의 분쟁을 조절해 주는 역할을 해 주는 곳이었다. 아직 영어가 무서운 나는 통역 서비스가 있는 전화 접수로 신고 절차를 밟았다.

뚜루루루- 뚜루루루- 전화 연결음만 2분이 지나도록 들었지만, 누구 하나 받지 않았다. 연결음도 뚝뚝 끊기는 것이 내가 번호를 잘못 친 듯한 착각마저 들도록 했다. 그때,

"네. 안녕하세요! #$%@^@^@." 말이 너무 빨라 인사 말고는 하나도 알아듣질 못했다.

"한국 통역사가 필요합니다." 내가 천천히 이야기하자 알겠다고 말하는가 싶더니 다시 연결음이 들려왔다. 또다시 공허한 몇 분이 흘렀다.

"네. 어떻게 전화주셨죠?"

"아…. 안녕하세요. 고용주가 도망을 가서요."

"임금 체불 문제군요! 잠시만요." 또다시 연결음이 들려왔다. 이제는 슬슬 짜증이 나기 시작하면서 그냥 끊어버릴까도 생각해봤지만, 이때까지 기다린 10분이 아까워서 오기로 전화기를 붙들고 있었다. 하지만 이번에는 생각보다 오래 걸리지 않고 직원과 연결될 수 있었다.

"임금 체불이 문제입니까?"

"네."

"이름과 전화번호 그리고 메일 주소를 알려주시겠어요?" 그는 나의 간단한 인적 사항을 묻고는 바로 고용주에 대한 사항을 묻기 시작했다. 하지만 나는 직원이 물어보는 고용주의 정보에 대해 단 하나도 아는 것이 없었다. 회사 이름, 또는 회사 ABN(사업자 번호) 같은 기본정보는 물론이고 임금을 한 번도 받아본 적 없기에 페이슬립(Payslip, 급여명세서), 타임 레코드(Time record, 시간 기록) 같은 기록지가 있을 리도 만무했다. 그저 내가 아는 것이라고는 청소회사 사장의 전화번호와 내가 청소했던 오피스 그리고 내가 일을 한 요일과 시간뿐이었다.

"어…. 일단 정보가 너무 부족하고요. 일을 했다는 자료가 충분하지 않아서 어떻게 될지 확답을 드릴 수가 없네요. 그래도 접수는 해 놓을게요.

빠르면 2~3주 안에 결과 받으실 수 있을 거예요." 직원의 그 말을 끝으로 20분가량의 통화를 마쳤다. 전화를 끊자마자 느낌이 왔다. 아! 이건 안 되겠구나. 사장이라고 불렀던 그 사람도 회사 소속이 아니라 그저 청소권을 넘겨받아 일하는 개인 사업자일 뿐이었다. 내가 그 청소회사 사장 밑에서 일을 했다는 증거는 어디에서도 찾아볼 수 없었고 사장조차도 청소권을 치현이 형에게 넘기고 홀연히 사라졌기 때문에 찾을 수 있을 리가 없었다.

지푸라기라도 잡는 심정으로 '페어 워크'에 전화를 했지만, 전화를 끊고 나니 더욱 깊은 절망감만 들었다. 멍하니 걷다 보니 나는 어느새 시티 홀 광장 한복판에서 힘없이 서 있었다. 당연히 받을 리 없었지만 나는 다시 청소회사 사장에게 전화를 걸었다. 역시나였다.

왜 나에게 이런 일이 생겼을까. 그런 의문은 집어 던진 지 오래였다. 쓰레기 같은 사장을 만난 것뿐. 그 이상도 이하도 아니었다. 나는 사장에게 문자를 쓰기 시작했다. 어차피 보지 않을 것이라는 건 당연히 알고 있었다. 아니, 봐도 그냥 웃어넘기겠지. 하지만 어떻게든 분풀이를 해야 했다. 그냥 한 번 분풀이를 하고 털어버려야겠다는 생각뿐이었다.

"이 X같은 사장님. 혼자 잘먹고 잘살지 말고 그냥 하시는 일 다 말아먹어 버렸으면 좋겠네요. 어떻게 같은 한국인끼리 이러는지 하나도 이해 가지 않네요. 그냥 결론은 당신이 쓰레기라는 거예요. 어디 가서 한국인이라고 하고 다니지 마세요."

아무도 알지 못하는 곳으로 넘어와 이런 일까지 당하다니. 점점 화는 사그라들고 서글퍼지기 시작했다. 혼자 멀뚱멀뚱 시계탑만 응시했다. 시곗바늘은 돌고 사람들도 움직이고 있는데 나만 시간 속에 멈춰버린 것만 같았다. 딱히 하소연할 곳도 없는 내 신세가 너무나 처량해 보였다.

멍해져 버린 머릿속에는 온갖 생각들이 스쳐 지나갔다. 크크크. 이런저런 생각들을 하다 보니 웃음이 나왔다. 나란 녀석은 정말 대책 없는 놈이었다. 이런 상황에 웃음이 나다니. 그래도 웃어서인지 기분은 한결 나아졌다.

"지금까지 잘해 왔잖아. 나는 앞으로도 잘할 수 있어. 이번 일은 그저 해프닝일 뿐이야."

의지할 곳 하나 없으니 스스로를 더욱 믿어야만 한다. 나는 자리에서 일어나 엉덩이를 툭툭 털었다. 그래. 해프닝일 뿐이야. 나는 잘할 수 있어. 나는 다시 걷기 시작했고 시계탑의 시곗바늘은 나의 발걸음에 맞춰 쉬지 않고 움직였다.

엄청난 풍파를 겪었으나 좌절하고 있을 수만은 없었다. 곧바로 다시 구직활동을 시작했다. 청소. 이제 넌더리가 난다. 주방. 오전에 주방에서 일하고 있는데 또 주방에서 일하고 싶지 않았다. 대부분의 일에 흥미를 잃었다는 생각이 들 때 즈음 눈에 띄는 일자리가 있었다. 바로 레스토랑 홀 직원이었다. 내가 해보지 못한 직업인 데다가 외국인 손님을 상대하는 일이라 영어를 쓸 기회가 많은 직업이었다.

영어를 잘하지 못하는 데다가 홀 직원 경력도 전무해서 큰 기대 없이 레쥬메를 보냈다. 내 예상과는 달리 내일 바로 면접을 볼 수 있냐는 연락이 왔다. 헉. 큰 기대 없이 레쥬메를 보냈던 터라 아무런 준비도 하지 않았기에 나는 면접 준비와 레스토랑 영어 회화 공부로 밤을 새우다시피 하고 다크써클이 잔뜩 낀 눈으로 레스토랑으로 향했다.

내가 간 곳은 브리즈번 시티 중심에 위치한 레스토랑으로 1층은 퓨전 한식, 2층은 바비큐를 운영하는 곳이었다. 꽤 규모가 큰 레스토랑이었고 한식이지만 손님의 80%가 외국인이었다. 면접을 보기에 앞서 덜컥 겁부터 나기 시작했다. "할 수 있다! 할 수 있다! 할 수 있다!" 이제는 뭔가를 할 때 주문처럼 나오는 말이 되어 버렸다. 긴장을 풀고 기다리자 레스토랑 홀 매니저가 나를 불렀다.

"윤동주 씨죠? 간단하게 면접 볼게요. 따라오세요." 간단하게 본다더니… 레스토랑 매니저에게 30분이나 꼼짝없이 붙들려 있었다. 끝으로 합격 여부는 추후에 연락을 준다는 말을 듣고는 레스토랑에서 나올 수 있었다. 끙. 나오자마자 스스로 머리를 한 대 쥐어박았다. 더 잘할 수 있었는데…. 면접이 아쉬웠으나 가벼운 마음으로 털어내고는 집으로 돌아왔다.

그 날 저녁 레스토랑 매니저에게 연락이 왔다. 이틀간의 트라이얼을 한 뒤 홀 직원으로 고용할지 결정을 내린다는 내용이었다. 됐다. 트라이얼까지 3일의 시간이 남아 있었다. 트라이얼에 떨어지지 않을 거라고 자신했지만, 노력 없이 자신감만으로는 아무것도 얻을 수 없다. 나는 곧바로 인터넷을 검색해 레스토랑 영어 회화를 공부하기 시작했고 그 3일간의 노력은 나를 배신하지 않았다. 같은 시기에 트라이얼을 받고 떨어진 사람들도 있었지만, 나는 당당하게 트라이얼을 통과했다. 그리고 트라이얼이 끝나고 바로 다음 날부터 나에게는 따끈따끈한 정직원 시간표가 주어졌다. 오후 6시부터 마감까지 일하는 시간표로 스시 가게와 수영 강습을 배려해 준 시간표였다.

초반 2주 정도는 쓰리잡(Three jobs)이라는 빡빡한 스케줄에다가 레스토랑도 눈코 뜰 새 없이 바빠서 적응하기 어려웠다. 그렇지만 인간은 적응의 동물이라고 했던가. 피곤한 몸도 차츰 회복되기 시작했고 바쁜 일정도 요령이 생겨 문제없이 소화하기 시작했다. 이렇게 바쁜 일과에 적응하기까지는 레스토랑 동료들의 도움이 컸다. 바쁜 일과를 소화해 내는 것이 무척이나 힘들었지만 레스토랑을 그만둘 수 없었던 이유는 물론 금전적인 이유도 있었지만, 나와 같은 처지에서 나를 도와주고 격려해주는 '동병상련(同病相憐)'을 느끼게 해주는 동료들이 있었기 때문이었다.

레스토랑에 올인(All in)

레스토랑 정직원이 되면서 호주에서 주류를 취급하는 일을 할 때 필요한 'RSA(Responsible Service of Alcohol, 주류 취급 자격증)'를 바로 취득해야 했지만, 레스토랑 초반에 시험을 치르기 귀찮아서 차일피일 미뤄 왔었다. 하지만 이제는 더 이상 미룰 수 없었다. 왜냐하면, 호주에서 RSA 없이 주류를 취급하는 것은 불법이기 때문이다.

RSA는 온라인으로 자격증 취득 사이트에 접속해서 100문제를 풀면 취득할 수 있다. 주(State)마다 RSA가 다르기 때문에 자신이 일하고 있는 주의 시험 요강에 맞춰서 취득해야 한다. 빅토리아(Victoria, VIC)주, 뉴사우스웨일스(New South Wales, NSW)주, 태즈메이니아(Tasmania, TAS)주는 오프라인으로만 취득 가능하고 그 외의 5개 주에서는 온라인 취득이 가능하다. 브리즈번은 퀸즐랜드(Queenslan, QLD) 주에 속하기 때문에 나는 당연히 온라인으로 자격증 취득 시험을 치렀다.

RSA 온라인 취득이 가능한 사이트가 몇 군데 있었다. 보통 30~40달러 정도의 시험비용이 드는데 레스토랑 동료 상민이가 소개해준 사이트는 할인이 적용되어 18달러로 시험을 치를 수 있었다. 오! 가난한 워홀러인 나에게는 최고의 정보였다. 사이트에 접속하니 시험 자료가 올라와 있었고 그 자료는 시험을 치를 때 참고할 수 있었다. 하지만 자료는 당연히 영문이었다. 과연 참고할 수 있을까? 또다시 도지는 영어 울렁증에 뇌가 꼬여 들어가는 기분이었다.

다행히 시험 방식이 문제를 틀릴 경우 다음 문제로 넘어갈 수 없는 일명 '노가다 방식'이어서 시간은 많이 걸리긴 했지만 무난하게 풀 수 있었다….
아니, 아니었다. 주관식도 있다니, 미처 생각하지 못했던 문제였다. 시험

자료를 찾아봐도 주관식은 어떻게 적어야 할지 도통 감이 잡히지 않았다. 어쩔 수 없이 나는 나의 깨알 같은 자존심을 살짝 내려놓고 호주 영주권자인 직장 동료 민석이에게 도움을 요청했다. 나의 부탁을 흔쾌히 들어준 민석이 덕분에 다음날이 되어서 100문제를 마무리 지을 수 있었다. 정말이지 호주에서 영어를 못하면 뭐 하나 쉬운 것이 없구나. 그래도 자격증을 취득하다니. 잘했어!

큰 사건·사고 없이 일하며 지내던 12월 끝자락의 어느 날. 갑작스럽게 부모님에게서 연락이 왔다. 외할머니의 건강이 많이 악화되었다는 연락이었다. 외국에서 지내는 시간 동안 항상 걱정되던 것 중 하나가 바로 가족, 친지의 건강 악화 또는 부고였다. 할머니의 혹시 모를 일에 대비해야 되기 때문에 시간을 지체할 수 없었다. 소식을 듣자마자 곧바로 한국으로의 왕복 비행기 표를 알아보고 스시 가게, 수영 강습생들, 레스토랑에다가 한국에 가야만 하는 사정을 알렸다.

스시 가게에서는 2주나 내 자리를 비워 둘 수 없다고 했다. 아쉽지만 나도 미룰 수 있는 상황이 아니었기 때문에 스시 가게에 그만두겠다고 노티스(Notice, 사전에 사직을 알리는 것)를 냈다. 수영 강습은 강습생들에게 양해를 구하고 2주를 미뤘다. 레스토랑에서는 2주 정도 대체 인원을 구할 수 있다며 흔쾌히 2주간의 휴가를 내주었다. 그나마 한국을 다녀와서도 레스토랑과 수영 강습은 유지할 수 있어서 불행 중 다행이었다.

2주 동안의 한국 방문 후 다시 브리즈번으로 돌아왔다. 다행히도 외할머니의 건강은 점점 호전되셨고 호주로 재입국 후에는 훨씬 좋아지셨다는 연락을 받았다. 휴. 정말 다행이다. 이제 한시름 놓았으니 다시 본래의 자리로 돌아가야만 했다.

다시 일을 하려니 빡빡한 스케줄을 소화할 엄두가 나지 않았다. 하지만 약속은 약속이었다. 레스토랑에 복귀를 알리고 수영 강습생과 다시 날짜를 맞췄다. 나의 브리즈번 복귀 소식에 레스토랑 동료들 및 수영 강습생들이 반갑게 환영해주었다. 들뜬 기분도 잠시, "이제 오전에는 허전하겠구나…." 라며 스시 가게에 대한 시원섭섭한 감정을 달래고 있었는데 때마침 레스토랑 매니저가 제안을 해왔다.

매니저는 내가 스시 가게를 그만둔 사실을 알고는 레스토랑에서 풀 타임으로 일해 달라고 제안했다. 많은 워홀러가 호주에서 일을 구하기 힘들어하는데 나는 자꾸만 일이 생겼다. 원하든 원하지 않든. 나는 또다시 스시 가게에 대한 아쉬움을 느낄 새도 없이 하루를 가득 채우면서 나의 워홀을 채워 갔다.

살랑거리는 바람이 코끝을 간지럽히는 호주의 3월. 레스토랑 매니저가 나를 조심스럽게 불렀다. 나는 2층 구석 자리에 앉아 있는 매니저를 흘끗 쳐다보고는 맞은편에 주저 없이 앉았다. 진지한 표정으로 말을 꺼내기 시작하는 매니저. 꿀꺽. 덩달아 나도 진지해져 침을 삼키는 소리가 민망할 정도로 크게 났다.

매니저는 나에게 홀 서비스가 어떤 방향으로 나아가면 좋을지, 레스토랑에서 홀 직원들에 대한 처우는 만족스러운지에 대해 물어보았다. 이러한 질문에 조금 당황스러웠지만, 질문 하나하나에 나의 입장에서 곰곰이 생각해본 후에 허심탄회하게 대답했다. 거기다 평소 홀 직원들 사이에서 큰형으로 지내던 나여서 이럴 때 형 노릇을 해야 되겠다는 생각에 질문 이외에도 직원들의 불만인 부분들에 대해서도 매니저에게 이야기를 꺼냈다.

매니저는 평소와는 달리 나의 얘기를 사뭇 진지하게 들어주었다. 뭔가 분위기가 오묘해지는 것을 느낀 나는 눈치껏 적당한 선에서 이야기를 마무리 지었다. 사실 이상한 기류 때문에 식은땀이 등줄기를 타고 흘러 팬티가 다 젖을 정도였다. 내 말을 끝까지 듣고는 잠시 생각하는 듯하더니 매니저가 본론을 말하기 시작했다. 요즘 매니저와 직원들 사이에 불화가

많아 걱정이 많았던 모양이다. 더구나 기존의 슈퍼바이저(Supervisor) 몇몇이 레스토랑을 그만두어 중간 역할을 해줄 사람이 없어지면서 더더욱 매니저와 직원들의 감정의 골이 깊어진 것 같았다는 이야기도 했다. 매니저와 이런저런 얘기를 나누다 보니 느낌이 왠지 싸했다. 그런데 왜 갑자기 저한테 이런 이야기들을 하는 거죠?

역시나 내 직감이 들어맞았다. 아니나 다를까 매니저는 나에게 슈퍼바이저 진급을 제안해 왔다. 올 것이 왔구나. 나는 제안을 받자마자 거절 의사를 밝혔다. 솔직히 하고 싶은 마음 반, 하기 싫은 마음 반이었다. 슈퍼바이저로 진급을 하면 시급도 높아지고 누릴 수 있는 권한도 커지는 반면에 책임과 의무도 커진다. 직책이 높아진다는 것은 동전의 양면성과도 같다. 그리고 무엇보다 레스토랑과 직원들 사이에서 중재 역할을 해야 하기 때문에 양쪽으로 받을 스트레스를 생각하니 직책의 무게감이 더욱 크게 느껴졌다. 어휴. 인생은 B(Birth)와 D(Death) 사이의 C(Choice)라더니 여기서도 항상 선택의 연속이다.

하지만 나도 어쩔 수 없는 '워홀러'인가 보다. 높은 시급, 안정적이고 원하는 만큼 일할 수 있는 근무 시간. 워홀러에게 이것보다 매력적인 조건이 또 있을까? 계속되는 매니저의 추천 끝에 나는 결국 슈퍼바이저 진급 제안을 받아들였다. 그리고 레스토랑 사장님과의 간단한 면담 후 슈퍼바이저로 진급이 확정되었다. 그 뒤로부터 레스토랑 직원들은 나를 '윤 슈바' 또는 '동주 슈바'로 불렀다. 왠지 이름보다 직급을 강조해서 부르는 것 같아 들을 때마다 묘하게 기분이 이상했다.

슈퍼바이저로 진급 후에는 역시나 할 일이 훨씬 많아졌다. 다른 직원들보다 먼저 출근하고 늦게 퇴근하는 건 물론이고 중간 휴식시간도 다른 직원들보다 한 시간이나 줄었다. 이러한 근무환경에 더 이상 수영 강습을 유지해 나가기 힘들다는 판단이 들었고 강습생인 켈리, 세라 누나에게 양해를 구했다.

다행히도 켈리 누나는 회사 발령이 시드니로 나서 조만간 지역 이동을 해야 했고 세라 누나 또한 결혼식 때문에 한국으로 귀국해야 했기 때문에 둘 다 그만두어야 하는 상황이었다. 더 이상 수영 강습을 하지 않아서 여가 시간은 늘어났지만 수영을 가르치는 일에 한참 재미를 느끼고 있어서 수영 강습에 대한 미련을 쉽게 떨쳐 버릴 수가 없었다.

마지막 수영 강습을 마치고 켈리, 세라 누나와 작별 인사를 나누었다. 많은 강습생을 떠나 보낼 때마다 아쉽고 슬펐지만, 이번에는 수영 강습이 정말 마지막이라는 생각에 유난히 더 슬퍼졌다. 우린 여기까지인가 봐. 이제 너를 보낼게. 안녕. 나는 수영 강습 도구들을 정비한 후에 나의 땡땡이무늬 이민 가방 한쪽 구석 모퉁이에다가 고이 집어넣었다.

새로운 도시, 골드코스트

하루 근무시간 10시간에서 11시간 남짓. 너무나 바쁜 레스토랑 일정에 나는 점점 지쳐가고 있었다. 심지어 홀 직원들에게 별일 아닌 것으로도 짜증 내기 일쑤였다. 휴식이 필요했다. 호주 워홀을 와서 학원에 다닌 첫 2개월을 제외하고는 끊임없이 일하고 있었다. 중간중간 휴가를 내서 여행을 다녔고 2주 동안 한국도 다녀왔지만, 그것만으로는 아직 부족한지 온몸의 신경이 휴식기를 가지라고 아우성치고 있었다. 그리고 무엇보다 호주를 온전히 느낄 필요가 있다는 판단이 섰다. 나는 모든 워홀러가 바라는 높은 시급, 많은 근무시간을 가졌지만 레스토랑을 그만두기로 결심했다. 그래. 이제는 떠날 때야!

호주에서 워킹홀리데이 비자로 거주하는 사람들은 한 직장에서 6개월

이상 근무하지 못한다. 하지만 보통 한국인 사장들은 편법으로 6개월 이상 근무할 수 있도록 여건을 마련해주지만, 한국인 사장과는 다르게 오지(Aussie, 호주인) 사장들은 굳이 편법을 사용하려 하지 않는다.

마침 오지 사장 도넛 공장에서 일하고 있던 은애는 6개월의 근무 기간이 만기 되어 가고 있었고 나는 그 시기에 맞춰 일을 그만둘 생각이었다. 먼저 은애에게 내 생각을 말하니 은애는 나에게 지금의 시급, 직급에서 일을 그만두는 것이 아깝지 않냐고 물었다. "아니! 전혀. 해외를 나와서 일만 할 거였으면 워킹홀리데이를 오지도 않았어. 나는 내 인생에서의 여행을 온 거라고!"

은애와 나는 일을 그만둔 후의 계획에 대해 많은 대화를 나눴다. 거기서 나온 결론은 첫 번째, 2주간의 긴 여행을 떠나는 것이었다. 여행 속의 여행이라니. 낭만적이지 않은가. 그리고 두 번째, 지역 이동을 하는 것이었다. 브리즈번이 아닌 새로운 도시에서 새로운 마음으로 새 출발 하자는 이유였다. 마지막으로 세 번째는 일은 구하되 충분한 여가생활을 즐기는 것이었다. 인생 즐기는 거랬어. 하물며 여행인데 더 즐겨야지. 벌써 심장이 방망이질 치기 시작했다. 호주에서의 새로운 결심. 현재의 직장과 생활에 안주하면서 잠시 사그라들었던 모험심에 다시 불이 붙기 시작했다.

나는 우유부단했던 성격 탓에 결심이 섰을 땐 확실하게 불을 붙이자는 일념으로 살아왔다. 이번에도 역시 확실히 쐐기를 박아 놓아야 나의 결심이 붕 뜨지 않을 것 같아서 바로 매니저에게 일을 그만두겠다는 의사를 전달했다. 그런데 매니저가 생각보다 심각하게 받아들여서 깜짝 놀랐다. 얘기를 나누다 보니 충분히 매니저가 당황할 만했다. 바로 전날에 슈퍼바이저인 상민이도 일을 그만두겠다는 의사를 밝혔던 것이다.

며칠 전 상민이와 지역 이동에 대해 이야기한 적이 있었다. 상민이는 골드코스트(Gold Coast)로 지역 이동을 할 생각이라고 했다. "우리 둘 다 같이 나가면 매니저가 가만 안 둘지도 몰라."라며 걱정한 적이 있었는데 그래서인지 나보다 먼저 노티스를 낸 것이었다. 아…. 한발 늦었다. 상민이와 나는 둘 다 슈퍼바이저이기 때문에 동시에 그만두는 것이 조금 눈치 보이는 상황이었지만, 나의 결심을 번복할 마음은 없었기 때문에 나는 그대로 밀고 나갔다.

다행히도 매니저는 직면한 상황에 빠르게 순응했다. 일반 직원들은 2주 전에 노티스를 내야 하지만 상민이와 나는 슈퍼바이저이기 때문에 4주를 채워달라고 했다. "당연하죠. 슈바(슈퍼바이저) 짬을 허투루 먹은 건 아닙니다." 그 정도는 이미 계산에 들어가 있었기 때문에 나는 당당하게 대답할 수 있었다. 그 뒤로 매니저는 다음 슈퍼바이저 진급 후보를 우리에게 물어보고 앞으로 우리의 빈자리를 어떻게 채워 나갈지 고민하고 대책을 찾는 등 빠르게 일을 처리해 나갔다. 어디서든 높은 직책은 아무나 하는 건 아닌가 보다. 짝짝짝. 나는 매니저에게서 진정한 프로정신을 보았다.

4주는 생각보다 긴 시간이었다. 레스토랑 일을 하며 여행지와 이동할 지역에 대한 정보를 모으기에는 충분한 시간이었다. 은애와 내가 결정한 여행지는 뉴질랜드(New Zealand)였다. 가깝고 문화가 비슷해 호주와 형제의 나라라고 볼 수 있는 곳이다. 대자연의 보고인 뉴질랜드는 여행 속의 여행지로서 손색이 없었다. 그리고 이동할 지역은 브리즈번과 멀지 않은 곳에 있고 황금빛 태양이 끝없는 모래사장을 따뜻하게 덮고 있는 골드코스트로 정했다.

직장 동료들에게 골드코스트로 지역 이동할 거라는 사실을 알리니 레스토랑의 큰 누나인 영인 누나도 골드코스트로 이사 갈 생각이라며 나보다 더 격앙된 목소리로 말했다. "우와! 그러면 우리 넷이서 골드코스트에서 집을 렌트하는 게 어때?" 상민이는 상기된 목소리로 나와 영인 누나에게 제안했다. 영인 누나와 나는 그 자리에서 바로 수락했고 은애도 나의 설득 끝에 제안을 받아들였다.

'유종의 미.' 모든 일에서는 끝을 잘 마무리 지으라고 했다. 그래서 나는 레스토랑에서 남은 4주 동안 더 열심히 뛰어다녔다. 차기 슈퍼바이저를 교육했고 새로 들어온 직원들에게 일을 알려주며 힘든 일은 일부러 내가 더 뛰어다녔다. 이 정도면 '마무리는 무조건 잘해야 한다.'라는 강박증에 가까웠다. 그래도 노력에는 보상이 따른다는 것을 느꼈다. 그만둔 후에도 자주 들리라며 모두 내가 그만두는 것을 진심으로 아쉬워했다. 심지어 나와 기 싸움으로 인해 서먹서먹해졌던 누나도 떠날 날이 다가오니 친근하게 대하며 좋은 말을 해주었다. 큰 보상은 아니지만, 이런 말 한마디가 호주에서 지내는 나에게는 큰 힘이 되었다.

레스토랑에서의 마지막 날, 막상 좋은 사람들을 두고 떠나려니 발걸음이 떨어지질 않았다. 그래도 누군가가 그랬다. 박수 칠 때 떠나라고. 짝짝짝. 이제 모두들 안녕.

2주간의 여행 그리고 지역 이동. 더 이상 레스토랑에 대한 후회도, 여행에 대한 미련도 없었다. 나는 아무것도 모르는 골드코스트에서 또다시 직업을 구해야 했다. 처음부터 다시 시작이라는 생각에 덜컥 겁부터 나는 것은 어쩔 수 없는 것 같았다. 하지만 윤동주. 이제껏 호주에서 살아온 지식과 경험과 깡다구가 있다. 뭐 까짓것, 직접 부딪혀 보면 답이 나오겠지. 나는 자리에서 일어나 레쥬메를 들고 골드코스트의 거리로 나섰다.

겨울의 입구로 들어서는 호주의 5월. 이력서를 내면서 알게 된 안타까운 사실은 골드코스트는 여름 휴양지라서 지금은 비수기라는 것이었다. 나와 은애, 상민이까지 모두 좌절했다. 에이, 그래도 우리 세 명이 일할 곳 없겠어? 다시 의지를 불태우며 우리가 살고 있던 서퍼스 파라다이스(Surfer's Paradise)뿐만 아니라 다른 동네까지 물색하던 중 은애는 옆 동네 사우스 포트(South port)에 위치한 한인 식당의 홀 직원으로 뽑혔다. 그리고 상민이는 새벽 청소와 서퍼스 파라다이스에 위치한 식당 홀 직원으로 뽑혔다. 상민이의 최종합격 소식을 받고 축하의 의미로 다 같이 식탁에 둘러앉아 축하 파티를 열었다. "그래. 부딪혀 보면 된다니까." 내가 잔을 들고 소리치니 다들 흐뭇한 표정이었다. 분위기에 따라 즐겁게 술을 마셨지만, 내 코가 석 자인데 마냥 편하지만은 않았다. 다시 한번 내가 한 말을 내 마음속 깊이 새겼다. '뭐든지 부딪혀 보면 된다니까.'

골드코스트는 휴양지인 만큼 식당, 아이스크림 가게, 마트, 카페, 액티비티 샵 등 일할 수 있는 곳은 넘쳐났다. 처음에 스쿠버 가게에서 일하고 싶어 골드코스트에 있는 유학원을 찾아갔다. 스쿠버 자격증과 수영 자격증을 여러 종 보유했음에도 불구하고, 호주에서는 인정되지 않는다는 가슴 아픈 현실을 직면하고는 스쿠버 가게에서 일하고 싶다는 바람을 내려놓았다. 다음으로 카페에서 커피를 배우고 싶어 이력서를 세 군데나 내 보았지만 모두 깜깜무소식이었다. 오지 식당에서 영어를 쓰며 일하고 싶어 이력서를 내 봤지만 비수기라서 당분간은 사람을 뽑지 않는다는 말만 들려왔다. 막상 부딪히면 뭐라도 할 수 있을 줄 알았다. 하지만 생각보다 골드코스트에서의 구직의 길은 멀고도 험난했다. 그래도 아직은 좌절하지 말자는 생각이 들었다. 은애도 상민이도 구했잖아. 잠시 쉬어 간다고 생각하자. 다시 또 나를 토닥거렸다.

"형. 힐튼 호텔 골목에 한인 식당 있던데 거기 내보는 건 어때?" 상민이가 레쥬메를 챙겨 나갈 채비를 하던 나에게 얘기를 꺼냈다. 한인 식당은 최후의 보류로 남겨 두었는데…. 지금은 이것저것 가릴 처지가 아니었다. "그래. 목구멍이 포도청이라고 한식당도 내볼게." 나는 대답을 하고 힐튼 호텔 골목으로 향했다.

골목 앞에서 마지막의 마지막까지 고민했지만 일을 구하는 것이 가장 시급하다는 판단이 들어 한식당을 찾아갔다. "안녕하세요. 혹시 사람 안

구하시나요? 여기 제 레쥬메입니다. 연락 주세요!" 첫인상을 강하게 남기기 위해 큰소리로 인사를 하고 사장처럼 보이는 아주머니에게 레쥬메를 건네고 나왔다. 제발. 두 손을 모아 연락이 오길 간절히 바라면서 답답한 속을 풀기 위해 바닷가로 향했다. 역시나 평화로운 골드코스트의 바닷가. 내 속도 모르고 기러기들은 황혼의 바다 위에서 유유자적하게 날아다녔다.

띠리리리-

"여보세요?" 살짝 떨리는 목소리로 전화를 받았다.

"네. 제가 윤동주입니다! 당연하죠. 오늘 당장 갈 수 있어요. 네. 알겠습니다. 7시까지 갈게요!"

전날 레쥬메를 낸 한인 식당에서 온 전화였다. 내 예상과는 달리 아주머니가 아닌 건장한 남성의 목소리였다. 그 남자는 저녁 7시에 면접을 보자고 한 뒤 전화를 끊었다. 두근두근. "은애야, 상민아, 영인 누나. 나 연락 왔어. 저녁에 면접 보러 오래!" 면접이 확정되었을 뿐인데 이미 내 마음속에서는 최종 합격이었다. 아자! 사람이 확신이 없으면 자신이라도 있어야 하는 법이지.

오후 6시 50분, 가게 앞. 일부러 10분 일찍 가게에 도착했다. 첫 출근에 시간보다 일찍 출근하는 것은 당연한 일이면서 모두에게 좋은 인상을 남기는 방법이다. 나의 경험이 나에게 '짜식, 잘 컸어.'라고 하는 것 같아 뿌듯했다. 훗, 이 정도는 기본이지. 가게에 들어서니 저번에 봤던 아주머니는 중앙 테이블에 앉아 있었고 직원들은 서서 재잘거리고 있었다. 나는 직원들과 간단히 인사를 나누고 아주머니와 간단한 면접을 보았다.

내가 맡을 포지션은 주방의 핫 푸드 파트였다. 바비큐 식당이지만 바비큐가 아닌 일반 한식을 도맡아 요리를 해야 한다고 했다. 처음에는 당황스러웠다.

"저, 사장님. 제가 한식을 요리해 본 적이 없어요." 사실대로 솔직하게 말을 하는 것이 나을 것 같았다.

"괜찮아. 처음부터 잘하는 사람이 어디 있어. 주방장한테 천천히 배우면 되지." 사장님은 그게 뭐 대수냐는 듯이 대답했다. 조금 걱정은 되었지만, 다들 이렇게 시작하는 거 아니겠는가. 나는 다시 의지를 불태우기 시작했다.

출근은 3일 뒤부터. 주 5일, 30시간 남짓. 근무시간은 정말 이상적이었다. 그리고 요리를 배우다니, 무엇이든지 내가 해보지 못한 것을 배우는 것은 설레는 일이 아닐 수 없었다. 설렘을 가득 안고 첫 일주일 동안은 메모장에 빼곡하게 요리 레시피를 받아 적으며 설거지도 하고 청소도 하며 열심히 일을 배워 나갔다. 식당에서 나의 핫 푸드 파트의 사수는 민수 형이었다. 주방장이 한국에 잠시 가게 되어 민수 형이 주방장 대리를 하고 있었다. 과장 조금 보태서 호주에서 이렇게 열심히 일하는 사람이 또 있을까? 라는 의문이 들 정도로 성실한 형이었다. 더군다나 잘생기기까지. 정말 배울 점도 많고 부러운 점도 많은 형이었다. 부러우면 지는 거랬는데…. 그래도 부러운 건 부러운 것이다.

된장찌개, 김치찌개, 해물파전, 볶음밥, 해물탕, 숙주 볶음, 잡채, 갈비탕 등 웬만한 메뉴들은 숙지했다. 어느 정도 메뉴들을 만들 수 있게 되자 사장님은 전적으로 나에게 핫 푸드 파트를 맡기기 시작했다. 무엇이든 전적으로 맡게 된다는 것은 그만큼 책임이 커진다는 말이다. 책임이 커진 만큼 주위의 기대 또한 커졌다. 하지만 처음 핫 푸드 파트 실무자가 되고 나니 실수도 많이 하고 음식을 하는 속도 또한 느렸다. 주위의 기대에 부응하지 못할 때면 야단맞기 일쑤였지만 실력은 계속해서 하다 보면 느는 것이었고 나 또한 언제부터인가 실무자의 역할을 톡톡히 쳐내고 있었다.

생애 처음으로 일해보는 주방. 거기서 나는 나의 새로운 재능을 발견했다. "동주야. 한국 가서도 요리해 보는 건 어때?" "오빠가 직원들 식사 만든 게 제일 입맛에 맞아요." "내가 한국에도 요식업 몇 군데 하고 있는데 거기서도 일해라. 동주야." 모두 나의 요리에 칭찬을 아끼지 않았다. 내가 한 요리를 맛있게 먹어주는 사람들. 요리하는 사람에게 이것보다 더한 기쁨은 없다는 말이 가슴에 와 닿았다. 요리를 배운 지 몇 달 되지는 않았지만 나는 느낄 수 있었다. 요리사, 정말 매력적인 직업이구나.

호주의 겨울 7월. 하지만 '겨울'이 민망할 만큼 골드코스트에는 따스한 햇살이 살포시 내려앉았다. 겨울임에도 불구하고 밖으로 나가면 학생들, 어른들, 아기들 모두 호주의 최고 휴양지를 몸소 느끼고 있었다.

주방에서 일한 지도 2개월이 훌쩍 지났다. 일은 몸에 익숙해졌는데 몸은 더 힘들어졌다. 주방 직원 2명이 일을 그만두면서 나의 근무시간이 주 30시간에서 50~60시간으로 기하급수적으로 올랐기 때문이었다. 여기서도 바빠진 일정. 호주에서 알고 지낸 친구들은 나보고 일복이 터진다며 부러워했다. 일복은 넘쳐나지…. 그런데 내가 원하지 않는데도 자꾸 일이 넘쳐나는 건 복이라고 할 수 없어.

휴양을 위해 지역 이동을 감행했는데 생각과는 다른 방향으로 흘러갔다. 한국으로 돌아갈 시간은 점점 가까워지고 남은 기간 동안 일만 하다 가고 싶지는 않았다. 나는 결심을 굳혔고 호주에서 마지막 노티스를 냈다. 한식당 사장은 더 일해줄 수 없냐며 계속 나의 사직을 만류했지만, 나의 워킹홀리데이 기간 동안 호주에서의 소중한 시간들을 워킹으로만 채울 생각은 추호도 없었다. 직원이 안 구해지는 가게 사정은 딱했지만, 나의 계획을 바꾸고 싶지는 않았다. 하지만 '그래도 사람이 경우가 있지. 너 임마 그러는 거 아니야.'라며 나의 강박증이 내 발목을 잡았다. "그럼 노티스는 내는데, 사람 구해지면 가르치고 그만둘게요."라고 그렇게 사장과 합의를 봤다. 아직까지 내 계획에 차질이 생길 정도는 아니었기 때문에 서로에게 최선의 합의였다.

직원이 구해지기만을 오매불망 기다리던 끝에 남자 두 명이 면접을 보러 왔다. 직원이 안 구해져 임시방편으로 사장이 지인의 가게에서 직원을 끌어온 것이었다. 사장의 지인이 가게 확장 중이어서 모든 직원이 한 달 정도 휴가를 갖게 되었고 그중에서도 일하기를 원하는 몇몇 직원을 임시로 고용하기로 한 것이었다. 사장은 새 직원을 구할 수 있는 시간을 벌었고, 새로 온 직원들은 일자리를 얻었고, 나는 떠날 수 있는 최고의 묘안이었다. 그 뒤로 나는 2주간의 진짜 노티스가 주어졌고 2주 동안 임시 직원들을 가르치면서 호주에서의 마지막 '워킹'과의 시원하면서도 섭섭한 이별을 준비했다.

마지막 일자리를 떠나면서 여러 생각이 들었다. 호주라는 나라에서 직장을 구하기 위해 많은 노력을 했고 직장에 들어가서도 맡은 일에 최선을 다했다. 이러한 경험들로 느낀 점도 많았고 그만큼 얻은 것도 많았다. 워홀 비자로 호주를 와서 일한다는 것. 단지 외국에서 아르바이트를 한 것이라고만 치부할 수는 없는 최고의 경험이었다.

데이오프

호주에서 나의 첫 도시 브리즈번. 호주로 오기 전, 도시가 크지 않고 큰 특징 없이 수수해 보이는 것이 매력적이라 정착지로 선택했고 이제는 절대 잊지 못할 도시가 되었다. V자로 뻗어 있는 브리즈번강 사이에 시티가 자리 잡고 있고 그 시티를 중심으로 겹겹이 펼쳐지는 아기자기한 동네들. 낯선 도시로 아무것도 모른 채 들어 온 나를 포근하게 감싸주듯 브리즈번의 동네들은 나에게 따뜻하고 포근한 추억만을 남겼다.

브리즈번 시티

호주 제3의 도시, 브리즈번은 호주에서 떠오르고 있는 도시였다. 호주 제3의 도시라고 부르기는 하지만 중심업무지구(CBD)의 크기나 인구수, 다른 모든 면에서 브리즈번은 시드니와 멜버른 같은 대도시에 견주기에는 한참 부족하다. 내가 정착하고 지냈던 브리즈번 시티는 관광지로서는 인지도가 낮고 소소하지만, 나에게 그 어느 곳보다 소박하고 애틋한 향수를 풍기는 곳이었다.

브리즈번 시티의 중심지, '퀸 스트리트(Queen Street)'에 위치한 마이어(Myer) 쇼핑센터에서는 북쪽으로 '애들레이드 스트리트(Adelaide Street)'가 뻗어 있다. 거기에는 브리즈번 시티의 상징인 시티 홀이 위치해 있다. 시티 홀인 만큼 건물은 시계탑으로 엄청난 위용을 자랑하고 있으며 밤이면 형형색색

의 옷으로 갈아입는다. 그리고 조금 더 북쪽으로 올라가면 '로마 파크'가 나오는데, 이곳은 워홀러들의 모임 장소로써 최적인 곳이었다.

넓은 잔디밭과 자연 속 산책로, 인공 폭포가 조경되어 있었고 저수지의 분수대에서는 물줄기가 넘실거렸다. 거기에서 바비큐 파티를 즐기는 사람들, 잔디 위에서 돗자리를 펴 놓고 여유를 즐기는 가족, 산책로를 거니는 노부부와 중간중간 공원을 가꾸는 조경사들이 정답게 어우러진 모습을 보면 여유의 진정한 의미를 찾을 수 있었다. 그리고 가끔 낯익은 음악 소리가 들려 귀를 기울이다 보면 K-pop에 맞춰 춤을 추는 외국인들의 모습을 볼 수 있었고 그런 로마 파크의 친근하면서도 소박한 모습은 나에게 깊은 인상을 심어주었다.

다시 마이어 쇼핑센터를 중심으로 서쪽으로 이동해 보면 시티 홀 못지 않게 밤이면 화려한 옷을 꺼내 입는 위험한 친구, '카지노'가 자리 잡고 있고 그 맞은편에는 '스퀘어(Square) 도서관'이 있다. 카지노와 도서관의 중앙에 서 있을 때면 아이러니한 기분이 드는 건 나뿐일까? 하하.

스퀘어 도서관 앞 넓은 공터에서는 매주 수요일마다 열리는 '식품 플리마켓'과 한 달에 2번, 일요일마다 열리는 '물품 플리마켓'을 구경할 수 있다. 조금 더 서쪽으로 걸어가면 나오는 브리즈번강, 그 위에 빅토리아 브리지(Victoria bridge)가 놓여져 있고 그 너머 대관람차가 유명한 사우스 뱅크(South Bank)를 볼 수 있다. 아! 브리즈번강에는 가끔 바다에 서식하는 상어가 올라온다고 하니 함부로 들어가지 않는 것이 좋다고 한다. 브리즈번강에는 페리(Ferry)라는 교통수단이 있다. 무료 페리와 유료 페리가 있는데 굳이 유료 페리를 이용할 필요는 없다. 무료 페리를 타는 시간과 장소만

잘 알아보면 충분히 브리즈번강 위에서 강이 둘러싸고 있는 풍경들을 만끽할 수 있다.

빅토리아 브리지를 넘어 사우스 뱅크로 넘어가면 '사우스 뱅크 도서관' '박물관' '미술관' '대관람차' '사우스 뱅크 인공비치' 등 다양한 문화 활동을 즐길 수 있다. 무엇보다 사우스 뱅크 입구에 있는 〈B.R.I.S.B.A.N.E〉 조형물은 브리즈번 최고의 포토존으로 자리매김했다. 나는 사우스 뱅크에 있는 인공비치를 특히 자주 찾았는데, 그 이유는 인공비치에서 브리즈번 시티를 바라보면 자연 속에서 내가 살고 있는 세상을 바라보는 것 같아 생소하면서도 왠지 모를 안정감이 들었기 때문이다. 문화와 낭만이 가득한 사우스 뱅크. 남자친구 옆에 껌딱지처럼 찰싹 붙어 있는 말괄량이 소녀 같은 싱그러움에 취해 넋을 놓고 바라보게 만드는 매력적인 곳이었다.

브리즈번 시티 남쪽으로는 '보타닉 가든'이 있다. 로마 파크와 비슷하면서도 새로운 느낌을 주는 공원이다. 보타닉 가든에서 강길, 즉 리버사이드를 따라 올라가다 보면 스토리 브리지(Story Bridge)가 보인다. 리버사이드의 야경은 정말이지 브리즈번 최고라고 말하고 싶다. 높은 고층 건물들의 불빛과 그 뒤로 보이는 스토리 브리지의 반짝이는 조명, 그리고 그 야경을 담아내는 브리즈번강의 조화에 감탄을 금할 길이 없다. 아름다운 야경을 보며 길을 따라 걷다 보면 레스토랑이 모여 있는 것을 볼 수 있다.

거기서 드레스와 정장을 입은 외국인들의 디너 타임을 보고 있으면 한 편의 영화 속에 들어온 것 같은 착각마저 든다.

리버사이드를 빠져나와 동쪽으로 조금 더 발길을 옮기면 포티튜드 밸리(Fortitude Valley)가 나온다. 차이나타운이라고 부르기 어색할 정도로 작은 차이나타운과 그 뒤로는 시끌벅적한 클럽 거리가 있다. 향락의 도시인 포티튜드 밸리, 주말이면 다음 날 새벽까지 음악에 취하고 술에 취한 사람들이 북적거렸다. 일상에서 벗어나 일탈을 즐기는 곳인 만큼 위험요소도 많고 조심해야 할 것들이 많았다. 무엇보다 신분증인 여권을 항상 들고 다녀야 하는 만큼 분실의 위험 또한 크기 때문에 항상 조심해야 한다. 그리고 몇몇 몰상식한 사람의 괜한 시비는 무시하자. 똥을 무서워서 피하는 것이 아니라 더러워서 피하듯이 괜한 시비는 웃고 넘기는 것이 정신건강에 이롭다.

론 파인 동물원

째깍째깍. 12시, 땡. "수고하셨습니다. 먼저 퇴근해보겠습니다." 나는 서둘러 스시 가게에서 나왔다. 한국에서 친구 강민이가 브리즈번으로 여행을 왔고 내가 여행 가이드로서 함께 다니기로 했기 때문이었다. 브리즈번 근교에서 가장 '호주'스러움을 느낄 수 있는 곳을 찾아본 결과, 뭐니 뭐니 해도 호주의 상징은 캥거루와 코알라라는 것을 다시금 깨달았다. 그래서 이번 목적지를 '론 파인(Lone pine)' 동물원으로 정했다. "이럴 수가. 남자끼리 동물원이라니!" 우리는 농담 반, 진담 반으로 이런 이야기를 하면서도 캥거루와 코알라, 그 외에도 많은 호주의 동물들을 볼 수 있다는 기대감을 가지고 그곳을 향해 출발했다.

시티 마이어 센터 앞에서 강민이를 만나 햄버거를 하나씩 사 들고는 곧

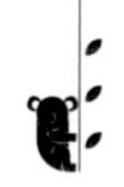

바로 버스 정류장으로 향했다. 구글 지도를 통해 경로를 검색해보니 시티 홀 앞 애들레이드 스트리트 버스 정류장에서 445번 버스를 타면 한 번에 론 파인까지 갈 수 있다고 나왔다. 휴우. 길치로 유명한 강민이와 나는 찾아가는 길이 어렵지 않아 안도의 한숨을 내쉬었다. 다행히 버스도 30분 간격으로 출발한다고 하니 우리는 완전히 소풍 가는 마음으로 오랜만에 여유로운 시간을 즐겼다.

오래 지나지 않아 버스에 올라 햄버거를 먹으며 바깥 풍경을 감상했다. 브리즈번 시티 밖의 마을은 너무 평화로우면서 수수해 보였다. 바깥 풍경을 만끽하고 있는데 초등학생 한 무리가 왁자지껄하게 떠들며 버스에 올라타더니 우릴 보고는 부자연스럽게 조용히 앉았다. 동양인 아저씨 두 명이 무서운 표정으로 앉아 있으니 당황스러웠을 법도 했다. 하하. 그렇게 20분을 더 달리니 론 파인의 마스코트인 대형 코알라 상이 보였다.

"강민아. 도착했어! 일어나." 피곤했는지 그 새 잠들어 버린 강민이를 깨워 버스에서 내렸다. 입구로 가는 길에 각 나라의 주요 도시에서 이곳이 직선상으로 얼마나 떨어져 있는지 볼 수 있는 이정표가 보였다. 국기나 나라에 관련된 내용만 나오면 애국심이 마구 솟구치는 나. 한국이 있나 찾아보니 버젓이 태극기가 그려진 '서울시'라는 표지판이 보였다. 그럼 그렇지. 한국이 없으면 섭섭하지. 괜히 우쭐해져서 입장권을 구매하러 들어갔다.

입장료는 성인 36달러. 하지만 나는 학생은 할인된다는 것을 알고 있었다. 학생은 24달러로 12달러나 저렴하게 이용할 수 있다. 문제는 강민이가 학생증이 없다는 것이었지만 나만의 편법이 있었다. 나에게 국제 학생증과 호주 유학원에서 발급받은 학생증까지 해서 학생증이 2개나 있었기 때문에 하나를 강민이에게 주고는 시간차를 두고 티켓 창구로 들어갔다. 우리가 서양인들을 잘 구별 못 하듯이 서양인들도 동양인을 잘 구별 못 하는가 보다. 강민이와 나는 다행히도 학생 가격으로 입장할 수 있었다. "그

래도 너랑 나를 구별 못 하다니 기분이 영 좋지만은 않은데?" 나는 괜히 강민이에게 투덜거렸다.

부푼 기대를 가지고 우리는 론 파인 동물원으로 입장했다. 하지만 한국의 여느 동물원과 크게 다를 게 없어 보였다. 동물원 크기와 퀄리티는 한국의 동물원이 훨씬 더 좋았다. 하지만 우리가 론 파인을 방문한 목적은 현지의 코알라와 캥거루를 보기 위해서였다. 다른 동물들에게 큰 기대는 하지 않았다. 하지만 야생 개 '딩고' '박쥐' '거대 악어' 등 막상 동물 구경을 시작하니 우리는 어린아이처럼 신나서 시간 가는 줄도 모르고 돌아다녔다.

그러다가 사람들이 줄을 길게 서 있는 곳을 발견하고는 사람들을 따라가보니 사람들이 코알라를 안고 사진을 찍고 있는 것을 볼 수 있었다. "우와! 동주야. 우리도 사진 찍자, 찍자!" 강민이가 발을 동동 구르며 좋아했다. 우리는 안내원의 안내에 따라 줄을 섰다. 그리 길지 않은 줄 가장 끝에 서 있으니 머리 위쪽에 달린 안내판이 눈에 들어왔다.

안내판에는 "코알라는 스트레스를 많이 받는 동물이라서 따로 만져 볼 수는 없고 오로지 18달러를 내고 사육사의 통제 안에서만 안아볼 수 있다."라는 내용이 적혀 있었다. 그리고 안내판에 적혀 있는 이용 금액 18달러. 비쌌다. 사진 한 장 찍는데 18달러라니. 강민이는 안내판을 못 본 모양이었다. 여전히 설레는 표정으로 기다리고 있는 걸 보니 확실했다. 나는 강민이에게 사진 비용이 18달러나 한다고 조용하게 말했다. 강민이에

게 말하고 생각해보니 호주까지 와서 평생 해보지 못할 경험을 하는 건데 18달러가 문제일까 싶었다. 하지만 내 생각과는 달리 너무 과감하게 돌아서는 강민이였다. 강민이에게 "너…. 그렇게 찍고 싶어 하더니 뭐가 이렇게 포기가 쉬워?"라고 묻자 "뭐, 코알라…. 그냥 보기만 하자. 비싸다. 18달러."라고 했다. 아하하. 잘못 들어서 입이 거친 친구라고 오해할 뻔했다.

우리는 비싼 가격에 못마땅해하며 코알라를 구경만 하고는 다시 이동했다. 이번에는 캥거루를 보기 위해 캥거루 가든으로 향했다. 푸른 초원 위에서 뛰어노는 캥거루들. 아니 대부분 캥거루과의 왈라비였다. 캥거루의 축소판인 왈라비는 캥거루만큼 크지 않아 위화감도 없고 온순해서 만져도 놀라거나 도망치지 않았다. 심지어는 벌러덩 누워서 누가 만지든지 말든지 신경을 전혀 쓰지 않는 왈라비도 있었다.

TV나 인터넷에서 보던 크고 위험한 캥거루들은 다른 울타리에 격리되어 있었다. 캥거루를 보자마자 강민이는 생긴 게 마음에 들지 않는다며 질색을 했다. 내가 사진을 찍어 준다고 해도 캥거루가 마음에 안 들어 찍지 않겠다는 강민이었다. 강민이는 구경을 마치고 동물원을 나올 때까지 캥거루는 자기 취향이 아니라며 징그럽다고 투덜거렸다. "야. 조용히 해. 캥거루들도 너 보면 똑같이 생각할걸?" 나의 일침에 강민이는 육두문자를 남발했다. 그러고 보니 조금 전에도 잘못 들은 것이 아니었던 것 같았다.

우리는 버스를 타고 집에 도착할 때까지 그 이야기로 티격태격 싸웠다. 하지만 싸움도 잠시, 집으로 돌아오는 길에 안주와 술을 사고 집에서 오랜만에 회포를 푸니 그렇게 즐겁고 재미있을 수가 없었다. 역시 친구는 친구인가 보다. 나를 보러 호주까지 날아온 강민이와 오랫동안 떨어져 있어 못다 한 얘기로 웃고 떠들다가 우리는 다음 날 일출을 보고 나서야 잠이 들 수 있었다.

자카란다

호주의 10월. 누구나 자연에서 뿜어져 나오는 호주의 봄 내음을 맡는다면 행복 호르몬이라고 불리는 세로토닌이 주체하기 힘들 정도로 뿜어져 나올 것이다. 호주에 온 지 6개월 차인 나도 그런데 호주로 온 지 며칠 안 된 은애는 오죽할까. 내가 휴무 날이면 어김없이 여행을 가자던 은애, 이번에는 '자카란다(Jacaranda)'를 보러 가자고 졸라 댔다. 나는 일을 두 가지나 하고 있어서 휴무가 겹치는 날에는 집에서 쉬고 싶었지만, 어쩔 수 없이 자카란다가 무엇인지도 모른 채 힘없이 은애에게 끌려나갔다. "근데 은애야. 도대체 자카란다가 뭐야?"

보라색 꽃이 피는 열대 아메리카산 나무인 자카란다. 자카란다는 10월에서 11월 사이에만 잠깐 피어 호주의 봄이 왔음을 알려 호주의 벚꽃으로 불린다. 자카란다 꽃의 화려한 보랏빛을 본 사람들이면 누구나 한결같이 우아하고 아름답다고 찬양할 정도다. 그렇기에 호주에 왔으면서 자카란다 꽃이 만개하는 시기에 자카란다 명소에 가지 않는다면 두고두고 후회할 일생의 실수로 남을 것이다. 이상 호주 박사 서은애 선생의 말씀 되시겠다. 나는 은애가 알려주기 전까지 자카란다의 존재조차도 몰랐었다. 나도 나름 호주에 관한 웹 서핑을 즐겼지만, 전혀 본 적 없었는데 은애는 어디서 저런 정보들을 알아 오는지. 음. 역시 남자는 화성에서 왔고 여자는 금성에서 온 것 같다는 생각이 들었다.

브리즈번에는 자카란다 명소가 여럿 존재했다. '캥거루 포인트(Kangaroo Point)' '뉴팜 파크(New Farm Park)' '자카란다 공원' '프린세스 스트릿 파크(Princess Street Park)' 등 곳곳에 명소들이 많이 있었지만 우리는 행선지로 퀸즐랜드 대학교를 택했다. 줄여서 'UQ(University of Queensland)'라고 불리는 대학교 캠퍼스에서 꽃놀이를 즐기기로 했다. 시티 홀에서 북쪽으로 로마 파크로 가는 길에 위치한 킹 조지 스퀘어(King George Square) 정류장에서 출발하는 66번 버스 또는 그 바로 옆에 위치한 로마 스트릿 정류장에서 출발하는 412번 버스를 타면 UQ까지 한 번에 갈 수 있다.

우리는 가장 빠른 버스 편을 구글 지도로 찾아보았다. 몇 분 뒤 출발하는 412번 버스가 있었다. 우리는 곧바로 정류장으로 향했고 시간에 맞춰 412번 버스를 탈 수 있었다. UQ로 가는 길, 구불구불한 도로에 멀미가 나서 창문 밖 풍경을 바라보고 있으니 브리즈번 시골의 아늑한 봄 풍경이 진통제 역할이라도 한 듯 어느새 멀미는 사라졌고 나의 온몸 구석구석에 봄 향기가 퍼졌다.

얼마 뒤 곧 다시 멀미를 느끼기 시작했지만, 다행히도 심해지기 전에 버스는 UQ에 도착했다. 은애는 자카란다를 볼 생각에 버스에서 내리기도 전부터 발을 동동 굴렀다. "워워. 진정해. 버스 엎어져!" 은애가 버스를 엎어버리기 전에 나는 다급하게 은애를 데리고 버스에서 내렸다.

"우와아아!"

"꺄아아악!"

버스에서 내린 우리는 누가 먼저라고 할 것도 없이 동시에 소리를 질렀다. 누구라도 이 광경을 본다면 탄성을 지를 수밖에 없을 것이다. 천국으로 가는 길이 있다면 여기와 비슷할까. 인터넷으로 봤을 땐 보정으로 인한 색이라고만 생각했던 자카란다의 화려한 보랏빛을 실물로 처음 마주했을 때의 느낌은 지금도 말로 형언하기 힘들다. 자카란다 나무들이 줄지어 서 있고 그 위로 보이는 호주의 파란 하늘에 예쁜 보라색 꽃을 수놓고 있었다. 그 아래에는 나란히 세워져 있는 자전거들과 UQ로 향하는 길 그리고 길옆에 가지런히 서 있는 가로등들이 공원의 풍경을 한층 더 빛냈다.

"은애야. 여기가 천국일까?"

"나랑 있으면 어디든 천국이지!"

"우웩."

우리는 서로의 사진을 연신 찍어주면서 입구에서 한 시간 동안 풍경을

감상한 뒤에야 발걸음을 옮겼다. 길 따라 공원 안쪽으로 이동하니 들어갈수록 여기가 공원인지 숲인지 구분하기 힘들 정도로 나무가 점점 더 울창해졌다. 그리고 UQ 캠퍼스가 모습을 드러냈다. 대학 캠퍼스의 봄 향기. 잔디밭 여기저기에는 책을 읽는 학생, 모임을 하는 학생들, 꽁냥꽁냥한 커플들의 모습이 보였다. 와~! 이게 외국 대학의 캠퍼스구나. 나에게 있어 대학 캠퍼스의 잔디밭은 항상 어색하다. 내가 다니는 대학교의 잔디는 학생들이 함부로 들어가지 못하도록 되어 있다. 잔디밭의 낭만을 생각하고 잘못 들어갔다가는 투포환이 머리에 꽂힐 수도 있기 때문이었다. 하하. 어쩔 수 없는 체대의 슬픔이었다.

우리는 UQ 캠퍼스 커플인 것처럼 캠퍼스 내를 활보하고 다니면서 건물 내부도 구경하고 심지어 모임을 하는 학생들 사이에 끼어서 놀기까지 했다. 은애가 신나서 한마디 던졌다. “우리 너무 자연스러웠어. 다들 우리가 신입생이라고 생각할 거야.” 나는 은애에게 살짝 웃어 보였다. 은애야…. 절대 아닐 거야.

UQ 대학 캠퍼스 구경을 마치고 버스를 타러 가기 위해 길을 찾던 중 우리가 들어온 방향이 아닌 다른 길이 보였다. 우리는 호기심에 지나가는 학생을 붙잡고 새로운 길에 대해 물어봤다. 누가 봐도 어려 보이는 풋풋한 대학생이었다. 그 학생은 저 길로 가면 저수지가 나오고 호수 길을 따라 걸어가면 정류장이 나올 거라며 친절하게 알려주었다. 우리는 UQ 캠퍼스의 풋풋함을 가슴에 묻고 아쉬움을 뒤로한 채 가르쳐준 길로 빠져나왔다.

나오고 나니 학생 말대로 저기 멀리 저수지가 보였다. 저수지에는 오리들이 둥실둥실 떠다니고 있었고 자카란다 나무와 벤치가 저수지를 둘러싸고 있었다. 왜 UQ가 자카란다 명소인지 처음부터 끝까지 확실하게 보여주는 곳이었다. 처음 버스 정류장에 내려서부터 다시 버스를 타러 가는 길까지 보라색의 아름다운 자카란다가 이렇게 빼곡하게 있다니. 자카란다뿐만 아니라 공원과 캠퍼스 그리고 학교 건물들과 저수지까지, 모든 것이 조화로워 우리의 심금을 울리기에 충분했다. UQ 캠퍼스와 자카란다의 매력의 끝은 도대체 어디인가. 어디선가 본 적 있는 글이 떠올랐다. “아름다운 것을 아름답다고 느낄 때 우리는 행복하다.” 나는 자카란다의 아름다움에 취해 행복을 온몸으로 체감하고 있었고 그 행복에 감사해지는 날이었다.

석양이 질 무렵, 버스를 타고 돌아가는 길에 문득 창밖을 내다보았다. 이 아름다운 풍경을 내년부터는 못 볼 거란 생각을 하니 한쪽 가슴이 먹먹하니 아려 왔다.

할로윈 데이

10월 말. 호주에서도 할로윈 데이(Halloween day)의 열기는 뜨거웠다. 정확하게는 10월 31일이 할로윈 데이지만, 호주에서는 몇 날 며칠 동안 파티를 즐겼다.

10월 29일 토요일, 전날 밤 나와 은애 그리고 은애의 룸메이트인 혜림이까지 셋이서 클럽에 가서 할로윈 파티를 새벽까지 즐겼다. 그로 인해 우리는 아침부터 녹초가 되어 있었다. 녹초가 된 채로 침대 위에 누워 있는 나에게 용훈이와 효현이가 함께 '맨리(Manly)'에서 열리는 할로윈 축제에 가자며 제안했고 여행이라면 마다하지 않는 나는 피곤함은 내일의 나에게 맡기고는 곧장 따라나섰다.

분장 도구를 사서 화장까지 하는 친구들. 너희 제대로 즐기려고 하는구나? 용훈이는 조커 분장을 했고 효현이는 죄수복을 입고 죄수 분장을 했다. 나와 은애는 전날 분장을 하고 광란의 클럽파티를 즐겼기 때문에 굳이 분장까지 하지는 않았다. 그리고 무엇보다 힘들게 분장을 할 만한 여력이 남아 있지도 않았다. 하지만 "그래도 해외에서 하는 할로윈 파티인데!"라며 용훈이가 분장할 것을 권했고 은애와 나도 못내 아쉬움이 남아 효현이의 분장 도구에 있던 상처 스티커를 몇 개 얻어서 붙였다. 훗, 자신감이 상승했다.

해는 지평선을 넘어가면서 보라색 노을로 하늘을 물들였다. 할로윈이라 그런지 노을마저 진한 보라색으로 스산한 느낌을 자아냈다. "자. 이제 슬슬 출발하자. 얘들아."

브리즈번 센트럴(Central)역에서 '클리블랜드(Cleveland)' 라인 기차를 타고 50분 정도 가면 도착하는 맨리(Manly). 보통 사람들은 시드니 맨리 비치는 익히 들어 알고 있지만, 브리즈번 근교에도 유명하지는 않지만 한적한 맨리 비치가 있다는 것은 잘 모른다. 그곳은 요트 선착장이 있는 조용한 동네로 주말이나 휴무 때 마음의 안정을 찾으러 가기 좋은 곳이었다.

맨리까지 가는 길, 기차에 탑승하고 보니 용훈이와 효현이 외에는 할로윈 분장을 한 사람이 보이지 않았다. 명색이 할로윈 축제인데…. '사람들이 많이 가는 축제가 아닌가 보다.'라고 조금은 실망을 하고 있었지만 그건 쓸데없는 걱정에 불과했다. 맨리에 가까워질수록 할로윈 분장을 한 사람들이 늘어났고 맨리역에 도착했을 때는 턱이 얼얼할 정도로 입이 쩍! 하고 벌어졌다. 축제에 참석한 사람들의 분장 수준은 집에서 한 분장의 수준이 아니었다. 기차역에서 축제가 열리는 장소로 천천히 이동하니 이건 뭐, 좀비 영화 촬영지를 방불케 했다. 호주 사람들의 고퀄리티 분장을 보고는 나의 흉터 분장을 슬쩍 가릴 수밖에 없었다.

'좀비' '슈퍼마리오' '블랙 스파이더맨' '잭 더 리퍼' 등 수많은 할로윈 분장

을 한 사람들이 있었고 우리는 그 사람들을 구경하느라 시간 가는 줄 몰랐다. 아빠 등에 목마를 타고 있는 작고 예쁜 소녀는 왼쪽 얼굴이 흉터로 가득한 끔찍한 좀비가 되어 있었다. 정말 다친 건 아닌가 싶을 정도로 그 소녀의 좀비 분장은 최고 중의 최고였다. 사진을 찍으려고 하자 환하게 웃어 주는 소녀. 내가 "You are the best!"라고 말하자 엄지를 치켜들어 보이는 센스까지 갖춘 귀여운 소녀였다.

분장한 사람들을 구경하는 재미뿐만 아니라 공터를 둘러싸고 있는 푸드 트럭에서 음식들을 골라 먹는 재미도 놓칠 수 없었다. 그렇게 정신없이 돌아다니다 보니 용훈이와 효현이 그리고 은애도 어느 순간부터 보이지 않았다. "다들 잘들 놀고 있겠지. 애들도 아니고." 나는 천하 태평하게 군것질거리를 들고 할로윈 분장을 구경하며 맨리 거리를 활보했다.

맨리 비치는 크지 않았고 길도 단순해 사라진 친구들을 전혀 걱정하지 않았다. 사실 나는 넘쳐나는 구경거리들에 집중하기 바빠서 친구들을 찾을 생각조차 하지 않았다.

위이이이잉. 위이이이잉.

혼자서 구경을 하던 중 휴대폰에 진동이 느껴졌다. 휴대폰을 보니 은애에게 부재중 전화가 8통이나 와 있었다. 헉. 8통이나. 나는 죽었다. 솔직히 무슨 일인지는 궁금하지 않았다. 그저 내가 전화를 받지 않은 것 때문에 은애가 얼마나 잔소리를 퍼부을지가 더 걱정이었다. 황급히 은애에게 전화를 거니 은애는 나보고 어디냐며 다급하게 물었다. 무슨 일이냐며 이유를 물어보니 다름 아닌 맨리 할로윈 축제의 하이라이트인 불꽃 축제가 곧 시작한다는 것이었다.

은애가 알려준 위치를 찾는 데 크게 어렵지는 않았다. 역시나 모두들 모여 있었다. 나는 갑자기 사라졌다는 이유로 친구들에게 욕을 한 바가지나 얻어먹고 전화를 8통이나 받지 않았다고 은애에게도 잔소리를 한 바가지 듣고 나서야 불꽃 축제 관람석에 앉을 수 있었다. 하하. 내가 사라진 거였구나. 나는 정신이 털릴 대로 털려 너덜너덜해진 채로 불꽃놀이를 맞이할 준비를 했다.

펑! 펑! 피융! 팡! 불꽃놀이는 요트 선착장의 요트 위에서 터뜨리는 것 같았다. 칠흑 같은 바다 위에서 만개하는 수백 발의 불꽃들. 맨리의 할로윈 축제는 불꽃 축제로 피날레를 장식했다. "얘들아. 빨리 움직이자. 축제에 마지막까지 있는 거 아니야." 축제가 끝나기 직전 내가 친구들에게 서두르자고 얘기하자 모두들 의아하게 나를 쳐다봤다. 축제가 끝나고 이동하면 수많은 인파 속에서 이리저리 치이는 험난한 귀갓길을 감수해야 하기 때문에 사람들이 아직 구경하고 있을 때 움직여야 한다며 모두를 설득했다. 모두들 이마를 탁! 무릎을 탁! 우리 모두 축제의 마지막을 즐기지 못하는 것이 못내 아쉬웠지만, 재빨리 기차역으로 향했다.

기차에서 아쉬움으로 가득 찬 표정으로 창밖을 바라보고 있는데 기차 출발신호가 울렸다. 곧 기차가 움직이기 시작했고 반대편 승강장에 서 있는 섬뜩한 할로윈 분장을 한 사람들이 어둠이 짙게 깔린 창을 스크린 삼아 영사기 필름처럼 스르륵 하고 스쳐 지나갔다. 맨리에서 보낸 할로윈 축제는 나의 호주라는 필름의 한 장면을 오싹하게 장식했다.

크리스마스

12월 25일은 전 세계 사람들의 축제 크리스마스이다. 호주 역시 크리스마스이브부터 열기가 뜨거웠다. 정말 뜨거웠다. 남반구에 위치한 호주의 크리스마스는 한여름이었다. 햇볕은 강하게 내리쬐고 있었고 브리즈번 시티 거리에는 사람들이 넘쳐났다.

스시 가게는 공휴일에 열지 않았고 레스토랑에는 휴무를 신청했는데 다행히도 받아들여졌다. 24일 그리고 25일 6시까지 꿀같은 크리스마스 휴가였다. 하지만 마음 한편으로는 아쉬움도 있었다. 호주에서는 공휴일에 가게들은 '써차지(Surcharge)'를 붙인다. 손님들에게 기본 가격에다가 추가세를 붙인 가격을 받는데 이것은 일종의 팁 문화였다. '우리가 공휴일에도 나와서 서비스를 제공하고 있으니까 팁을 내놔!'와 같은 맥락이었다. 그리고 추가로 들어온 금액은 공휴일에 일한 직원들에게 일괄 지급했다. 그러한 조건 때문에 레스토랑 직원 대부분이 공휴일에 출근하기를 원해서 나는 손쉽게 휴무를 가질 수 있었다.

은애와 나는 크리스마스이브 저녁 브리즈번 시티 홀에서 열리는 대형 트리 점화식에 참석하기로 했다. 집 밖으로 향하니 길거리는 시끌시끌했다. 집 앞 도로에서는 길을 막아 놓고 외국인들이 춤을 배우고 있었고 선술집에서는 흥겨운 노랫소리와 맥주병을 부딪치는 소리가 울려 퍼졌다. 말 그대로 모든 곳이 축제였다. 우리는 천천히 사람들을 뚫고 시티 홀로 향했다. 으. 어느 나라나 축제는 복잡하구나. 시티 홀은 이미 만석이었다. 시계탑 앞에는 대형 트리가 장식되어 있었고 사람들 뒤쪽에는 대형 빔 프로젝터와 스피커가 설치되어 있었다.

크리스마스트리를 점화하기 전에 시티 홀 앞에서는 많은 공연을 했고 연예인들도 참석했다. 사람들은 열광했지만, 나에게는 얼마나 유명한지, 어디에 출연했는지 전혀 모르는 사람들뿐이었다. 하지만 은애는 알지도 못하는 연예인을 찍겠다며 꿋꿋하게 휴대폰을 든 손을 머리 위로 뻗어 올리고 있었다.

공연은 막을 내렸고 수많은 인파에 파묻혀 트리가 점화되기만을 기다렸다. 얼마 지나지 않아 카운트다운이 시작되었다. 10, 9, 8, …… 3, 2, 1, FIRE! 대형 트리는 형형색색의 불을 밝혔고 하늘에서는 축포가 터졌다.

대형 빔 프로젝터는 시티 홀을 스크린 삼아 영상을 쏘아 대기 시작했다. 모두들 "메리 크리스마스!"를 외쳤고 나도 덩달아 신이 나서 주위 사람들에게 메리 크리스마스를 외쳤다. 한여름의 크리스마스라. 매우 생소한 광경이었지만 색다른 경험이었다.

모든 행사가 끝나고 집으로 돌아가는 길에 보니 거의 모든 가게가 문을 닫은 상태여서 그런지 내가 일하는 레스토랑은 문 밖까지 줄이 길게 늘어서 있었다. "오늘 일했으면 죽었을지도 몰라." 이런 날은 출근하지 않는 것이 훨씬 잘한 일이라며 스스로 합리화하면서 은애에게 얘기를 꺼냈다. 은애는 "응. 정말 잘했어! 오늘 같은 날은 쉬어야지! 돈이 중요한 게 아니야."라고 답해 내 마음을 한결 가볍게 만들었다.

무더운 한여름의 크리스마스이브, 어둠이 집 창가에 내려앉고 나는 난생처음으로 빨간색 민소매 티와 반바지를 입은 산타클로스 할아버지가 창문을 열고 들어오는 상상을 하며 눈을 감았다.

빠빠빠빰빠. 알람 소리에 눈을 떴다. 침대 밑에 벗어 둔 어제 신은 양말

에는 역시 아무것도 없었다. "민소매 입은 산타클로스 할아버지가 안 왔군." 나는 비몽사몽이었지만 재빨리 정신을 차리고 일어나 씻고 나왔다. 은애 방에서는 이미 드라이어 소리가 울려 퍼지고 있었다. "은애야. 준비 다 했어?" 나는 불과 15분 만에 나갈 채비를 다 하고 은애에게 물었다. "아니. 10분만 기다려!" 은애가 소리쳤다. 휴. 여자들은 정말 하루하루가 피곤하겠어.

크리스마스. 우리는 브리즈번 인근 레드 클리프라는 동네의 바다로 출발했다. 신기하게도 브리즈번 시티는 쥐 죽은 듯이 조용했다. "다들 공휴일이라서 떠났나 봐. 한 사람도 안 보이네." 은애 말대로 거리에는 개미 한 마리 보이지 않았다. "늦었다. 우리도 서두르자."

우리는 트레인을 타고 이동했다. 바다로 가까워질수록 트레인에는 사람들이 늘어났고 해변가에는 이미 수많은 사람이 와 있었다. 중간중간 빨간색 수영복을 입은 사람들이 눈에 띄었다. 대부분이 동양인이어서 은애는 저 사람들이 한국인이 아닐까 조심히 추측했다. 은애 또한 크리스마스는 빨강이라며 빨간색 비키니를 챙겨왔기 때문에 신빙성이 있는 추측 같았다. 서핑하는 사람들, 비치발리볼 놀이를 하는 사람들, 안전요원 등. 평소에 바다를 나가면 자주 보이는 광경이지만 크리스마스라는 의미가 더해지니 더욱 새롭게 각인되었다. 해변에서 보내는 크리스마스는 정말 색다른 광경이었다.

우리는 근처에서 유명하다는 피쉬&칩스 가게를 찾아가서 점심을 먹기 위해 버스에 올랐다.

"우리 5번째 정류장에 내려야 해." 은애가 구글 지도를 찾아보고 말했다.

"어, 알겠어." 나는 휴대폰을 쳐다보며 건성으로 대답했다.

"5번째 정류장이야! 나 좀 잘게." 은애가 재차 강조했지만 나는 시큰둥하게 들었다. 아니나 다를까, 나는 휴대폰을 보느라 우리가 내려야 할 정류장을 지나치고 말았다. 은애는 여전히 옆에서 꾸벅꾸벅 졸고 있었다. 하…. 또 혼나겠군. 나는 은애를 흔들어 깨웠다. "은애야. 우리 정류장 지나쳤어…."

"으휴. 내가 두 번이나 말했지!" 생각보다 은애는 크게 화내지 않았다. 원래 내려야 하는 정류장보다 두 정류장 뒤에 내렸지만, 거리는 생각보다 멀었다. 설상가상으로 버스는 거점에서 한 바퀴를 돌아서 우리가 있는 정류장을 지나가는 것이 아니라 다른 정류장을 지나서 돌아가는 노선이었다. 그렇게 우리는 걷기 시작했다. 돌아가는 정류장을 찾아서.

정류장까지는 꽤 멀었다. 터덜터덜. 짐이 많지 않아 다행이었다. 우리는 지도가 알려주는 대로 정류장을 찾아 골목으로 들어갔다. 그때 우리의 눈앞으로 너무나 아름다운 골목길이 펼쳐졌다. 동화 속에서 나올 법한 마을이 눈에 확 들어왔다. 집들이 띄엄띄엄 있었고 가로수는 도로를 에워싸고 있었다. 하늘까지 뻗쳐 있는 가로수 가지들 사이로 들어오는 햇살은 싱그러움 마저 머금고 있었다. 휴일이라서 그런지 도로에는 지나다니는 사람 하나 없어 정말 사람이 사는 동네가 맞을까 의구심마저 들었다.

우리는 길옆에 널브러져 있는 마트 카트를 발견했다. 한국에서도 자주 보이는 마트 카트가 호주의 마을에서는 한 폭의 그림같이 주차되어 있었다. 은애는 기회를 놓치지 않았다. 마트 카트를 타고 쉴 새 없이 포즈를 취했고 나는 연신 카메라 셔터를 눌러 은애를 카메라에 담았다.

사진 수십 장을 찍고 골목을 벗어나자 바로 정류장이 보였다. 우리는 다시 버스를 탔고 얼마 뒤 목적지에 도착해서 피쉬&칩스를 허겁지겁 먹어댔다. 그도 그럴 것이 아침을 먹지 않은 데다가 길도 잘못 들어 원래 계획보다 2시간이나 늦은 점심 식사였다. 정말 게 눈 감추듯 사라진 식사였다.

식사 후 문득, 정류장을 지나쳐서 아름다운 풍경을 감상하고 식사가 늦어져서 훨씬 맛있게 식사를 마친 이 모든 상황이 산타 할아버지의 선물이 아니었을까 하는 생각이 들었다. 피식 웃음이 나왔다. 산타클로스 할아버지라니. 나는 억지 동심으로 크리스마스를 아름답게 기억하고 싶었는지도 모르겠다.

아침 일찍부터 전 세계인의 축제 크리스마스를 만끽하고 있었지만, 이제는 돌아갈 시간이 다가왔다. 다른 사람들은 여전히 여유롭게 휴일을 즐기고 있었다. 심지어 은애마저도 이틀을 쉬는데. 비단 나뿐만은 아니겠지만, 왠지 나 혼자만 일하러 가는 것 같아 서글픔이 몰려왔다.

하…. 일을 하루 튈까? 갑자기 아파서 못 간다고 할까? 갑자기 몹쓸 생각들이 내 머릿속에 맴돌았다. 그러다 어렵게 구한 일자리에서 잘리면 어떡해? 그리고 내가 쉬면 직장 동료들이 더 일해야 하잖아! 나는 다시 이성을 차렸고 무거운 발걸음을 옮겼다. 나는 워킹홀리데이 비자로 왔어. 일해야 돼. 또 다음에 휴가 가면 돼. 그렇게 이성적인 나는 감성적인 나를 위로했다.

브리즈번 시티에 도착하자 저 멀리 보이는 문밖으로도 줄이 길게 늘어서 있는 레스토랑. 이제 곧 내가 들어가야 할 문이었다. 하…. 아침에는 코빼기도 안 보이던 사람들이 왜 내가 출근할 시간이 되니 저렇게도 많을까. 혹시 몰래카메라가 아닐까. 아니면 그저 구경만 하다 가는 사람들 아닐까. 나는 레스토랑으로 한걸음, 한걸음 걸어가면서 말도 안 되는 상상의 나래를 펼쳤다. 하지만 몇 초 후 결국, 문 앞에서 현실을 마주하고는 어쩔 수 없이 빠르게 순응했다.

나는 줄을 길게 서 있는 사람들을 비집고 레스토랑 문으로 들어갔다.

"안녕하세요. 모두 메리 크리스마스!"

스트라드브로크 아일랜드

2017년 3월. 호주에 온 지도 벌써 1년이 다 되었다. 3월에는 내가 호주로 온 지 1년이 되는 것보다 중요한 날이 있는데 바로 은애의 생일이었다. 다른 날은 몰라도 생일만큼은 제대로 챙겨주고 싶었다. 작년 8월 20일 나는 호주에서 생일을 맞이하면서 주변 사람들에게 많은 축하를 받았지만 유독 그 날 한국에 있는 내 가족들과 친구들이 그리워졌다. 워홀러로서 외국에서 맞이하는 생일은 아무리 축하를 받는다고 해도 허전함을 느낄 수밖에 없었다. 은애 또한 그럴 것이다. 그 때문에 남자친구로서 더욱 신경을 써주고 싶었다.

그러다 생각 하나가 떠올랐다. 생일 파티를 해주고 선물을 주는 것보다 여행을 가는 것이 훨씬 외로움과 허전함을 달래 주면서 생일에 의미를 더할 수 있을 것 같았다. 나는 생각이 들자마자 곧바로 내가 자주 들리던 유학원으로 달려갔다.

브리즈번 메리 스트리트(Mary Street)에 위치한 유학원은 여행사까지 운영하고 있어서 많은 정보를 얻을 수 있었다. 이번에 유학원에서 추천해준 여행지는 스트라드브로크(Stradbroke) 섬이었다. 마침 은애의 생일 당일 유학원에서 주최하는 데이투어 상품으로 갈 수 있는 곳이었다. 가격은 인당 단돈 20달러. 개인으로 가면 교통비가 훨씬 더 들 텐데…. 역시 추천받길 잘했다. 망설임 없이 그 자리에서 바로 은애 몫까지 40달러를 결제하고는

데이투어 상품에 우리 이름을 기재했다. 두근두근. 스트라드브로크 아일랜드. 왠지 최고의 여행이 될 것 같은 느낌이 들었다.

출발 당일, 나는 새벽같이 일어나 도시락을 만들었다. 치킨에 볶음밥에 과일 그리고 미역국까지. 최고의 생일을 위한 만반의 준비를 했다. 이런 남자친구가 세상천지에 어디 있어! 나는 혼자서 낄낄거리며 요리를 마무리 지었다.

모든 준비를 끝내고 은애와 나는 양손 가득 짐과 묵직한 도시락을 들고 집결지로 출발했다. 버스 집결지에는 우리의 예상보다 훨씬 많은 사람이 모여 있었다. 우리가 지정된 버스로 올라타자 미리 버스에 타 있던 유학원 직원이 여행안내 팸플릿을 전해 주었다.

팸플릿에는 여행 일정이 상세하게 나와 있었다. 섬까지 가는 경로는 브리즈번 시티에서 버스를 타고 클리블랜드까지 이동하고, 거기서 페리를 타고 스트라드브로크 섬으로 들어가는 것이었다. 365일 중 300일이 맑다는 브리즈번. 역시 맑은 하늘에 구름 한 점 없는 깨끗한 날씨였다. 바깥 풍경을 구경하다 보니 어느새 버스는 페리 선착장에 도착해 있었다. 계절은 가을이었지만 역시나 더운 날씨. 얼마 지나지 않아 들어온 대형 페리는 우리가 탄 버스를 싣고 출발 뱃고동을 울렸다.

페리로 이동하는 30분 동안 우리는 버스에서 내려 호주의 바다를 만끽했다. 호주의 바다는 언제 봐도 가슴을 시원하게 뚫어주는 신비한 힘이 있었다. 잠시 후, 페리는 에메랄드빛의 바다를 가로질러 '던 위치' 선착장에 도착했다. 그리고 다시 올라탄 버스는 페리에서 내려 첫 번째 목적지를 향해 달리기 시작했다. 데이투어의 첫 번째 목적지는 브라운 레이크(Brown lake)라는 호수였다. 갈색 호수? 똥색 호수?! 이런….

다행히 내 걱정과는 달리 똥색은 아니었다. 호수의 물이 너무 맑은 탓에 호수 바닥의 갈색 모래들이 그대로 비쳐 브라운 레이크라는 이름이 붙은 것이었다. 생각보다 신기하지는 않았지만 한적하고 평화로운 분위기여서 잠시 쉬어 가기에는 괜찮은 곳이었다.

호수에 도착했을 때부터 슬슬 배가 고프기 시작했지만, 아직 밥을 먹을 때가 아니었다. 나는 엄청난 경관이 보이는 최고의 식사를 위한 자리가 있을 거라는 확신으로 주린 배를 움켜잡고 버스에 올라 다음 목적지로 향했다. 그리고 도착한 곳은 포인트 룩아웃(Point Lookout). 한국말로 하면 전망대인 곳이었다. 버스에서 내리니 푸른 초원 위에 벤치와 테이블들이 깔려 있고 그 너머로 바다와 하늘 사이를 가르는 수평선이 끝없이 펼쳐져 있었다.

"은애야! 여기서 밥 먹자." 나는 소리쳤다. 경치도 경치지만 빨리 허기진 배를 채우고 싶은 마음이 더 컸다. 그런데 은애는 끝없이 펼쳐진 자연경관이 마음에 들었나 보다. 찰칵찰칵. 은애는 사진을 찍으며 감상하느라 정신 없이 분주하게 움직였다. 나는 이제서야 허기진 배를 채울 수 있다는 생각에 마음이 급해졌다.

"은애야. 이제 밥 먹자." 찰칵찰칵.

"은애야. 그만하고 와." 찰칵찰칵.

"밥 먹자고…."

"아. 좀, 기다려!"

그렇게 사진을 찍어주며 10분가량을 더 기다렸다. 그래도 새벽같이 일어나 도시락을 만든 보람이 있었다. 말로 다 표현하지 못할 눈부신 경관에 맛있는 식사까지. 은애는 최고의 생일선물이라며 고맙다고 말했고 나는 자연스레 어깨가 으쓱 올라갔다.

식사를 마치고 보니 출발 시각까지 여유가 꽤 있어 산책로를 걷기로 했다. 전망대에서 절벽 길을 따라 바다까지 이어진 산책로를 걸었다. 절벽에는 따로 안전장치가 없어 위험했지만 그만큼 대자연 속에 그대로 있는 것 같은 운치를 느낄 수 있었다. 산책로에서 보이는 에메랄드빛 바다에 새파란 하늘 그리고 그사이를 잇는 황금빛의 햇살. 이 모든 것이 은애의 생일을, 아니 호주로 여행 온 우리를 축복해주는 것 같았다.

자, 이제 감상도 끝났으니 저 바다로 뛰어들어가 볼까.

데이투어의 마지막 대미를 장식할 실린더 비치(Cylinder beach). 지금까지 감상만 했다면 이제는 에메랄드빛 바닷물에 뛰어들어 몸소 느껴 볼 차례였다. 우리는 챙겨온 수영복으로 갈아입고는 바다로 달려들었다. "이야~! 대박인데!" 살면서 바다를 많이 가봤지만 이렇게 맑은 바다는 본 적이 없었다. 우리는 파도가 들어올 때 파도 사이로 반대편이 보이는 신세계를 경험할 수 있었다.

아름다운 실린더 해변. 햇살은 파도에 튕겨 반짝거렸고 우리는 서퍼들에게 튕겨 옆으로 밀려났다. "에이, 뭐야! 위험하게!" 나는 갑자기 나타난 서퍼들 때문에 당황스러워 짜증 섞인 목소리로 소리쳤다. 근데 서핑을 즐기던 소년이 우리를 보더니 영어를 할 줄 아느냐고 물었다. 나는 당당하게 "오브 코스!"라고 외쳤다. 흥, 우리를 무시하는 건가. 우리가 멀뚱멀뚱 쳐다보자 아이가 해변에 꽂혀 있는 팻말을 가리키며 여기는 서핑 구역이라며 위험하다고 나가라고 했다. 팻말의 내용은 서핑 라인에 대한 설명이었고 물놀이를 할 수 있는 라인이 따로 있었던 것이다. 허허허. 민망함에 홍당무처럼 빨개진 얼굴로 그대로 서핑 라인에서 퇴장했다.

모든 일정이 끝이 나고 빨리 시티로 돌아가기만을 기다렸다. 새벽부터 도시락 준비를 하느라 잠을 얼마 못 자서 그런지 내 몸은 녹초가 되어 있었다. 반쯤 눈이 감겼을 때 버스는 출발했고 나는 버스 안에서 기절하듯 꿈나라로 향했다. 가이드는 집으로 돌아가는 길에 보는 일몰이 일품이라며 꼭 볼 것을 추천했지만, 도저히 무거운 눈꺼풀을 올릴 방법이 없었다. 노을을 사랑하는 은애는 노을과 예쁜 풍경이 겹칠 때마다 감탄사를 외치며 사진을 찍어 댔지만 찰칵거리는 셔터음에도 아랑곳하지 않고 나는 더 깊은 잠에 빠져들었다.

끼이이익. 몽롱한 상태로 잠에서 깨어났다. 지금이 현실인지 꿈인지 분간이 가지 않았다. 바깥은 어두웠고 사람들이 시끄럽게 버스에서 내리고 있었다. 모든 것이 꿈 같았으며 심지어 내가 호주에 있다는 사실조차 기억 못 할 정도로 혼미했다. 마치 전신마취에서 깨어난 것처럼 몽롱했다. "도착했어. 잠에서 좀 깨." 은애가 나를 흔들었다. 아. 현실이구나. 우리 여행 갔다 오는 길이구나. 나는 조금씩 정신이 들기 시작했다.

집으로 돌아온 나는 맥주 한 병을 따서 마셨다. 이미 피곤함은 온데간데없어졌고 정신은 또렷해졌다. 맥주를 마시며 여행을 다녀온 순간들을 다시 회상해 보았다. 너무나 즐거웠던 순간들이 내 머리 위로 스쳐 지나갔다. 아직도 모든 것이 꿈처럼 느껴졌다. 홀짝홀짝 마시던 맥주는 어느새 바닥을 보였다. 마지막 한 모금을 입속으로 털어 넣었지만, 맥주 한 병으로는 간에 기별도 가지 않았다. 나는 냉장고에서 조용히 맥주 한 병을 또 꺼내 들었다. 어쩌면 맥주가 부족해서가 아니라 여행을 다녀온 여운을 조금 더 오랫동안 느끼고 싶었는지도 모른다.

도전! 골든벨

호주 여행 세미나! 여행 EXPO!

시간: 오후 4시부터 5시까지.

그리고 세미나가 끝난 후!

엄청난 상품이 걸려있는 골든벨이 열립니다.

유학생 여러분 모두 도전하세요!

내 페이스북에 글이 하나 올라왔다. 유학원에서 엑스포(EXPO) 행사가 열린다는 것을 알리는 글이었다. 나는 곧 일을 그만두고 뉴질랜드 2주 여행을 갈 계획을 짜고 있었기 때문에 여행 세미나는 많은 도움이 될 것 같았다. 그리고 뉴질랜드뿐만 아니라 호주 내 다른 여행지에 대한 정보도 미리 알아볼 겸 참석하기로 했다.

레스토랑에 데이오프(Day off, 휴무) 신청을 하지는 못했지만, 다행히도 엑스포 행사 시간에 맞춰 브레이크 타임을 가질 수 있었다. 슈퍼바이저는 브레이크 타임이 1시간이지만 매니저에게 사정을 얘기하고 2시간으로 연장했다. 항상 느끼는 거지만 매니저가 앞뒤 꽉 막힌 사람이 아닌 것이 정말 큰 행운이었다.

나는 브레이크 시간이 되자마자 유학원으로 달려갔고 야간 출근인 은애는 집에서 유학원으로 바로 넘어왔다. 생각보다 세미나에는 사람이 많지 않았다. 50명 남짓이었고 참석 인원이 많지 않아 늦게 올 사람들을 고려하다 보니 세미나는 예정 시간보다 20분이나 늦게 진행되었다. '시드니' '멜버른' '프레저 아일랜드(Fraser Island)' '해밀턴 아일랜드(Hamilton Island)' '케언즈' '태즈메이니아' 등. 뉴질랜드에 관한 자료는 거의 세미나 마지막에 설명되었다. 심지어 내용도 호주 내 여행지보다 현저히 부족했다. 하…. 뉴질랜드가 호주의 형제 국가라고는 해도 외국인데 너무 많은 걸 바랐나. 기대가 크면 실망도 큰 법이듯 나는 몰려오는 실망감을 숨길 수가 없었다.

멜버른은 이미 여행을 다녀와서 멜버른 이외의 시드니, 케언즈, 프레저 아일랜드, 골드코스트에 관심을 가지고 세미나를 들었다. 중간중간 좋은 정보는 메모까지 해가면서 경청했다. 뉴질랜드에 대한 정보는 많이 얻지 못했지만, 호주 내 여행지에 대한 정보를 많이 알게 된 것으로 위안을 삼았다. 뉴질랜드 설명을 마지막으로 30분가량의 세미나가 끝이 났고 나는 서둘러 레스토랑으로 돌아갈 채비를 하고 있었다.

"10분 뒤 골든벨을 시작할 예정입니다! 화장실만 빨리 다녀오세요." 나의 담당 직원인 '티나' 씨가 얘기했다.

"아…. 저 일 하다가 중간에 나와서 돌아가 봐야 해요."

"몇 시까지 들어가 봐야 해요?"

"한 시간 정도 남았네요."

"그럼 골든벨 할 시간 충분해요! 30분이면 되는걸요." 나는 골든벨에 큰 흥미가 없었지만, 시간이 남기도 했고 '티나' 씨도 적극적으로 추천해주는 터라 은애와 재미 삼아 한번 도전해보기로 했다.

세미나를 듣던 대부분의 사람이 골든벨에 도전했다. 이번 골든벨 상품은 스카이 다이빙이었다. 무려 250달러짜리 상품이다. 상품을 보자 나는 흥미가 생기기 시작했지만, 살면서 단 한 번도 경품 당첨이 되어 본 적이 없는 나이기에 큰 기대는 하지 않았다. "자. 이제 1번 문제부터 시작할게요." 정장 차림의 약간 통통한 남자가 골든벨 사회를 맡아 진행을 하기 시작했고 경쾌한 효과음까지 흘러나왔다. 하지만 이 골든벨로 인해 내가 희극과 비극 사이에서 줄타기를 할 거란 걸 이때는 전혀 예상하지 못했다.

"자, 1번 문제입니다. 처음에는 쉽게 가야죠. 호주 브리즈번은 우리나라와 시차가 10시간 이상 난다. OX 문제입니다. 설마 틀리는 사람은 없겠죠?" 첫 문제라서 그런지 엄청 쉬운 문제였다. 생각할 필요도 없이 나는 X를 썼고 카운트다운이 시작되자 노트를 들어 보였다. "역시 아무도 틀린 사람은 없군요. 브리즈번이 2시간 빠르죠. 이거 틀리면 짐 싸서 다시 한국으로 돌아가야죠. 하하." 사회자가 웃으며 얘기했다. "자, 2번 문제 나갑니다. 퀸즐랜드에 위치한 세계 최대의 모래 섬으로 세계 자연 유산으로 등재된 이 섬은? 이번 것은 좀 어려울 겁니다." 어라? 나는 잠시 당황했지만, 머릿속의 기억을 끄집어냈다. 마침 바로 전 세미나에서 이 섬에 대한 설명을 했고 나는 이 섬에 흥미가 생겨 메모를 했었다. 섬 이름이… 아! 프레저 아일랜드.

역시나 2번 문제도 무난하게 통과했다. 하지만 생각보다 많은 사람이 떨어져 나갔다. "자, 바로 3번 문제 나갑니다. 호주는 몇 개의 주(State)로 이루어져 있을까요?" 이건 RSA(주류 취급 자격증)를 공부할 때 외웠던 부분이었다. '이야~! 이런 게 다 나오네. 왠지 오늘 운이 좋네.'라고 생각하며 나는 주저하지 않고 8을 써넣었다. 역시나 정답. 아직 3번 문제였지만 사람들은 눈에 띄게 줄어들었다.

4번 문제, "호주의 육식 동물로 오스트레일리아의 들개로도 불리는 이것은?" 정답은 딩고. 이전에 강민이와 론 파인 동물원을 갔을 때 개와 생김새가 비슷하지만, 딩고라는 다른 이름이 인상 깊어 기억하고 있었다. 5번 문제는 "세계 최대의 산호들의 군락지이자 죽기 전에 꼭 봐야 할 관광지로 꼽히는 퀸즐랜드의 세계자연유산은?"이라는 문제였다. 호주에 오기 전부터 그토록 가보고 싶었던 곳. 스쿠버 다이빙 자격증이 있던 나는 케언즈의 세계 최대의 산호 군락 그레이트 배리어 리프에 자연스럽게 관심을 가질 수밖에 없었고 당연히 외우고 있었다. 역시나 정답.

5번 문제까지는 무난하게 어려움 없이 지나왔다. 주위를 둘러보니 이미 많은 사람이 떨어지고 남아있는 사람은 20명이 채 되지 않았다. 은애는 5번 문제에서 안타깝게 떨어져 뒤에 있는 의자에 앉아서 나를 바라보고 있었다. "자, 6번 문제 나갑니다." 사회자는 쉴 틈 없이 진행했다. "스카이 다이빙에서 제일 높게 뛸 수 있는 높이는 몇 피트(ft) 일까요?" 나는 다시 기억을 되짚어 보기 시작했다. 13,000… 15,000…. 헷갈리기 시작했다. 하지만 초지일관이라고 했던가. 나는 긴가민가한 심정으로 13,000ft를 적어서 들었다. 고개를 드는 순간 "아뿔싸!"하고 말이 입 밖으로 튀어나왔다. 대부분의 사람이 15,000ft라고 적어놓은 것이다. 아…. 내 운은 여기까지인가. 은애를 쳐다보니 안타까운 표정으로 나를 바라보며 고개를 젓고 있었다. 혹시나 하는 기대감이 무너져 내렸다. 사실 처음에는 큰 기대는 하지 않았다. 하지만 스카이 다이빙이 상품인 데다가 한 문제, 한 문제를 맞힐 때마다 조금씩 기대가 커진 것은 사실이었다. 역시나 정답은 15,000ft였고 나는 6번 문제에서 떨어졌다. "우승은 무슨." 나는 자리에서 일어나 엉덩이를 툭툭 털어냈다.

나와 은애가 티나 씨에게 작별 인사를 하고 유학원을 떠나려고 하는데 뒤에서 통통한 사회자의 목소리가 들렸다. "사실 오늘은 패자부활전이 있습니다. 원래는 없었는데 사회자 역량 아니겠어요? 자, 떨어지신 분들. 들어오세요!"

패자부활전? 나와 은애가 다시 도전할 기회가 생겼다. 우리는 뒤도 돌아보지 않고 자리로 뛰어가 앉았다. 이미 떠난 사람들도 꽤 있어서 패자부활전에 도전하는 사람이 많지는 않았다. "자, 그럼 끌지 않고 바로 문제 내겠습니다. 호주의 구급차 및 화재신고, 범죄신고 등을 위한 긴급전화번호는?"

답은 '000'이었다. 골든벨을 하기 며칠 전 레스토랑 동료 혜림이와 진혁이가 늦은 밤 집으로 돌아가던 중 강도를 만났었다. 칼을 든 강도는 혜림이와 진혁이에게서 가방과 돈을 다 빼앗아 갔고 그들은 속수무책으로 당할 수밖에 없었다. 외국에서 만난 강도 이야기를 들은 나는 남 일 같지 않았고 혜림이에게 어떻게 대처해야 하는지 물어보다 긴급전화번호 000을 알게 되었다. 나는 쏜살같이 000을 쓰고 은애를 쳐다보았다. '911' 은애는 해맑게 웃으며 미국의 긴급전화번호가 쓰여 있는 노트를 머리 위로 열심히 들고 있었다. 아… 은애야.

패자부활전에서 살아남은 사람은 9명. 이들에게는 본선 진출 기회가 주어졌다. 은애는 대기석에서 나를 응원하기 시작했다. 7번 문제는 '멜버른 그레이트 오션로드 12 사도상의 현재 기둥 개수'에 관한 문제였다. 그레이트 오션로드 투어 때 가이드가 설명해준 12 사도상. 현재 8개밖에 남아있지 않다고 했었지. 정답. 나의 모든 경험과 기억들을 끄집어내 8번, 9번, 10번, 11번 문제까지 풀어나갔다. 점점 줄어드는 참가자 수 그리고 그 한가운데 우두커니 앉아있는 나. 나의 기대는 걷잡을 수 없이 커져 버렸고 심장은 방망이질 치기 시작했다. 이제 남은 사람은 나까지 5명이었다.

"사실, 문제가 60번까지인데 다들 너무 못하시네요! 남은 다섯 분은 분발해주세요. 자, 다음 문제는 호주의 대표적인 동물로 호주 원주민 '에버리진' 언어 중 '모르겠다'라는 뜻을 가지고 있는 호주에서 유명한 동물의 이름은?"

나는 워킹홀리데이를 준비할 당시를 회상해보았다. 인터넷 어디선가 본 내용이었다. 영국제국이 호주로 넘어왔을 당시 이 동물을 보고 이것은 무엇이냐고 물었더니 원주민이 그들의 언어로 '무슨 말인지 모르겠어'라는 뜻인 '캥거루'라고 답했다는 속설이 기억났다. 이 속설은 사실이 아니라는 내용까지. 하지만 이번 답은 캥거루일 것이다. 나는 당당하게 캥거루를 적고 노트를 올렸고 다른 참가자의 답들을 훑어보았다. 나 이외의 4명 또한 '캥거루'라고 써냈다. 후후후. 그럼 그렇지. 역시 다들 만만한 상대들은 아니구나.

"자, 모두 정답입니다. 치열하네요! 그럼 캥거루 이야기가 나와서 말인데 다음 문제는 OX 문제입니다. 캥거루과에서 '왈라비'가 가장 작은 종이다." 다시 캥거루와 연관된 문제였다. 왈라비, 확실히 가장 작은 캥거루과 동물이라고 생각했었다. 그때 문득 떠오른 기억. 잊고 지냈던 사우스 뱅크 박물관을 견학했던 기억이 떠올랐다.

나는 실제 크기로 만들어 놓은 동물 모형들을 구경하고 있었다. 그중에

서도 포유류의 유대목 전시관이 가장 내 흥미를 끌었다. 호주에서 가장 많이 서식한다는 유대목은 태반이 없거나 있어도 불완전하며, 새끼는 발육이 불완전하게 태어나 보통 어미의 배에 있는 육아낭 속에서 젖을 먹고 자란다고 한다. 그 유대목 중 캥거루, 왈라루, 왈라비는 캥거루과에 속했다. 그리고 왈라비 옆에 더 작은 '쿼카'라는 동물 모형이 보였다. 역시나 캥거루과의 동물이었다. 쿼카가 가장 작은 캥거루과 동물인지 아닌지는 모른다. 하지만 지금 이 문제의 답은 X라는 확신이 들었다.

나는 답을 들어 보였다. "아…." 주위에서 탄식이 흘러나왔다. 5명 중 나만 X, 나머지 네 명은 O를 들고 있었다. 나는 확신했다. 내가 우승을 했다는 것을.

"자, 두구두구두구두구. 정답은 X. 우승자가 정해졌네요! 앞으로 나오세요. 하하." 아찔한 흥분이 내 몸을 관통하는 기분을 느꼈다. 재미로 참가해서 한 번 떨어지고 패자부활전으로 극적인 우승이라니! 게다가 상품은 스카이 다이빙이었다. 흥분을 감출 수 없었고, 감추고 싶지도 않았다. 나는 사회자와 기념사진을 몇 장 찍고는 상품으로 얻은 스카이 다이빙 설명을 듣기 위해 티나 씨에게로 향했다.

"네? 스카이 다이빙이 5월 13일이라고요? 다른 날은 안되나요?"

"네. 그날 무슨 일 있으세요?"

"저희 그때는 뉴질랜드에 있을 텐데요. 다른 날은 안되나요?"

"이게 상품이 다른 분들과 다 같이 투어갈 때 포함되어 있는 거라서요…."

"양도는 안 되나요?"

"네. 우승하신 본인만 해당되세요."

역경을 헤치고 우승했건만 가지를 못 하는 현실이라니…. 뉴질랜드도 이미 비행기 표까지 끊어 놓은 상태라 미루거나 당길 수도 없는 노릇이었다. 어쩔 수 없이 스카이 다이빙이라는 우승상품을 포기해야만 했다. 티나 씨가 다른 상품을 무료로 할 수 있도록 조치해준다고는 했지만, 20만 원이 넘는 스카이 다이빙에 비할 수는 없었다. 이것은 누구를 위한 골든벨이었나. 나는 우승의 달콤한 기분만을 맛본 채 쓸쓸히 레스토랑으로 향했다.

"삶은 비극과 희극의 연속이다." "인생사 새옹지마". 새삼스레 가슴에 와 닿게 된 명언들이었다.

골드코스트

모든 브리즈번의 생활을 정리했다. 호주 최고의 휴양지 골드코스트로 지역을 옮기기 위해서였다. 나와 은애와 상민이는 차에 짐을 싣고 M1 고속도로를 달려 골드코스트로 향했다. 새로운 도시, 새로운 집 그리고 새로운 환경. 모든 것이 생소하고 낯설었다. 하지만 골드코스트는 나의 새 출발의 무대로 손색이 없었다. 매일 아침 거침없이 수평선을 집어삼키며 뜨는 금빛 태양은 나에게 스포트라이트를 비춰주는 것 같은 기분마저 들게 했다.

우리는 골드코스트의 '서퍼스 파라다이스'에 정착했다. 끝이 없는 해변, 끝이 없는 바다. 나는 아침 7시가 되면 어김없이 길게 뻗은 해안 도로에서 구보를 뛰며 서퍼스 파라다이스 주민들과 인사를 나눴다. 집으로 돌아와 토스트와 바나나로 배를 채우고 있으면 베란다로 작고 예쁜 새들이 찾아온다. 나 혼자만 배를 채우는 것이 미안해 식빵을 조각 내 슬쩍 내밀어 보면 그 작은 손님들은 내가 무섭지도 않은지 내 손에 잘도 앉아서 식빵을 뜯어 먹는다. 그들이 식빵 부스러기만 남겨둔 채 떠나고 나면 그때야 나도 골드코스트의 거리로 나섰다.

서퍼스 파라다이스의 메인 거리인 카빌 에비뉴(Cavill Avenue)로 향하면 레스토랑, 디저트 가게, 카페, 옷 가게, 오락실, 펍, 클럽 등 수많은 가게가 즐비했다. 우리는 쇼핑을 했고 마트에서 장을 봤다. 카페로 가서 음악을 들으며 커피를 마셨고 집을 돌아갈 때면 아이스크림 가게에서 아이스크림 2스쿱을 주문해 플라스틱 숟가락으로 떠먹었다. 식사는 되도록 집에서 차려 먹었다. 찌개류와 반찬을 만들어서 먹었고 특별한 날에는 베란다에 신문지를 깔고 삼겹살 파티를 했다. 간단하게 술을 곁들이면서.

계절은 겨울이었지만 여전히 따뜻한 골드코스트의 낮. 아파트 정문을 나서면 바로 바다가 나왔기 때문에 우리는 수영복 차림에 비치타월만 두른 채로 밖으로 뛰어나갔다. 곱고 부드러운 모래는 우리가 밟을 때마다 사박사박 소리를 내며 서퍼스 파라다이스의 해변을 알렸다.

햇볕이 강하게 내리쬐는 날이면 선탠을 했고 파도가 내 키보다 높은 날은 서핑을 즐겼다. 바람이 선선하게 불 때면 책을 한 권 들고 나가 해변에 자리를 깔고는 파도 소리를 들으며 책을 읽었다. 철썩철썩. 골드코스트의 파도 소리는 그 어떤 소리보다 감미롭고 부드럽게 내 귓가에 머물렀고 그 포근함은 책을 읽기에 딱 알맞은 데시벨이었다.

때로는 메인 거리인 카빌 에비뉴에 위치한 오락실 '타임 존'으로 가서 다

같이 내기를 즐기거나 크루저 보드를 타고 서퍼스 파라다이스 곳곳을 돌아다녔다. 매주 수요일과 금요일 밤, 바닷가 앞에서는 나이트 마켓이 열렸다. 마켓뿐만 아니라 여러 가지 공연도 함께 열렸고 이는 우리에게는 최고의 구경거리였다.

밤이 되면 낚시를 주로 다녔다. 강, 바다 가릴 것 없이 상민이와 나는 낚시가 유명한 포인트를 찾아다녔다. 운이 좋아 물고기를 잡는 날엔 집에서 생선을 손질해서 맥주 안주로 삼았다.

상민이와 나의 꿈은 술로 가득 찬 냉장고였는데 골드코스트로 지역 이동을 하면서 우리의 꿈이 이루어졌다. 온갖 맥주와 소주, 탄산음료와 진저 비어로 냉장고 두 칸을 가득 채웠다. 우리는 더 이상 술을 살 필요가 없을 거라며 박수를 치며 좋아했지만, 매일 밤마다 하나씩 마시다 보니 한 달이 채 되기도 전에 거덜 나버렸다.

늦은 밤이면 우리는 거실에 모여 노트북을 TV에 연결해 영화나 드라마 또는 한국 방송을 즐겨 보았다. 그렇게 우리는 울고 웃고 떠들며 하루하루 여유롭고 안락한 일상을 보냈다.

골드코스트 근교에는 '무비 월드'와 '드림 월드'라는 테마파크가 있었다.

테마파크 역시 학생증이 있으면 유학원에서 저렴하게 입장권을 구매할 수 있었다. 은애와 영인 누나는 어린아이 마냥 좋아했고 우리 네 명은 쉬는 날을 맞춰 서퍼스 파라다이스 밖으로 향했다.

서퍼스 파라다이스에서 TX2번을 타고 30분을 달려가니 '무비월드'가 나왔다. 영화를 주제로 한 무비월드는 각종 영화 장면을 재현해 꾸며 놓은 장소였다. 그리고 영화 주인공, 악당 등의 코스프레를 한 직원들도 돌아다녔다. 지정된 시간에 지정된 장소에서는 영화 속 주인공들의 공연이 열렸을 뿐만 아니라 많은 놀이기구도 이용할 수 있었다. 영화 주인공들을 테마로 한 놀이기구였는데 가장 인상 깊었던 것은 '슈퍼맨'이었다. 롤러코스터인데 꼬리에는 슈퍼맨이 미는 것처럼 슈퍼맨 장식이 되어 있었다. 출발하고 난 뒤 "faster, super faster!"라는 방송이 나오고 나면 시속 100㎞까지 도달하는데 고작 2초가 걸리는 무비월드에서 가장 빠른 놀이기구였다. 그 외에도 '그린 랜턴' '배트맨' '원더우먼' '스쿠비' '조커'로 꾸며 놓은 테마관과 놀이기구가 있었지만, 우리가 무비월드 전체를 둘러보는 데는 3시간이면 충분했다.

무비월드가 영화를 주제로 한 테마파크라면 '드림월드'는 애니메이션 캐릭터들을 주제로 한 테마파크였다. 드림월드의 입구로 들어서면 커다란 지구본에 'Dreamworld'라고 적혀 있는 구조물이 있

다. 입장할 때 지도를 주는데 무비월드와는 다르게 꽤 넓어 지도는 필수로 챙겨야 했다. 애니메이션을 주제로 한 테마파크답게 '마다가스카 펭귄들' '쿵푸 팬더' '슈렉' '장화 신은 고양이' 등 수많은 캐릭터가 있었다.

또 드림월드에는 명물 기차가 있는데 장식용이 아닌 직접 타고 드림월드를 둘러볼 수 있는 이동 수단이다. 기차를 타고 이동하다 보면 동물원과 키즈 월드 그리고 각종 놀이기구마다 정차하고 마지막으로 출발역인 지구본 앞으로 돌아오는 기차였다. 드림월드는 넓은 크기 때문에 둘러보기만 하는 데도 체력이 부칠 정도였지만 마음만은 동심으로 돌아가 풋풋하고 훈훈해지는 낭만적인 곳이었다.

골드코스트에서 얻은 직장의 근무시간이 기하급수적으로 늘어나면서 점점 여유시간이 줄어들었다. 하지만 쉬는 날이거나 일하는 중간 시간이 생기면 어김없이 바깥으로 나섰다. 탁 트인 바다, 금빛 도시, 흥이 넘치는 사람들. 호주의 휴양지 골드코스트는 찬란하고 아름답게 내 마음속에 기억되었다.

스카이 다이빙

유학원에서 주최하는 골든벨에서 우승을 해 스카이 다이빙을 무료로 즐길 기회가 생겼지만, 뉴질랜드 여행과 겹쳐 아쉽게도 포기해야만 했다. 스카이 다이빙이 싼 가격이 아닌 데다가 내가 노력해서 얻은 기회여서 더욱 마음이 아팠다. 하지만 지나간 일은 지나간 일. 인생사 새옹지마라고 하지 않는가. 나는 무료 스카이 다이빙 기회를 포기할 수밖에 없었다. 그렇지만 천혜의 자연경관을 자랑하는 호주에서 스카이 다이빙을 하지 않는 것은 있을 수 없는 일이었다. 은애와 나는 늦게나마 골드코스트의 아랫동네인 '바이런 베이(Byron Bay)'의 스카이 다이빙을 신청했다.

다른 모든 투어를 제외하고 스카이 다이빙만 하는 데 210달러나 들었다. 그리고 사진이나 동영상 촬영은 별도로 구매해야 하는 상품이었다. 헉. 역시나 비싼 가격. 다시금 골든벨 상품을 이용하지 못한 것이 후회되기 시작했다.

바이런 베이가 아랫동네라고는 해도 차로 1시간이나 걸리는 거리였다. 우리는 아침 6시 30분에 집에서 그리 멀지 않은 픽업 장소로 움직였다. 6시 50분이 픽업 시간이었지만 아무리 기다려도 버스는 오질 않았다. 심지어 픽업 장소에는 우리 이외에는 아무도 없었다. 왠지 모를 불안감에 점점 등줄기가 서늘해져만 갔다.

"설마…." 장소는 확실했다. 그리고 날짜와 시간도. 그런데 왜 셔틀 차량은 오질 않는 것일까. 7시 10분이 넘어가는 데도 버스는 오지 않았고 우리는 급하게 전화를 걸었다. 하지만 스카이 다이빙 직원은 왜 버스가 안 왔는지 알 방도가 없다는 대답뿐이었다. "버스 기사한테 전화를 해보면 되잖아!" 은애가 짜증 섞인 목소리로 전화하고 있는 내 옆에서 투덜거렸다. "몰라. 버스 기사가 전화를 안 받는다는데?" 도저히 이해가 되질 않았다. 별일 아니라는 듯이 대수롭지 않게 대하는 태도부터 마음에 들지 않았다.

전화를 끊고는 휴대폰 액정을 바라보았다. 시간은 벌써 7시 30분이 가까워지고 있었다. 바이런 베이에 가면 전화를 받은 직원과 기사에게 꼭 사과를 받으리라 생각하며 이를 갈던 중이었다. "동주야, 동주야! 저거 아냐? 저기 오는 버스 같은데!" 은애가 들떠서 소리치는 바람에 하마터면 휴대폰을 떨어뜨릴 뻔했다.

버스 옆면에는 파란색 글씨로 커다랗게 'Skydive'라고 쓰여 있었다. 틀림없었다. 우리는 40분을 기다리고 나서야 버스를 탈 수 있었다. 버스 기사는 브리즈번에서 사람들을 태우는 데 연착이 되었다며 우리에게 사과했

고 우리는 괜찮다며 아무렇지 않다는 듯이 대답을 하고 나서 자리를 잡고 앉았다. 아무리 기다려도 오지 않는 버스에 화가 났지만, 막상 버스가 눈앞에 나타났을 땐 스카이 다이빙을 할 수 있다는 생각에 고맙기까지 했다.

버스를 타고 가는 길, 앞 좌석에서부터 종이와 펜을 차례로 나눠주었다. 은애와 나는 미리 검색을 해보고 온 터라 그것이 무엇인지 알고 있었다. 바로 서약서였다. "스카이 다이빙을 하다 내가 죽는다고 하더라도 회사는 책임이 없다." 뭐 그런 섬뜩한 내용이었다. 나는 인적 사항을 썼고 비상연락망으로는 상민이의 번호를 썼다. 마지막으로 친필 사인까지 했다. "뭐 별일이야 있겠어?"라며 은애 앞에서 위세를 떨었지만, 나도 모르게 손이 덜덜 떨리는 건 어쩔 수 없었다.

은애와 나는 버스가 도착하자마자 최대한 빠르게 내렸다. 우리는 무엇을 해야 할지 알고 있었다. 바로 사무실 내부로 들어가 진열된 패드로 스카이 다이빙 협회에 낼 서류를 작성하는 것이었다. 설명서에 적힌 대로 빠르게 작성을 하고 접수를 하기 위해 줄을 섰다. 신속하게 한다고 하긴 했는데도 줄은 이미 길어져 있었다. "저 사람들은 왜 안 해?" 은애가 물었다. 나는 "미리 했나? 나도 몰라."라고 대수롭지 않게 대답했지만, 곧 그들의 진상 행동을 알게 되어 분노하고 말았다.

대부분의 중국인이 앞쪽에 서 있었는데 가족 단위로 방문해 한두 사람이 줄을 서고 나머지 가족은 서류 작성을 하고는 중간에 자기 가족들이 서 있는 곳으로 계속해서 끼어들었다. 계속해서 새치기하는 사람들 때문에 줄은 전혀 줄어들 기미가 보이지 않았다. "진짜 뭐야? 저 사람들. 한두 명도 아니고 대가족이 저렇게 끼어드는 건 좀 아니지!" 슬슬 화가 나기 시작했다. 그래도 은애와 나는 점잖은 편이었다. 우리 뒤쪽에 서 있던 호주 할아버지는 계속해서 영어로 욕을 했다. 하지만 전혀 아랑곳하지 않는 중국인 가족들. 엄청난 철면피에 박수까지 쳐 주고 싶을 정도였다.

긴 기다림 끝에 우리 차례가 되었고 우리는 몸무게부터 쟀다. '79kg' 내 몸무게였다. 내 몸무게를 잰 다음 은애가 체중계에 올라갔다. "헐. 나 살쪘어! 어떻게 해." 몸무게를 보더니 은애가 울상을 지었다.

"캬하하. 은애야. 낙하산 찢어지는 거 아니야? 낙하산 허용범위 초과한 거 아니야?" 나의 말이 끝남과 동시에 은애의 주먹이 내 명치를 강타했다. 나는 콜록거리며 사과를 했고 그 모습이 웃겼는지 조금 전까지만 해도 욕을 하던 할아버지는 우리를 보며 껄껄 웃고 있었다.

우리는 동영상 촬영 비용 159달러와 스카이 다이빙 협회에 내는 세금 35달러를 추가로 결제했다. 그리고는 경비행기 탑승장으로 빠져나왔다. 넓은 허허벌판에 경비행기가 한 대가 이륙 준비를 하고 있었고 전문 다이버들은 일대일 코칭으로 안전교육을 하는 듯했다. 우리는 컴퓨터 모니터에 우리 이름이 뜰 때까지 다시 또 오랜 시간을 기다려야 했다.

띠링. 오랜 기다림 끝에 드디어 모니터에 우리 이름이 떴다. 나의 전담 다이버는 '닉'이었고 은애의 전담 다이버는 'W'였다. 우리는 파란색 다이버 복장을 입고 바로 안전교육을 받았다. 전담 다이버는 비행기에 오르기 전부터 계속해서 우리에게 말과 모션을 요구하며 동영상을 찍었다. 닉은 계속해서 카메라를 들고 "스마일!"을 외쳐 댔지만 내가 웃는 게 웃는 것이 아니었다. '하늘에서 뛰어내린다. 15,000ft에서 내가 땅으로 뛰어 내린다!' 이러한 생각들이 내 머릿속을 가득 메웠고 두려움으로 인해 두 다리는 떨리고 속은 메스꺼웠다. 경비행기를 타고 하늘로 올라갈 때 창문 너머로 보이는 바깥 풍경들은 아름다웠지만, 그 어마어마한 높이는 나를 소름 돋게 했다. 그 소름 돋는 높이에서 내 정신은 아득한 곳, 정체 모를 어딘가로 날아가 버렸다.

15,000ft의 푸르른 상공에서 드넓은 대지와 바다를 나의 작은 눈에 담으

며 나는 두려움을 무릅쓰고 힘차게 뛰어내렸다.

눈 깜짝할 새였다. 내 눈에 보이는 해변은 바다와 육지의 경계선처럼 보였고 내 옆으로 떠 있는 구름들은 솜 뭉치 같았다. 나는 떨어지고 있었다.

닉과 함께. 바람은 나보고 정신 차리라며 마구잡이로 따귀를 때렸고 정신이 들 때쯤 낙하산이 펴졌다. 살았다. 그럴 일은 없겠지만, 낙하산이 안 펴지면 어쩌지 하고 아주 조금 걱정을 했었다. 다행히도 그런 일은 일어나지 않았다. 닉은 낙하산 조정 레버를 나에게 잠시 맡겼고 나는 하늘 위에서 자유를 만끽했다. 구름 속에도 들어가 보고 오른쪽으로 돌아보기도 했다. 잠깐의 자유를 끝내고 지상이 점점 다가오는 것이 보였다. 나는 사전에 교육받은 대로 다리를 앞으로 뻗으며 착지자세를 잡았다.

털썩. 땅에 착지하자 닉은 최고의 마무리였다며 나에게 엄지를 들어 보였고 나 역시도 닉에게 고맙다며 엄지를 척 내밀었다. 땅을 밟고 있었지만 내 두 다리는 여전히 떨리고 있었다. 오줌을 싸지 않아 다행이라고 느낄 정도로 하체에는 힘이 들어가지 않았다.

하, 살았구나. 약간의 멀미와 함께 몰려오는 안도감. 지상 15,000ft에서 누린 최고의 스릴이었다. 그리고 곧이어 은애가 뒤에서 떨어졌다. 나와 은애는 살아서 만났다는 생각에 서로 부둥켜안았다. 우리는 서로가 느낀 흥분과 감동에 대해 열심히 대화를 주고받았다. 은애도 최고의 경험이었다며 눈에 힘을 주며 열변을 토했다.

우리는 비행기 탑승장을 빠져나와 다시 사무실로 들어갔다. 10분 정도 기다렸을까. 직원이 우리의 이름을 불렀고 우리는 동영상이 담긴 USB를 받았다. 두근두근. 뛰어내렸을 때 내 표정이 어땠을까? "은애야. 빨리 보자!"

우리는 사무실에 설치된 컴퓨터를 통해 동영상을 틀었다. 비행기 타는 것부터 15,000ft로 올라갈 때, 그리고 뛰어내리기 직전, 점프와 착지까지 우리의 모든 모습이 동영상에 담겨있었다. 바람으로 인해 우리의 얼굴은 일그러져 있었고 입이 바싹 말라 계속해서 입술에 침을 바르고 있었다. 내가 뛰는 모습을 담은 동영상을 보니 내가 스카이 다이빙을 했다는 것을 확실히 느낄 수 있었다.

"방금 전에 뛰었지만, 동영상이 없었으면 믿기지 않았을 것 같아." 은애는 뭔가를 해냈다는 표정으로 나를 응시하며 이야기했다.

"응. 우리가 저 하늘에서 뛰어내렸다고!" 나도 자신만만한 표정으로 대답했다.

스카이 다이빙만 신청했기 때문에 더 이상 할 일이 없어진 우리는 직원에게 언제 셔틀버스가 출발하냐고 물었다. 아직 4시간이나 남았다는 대답이 돌아왔다. "혹시 그전에 출발하는 버스 없나요? 저희는 스카이 다이빙만 신청해서 할 게 없는데…" 내가 말끝을 흐리자 직원이 확인해보겠다며 사무실을 들어갔다 나오더니 나에게 가까이 다가왔다.

"지금 곧 바이런 베이 투어를 가는데 거기 버스에 타고 있으세요. 원래는 이러면 안 되는데, 제가 슬쩍 끼워 드릴게요." 이럴 수가. 바이런 베이

투어를 무료로 시켜준다니! 오! 이 사실을 은애에게 알렸다. 은애는 듣자마자 나를 끌어안았고 내가 말리지 않았으면 달려가서 직원도 끌어안을 기세였다. 하지만 그건 내가 절대로 용납 못 할 일이다.

우리는 셔틀버스를 타고 2시간가량 바이런 베이를 돌아다녔다. 바이런 베이의 바다는 푸르렀고 맑았으며, 청초하고 광활했다. 그리고 절벽 위에 위치한 수풀에선 야생 캥거루가 뛰어다니고 있어 정말 호주라는 곳을 실감하게 만들었다.

마지막으로 바이런 베이의 명물, '케이프 바이런(Cape byron)의 등대'로 향했다. 우리나라에서는 '포카리 스웨트'의 광고지로 유명한 바닷가 절벽 위에 위치한 하얀색의 아름다운 등대였다. 전부터 가보고 싶었지만, 기회가 닿지 않았는데 이렇게 무료로 즐기다니! 게다가 내가 상상했던 모습 그 이상으로 아름다운 풍경이라니! 내 몸속에서 세로토닌, 행복 호르몬이 마구 샘솟는 것을 느꼈다.

은애와 나는 투어가 끝나고 6시쯤 골드코스트에 도착했다. 나는 집에 도착할 때까지 손에 USB를 꼭 쥐고 있었다. 내가 하늘에서 뛰어내렸다는 증거마저 없었으면 그저 꿈을 꾼 것처럼 느껴질 것 같았다. 혹여나 잃어버리기라도 한다면 오늘 하루가 없었던 일이 되어 버릴 것만 같았다. 그만큼 모든 게 현실과 동떨어진 것 같은 하루였다. 비단 나만 그런 생각을 한 것이 아니었나 보다. 은애의 조그마한 손에도 파란색 USB가 꽉 쥐어져 있었다. 마치 놀이공원을 갔다 온 아이가 풍선이 날아가 버릴세라 손에 꼭 쥐고 있는 것처럼.

집에 돌아와 우리는 스카이 다이빙 영상을 계속해서 틀어보며 이 잊지 못할 경험을 계속해서 가슴에 새기고 또 새겼다.

컬러 런

갑자기 은애가 내 방으로 뛰어 들어왔다. "동주야. 골드코스트에서 컬러 런(Color run)이 열린대!" 은애는 상기된 얼굴로 얘기했다. "3달 뒤인데 지금 표를 사야지 훨씬 싸대!" 은애는 계속해서 말을 덧붙였다. "컬러 런이 자주 있는 게 아니라서 또 언제 열릴지 모른대!" 더 이상 이런 화법이 듣기 거북했던 나는 항복을 외쳤다. "그래. 가자, 가! 근데 컬러 런이 뭐길래 이렇게 흥분한 거야?"

컬러 런은 전 세계에서 열리는 축제로 5㎞ 코스의 간이 마라톤이다. 기존 마라톤과 다른 점은 뛰는 중간마다 인체에 무해한 색깔 가루들이 뿌려지는데, 마라토너들이 그사이를 뛰어다니면서 온몸을 알록달록하게 물들이는 축제라는 점이었다. 그리고 마라톤이 끝나면 다 함께 공연장에서 페스티벌을 즐길 수 있는 화합의 장이었다. 과연! 모든 사람이 좋아하고

은애가 흥분할 만한 축제였다.

컬러 런은 7월에 골드코스트에서 열리는데 이때는 아직 석 달 전이었다. 컬러 런은 석 달 전에 예약하면 30달러에 표를 구매할 수 있고, 두 달 전이면 40달러, 한 달 전이면 50달러로 날짜가 다가올수록 비싸지는 얄팍한 상술을 쓰고 있었다. "그날 무슨 일이 어떻게 생길 줄 알고 예약을 해?" 내가 물었다. "그냥 그날은 무슨 일이 있어도 빼는 거지!" 은애는 막무가내였다. 뭐, 그도 그럴 것이 돈 차이가 꽤 많이 났었고 우리는 그것을 무시할 만큼 부유한 워홀러가 아니었다.

컬러 런이 다가올수록 주위에서 컬러 런에 대한 이야기가 한창이었다. 두 달 전, 한 달 전…. 다른 사람들은 우리보다 비싸게 예약을 했다는 말에 알게 모르게 성취감마저 들기까지 했다. "요즘은 그렇게나 비싸? 나는 30불에 했는데, 아깝네." 27살이 된 지금도 여전히 유치한 나였다.

컬러 런을 다이어리에 적어 놓고 석 달이라는 시간이 흘렀다. 나는 그 와중에 뉴질랜드 여행을 다녀오고, 골드코스트로 지역 이동을 하고, 또 새로운 직업을 구하는 등 여러 가지 일들을 많이 겪었다. 다행히도 골드코스트에서 새롭게 구한 식당에서 그 날 휴무를 내주어 안도의 한숨을 내뱉을 수 있었다. 골드코스트에서 함께 지내는 상민이와 영인 누나 또한 예약해 놓은 상태였고 브리즈번 레스토랑에서 함께 일했던 민희 누나, 한경이, 철우, 진혁이, 혜림이도 축제 전날에 우리 집에서 전야제를 즐기고 다음 날 모두 함께 출발하기로 했다. 점점 축제의 날이 다가올수록 엄청난 축제일 것만 같은 직감이 들었다.

나와 은애는 축제에 걸맞은 복장을 맞춰 입기로 했다. 행사 주최 측에서 기본 복장으로 머리띠와 티셔츠를 제공했지만, 전혀 성에 차지 않았다. 훙, 다 똑같은 옷을 입을 순 없지! 우리는 축제에 걸맞은 컨셉부터 잡기로 했다. 먼저 색깔은 노랑. 역시 나는 노란색이 좋아. 그리고 드레스코드는 말랑랑이 커플. 나는 노란색 멜빵과 반바지 그리고 나비넥타이, 은애는 노란색 치마와 손수건을 준비했다. 그리고 노란색 줄무늬 양말과 흰색 신발은 우리의 커플룩에 화룡점정을 찍었다. 우리의 맞춤 의상을 보고 다른 친구들 또한 티셔츠를 리폼했지만, 우리의 강렬한 의상을 따라올 자는 없었다. 컬러 런, 박살 내주겠어!

축제를 기다리는 마음만으로도 힘든 호주 생활을 버틸 수 있는 원동력이 되었다. 그렇게 나는 힘든 하루하루를 버티는 법을 조금씩 알아가고 있었다.

축제 당일. 부스스. 나는 머리에 새집을 지은 채로 주위를 두리번거렸다. 삐삐-삐삐-삐삐. 알람이 요란하게 울어대고 있었다. 직감이 왔다. 아…. 늦었다. 전날 모두들 오랜만에 만나서 이야기꽃을 피우느라 늦게 잠이 든 것이 화근이었다. 나는 여자방과 거실에서 자고 있던 사람들을 빠르게 깨웠고 우리는 빵 한 조각씩 입에 물고는 밖으로 뛰어나갔다. 우리는 늦었지만, 택시 말고 트램(Tram, 노면 전차)을 타고 가기로 했다. 괜히 택시를 타고 갔다가 차가 막혀 돈은 돈대로 나가고 늦을 수도 있기 때문이었다.

역시나 우리가 트램을 탄 것은 탁월한 선택이었다. 컬러 런을 위해 모인 사람들로 인해 도로는 정체되어 있었고 트램을 탄 우리는 아슬아슬하게 컬러 런 출발지점에 들어설 수 있었다. 출발지점에는 역시나 내로라하는 패션 피플이 넘쳐났다. 하지만 노랑이인 나와 은애도 만만치 않았다. 다른 패션 피플과 다른 점이 있다면 당당한 그들에 비해 나는 민망스러움에 조금 소심해져 있었달까…. 그래도 출발지점에서 사회를 보고 선물을 증정하던 외국인 DJ는 나에게 '러블리 옐로우 보이'라며 컬러 런 손수건을 선물로 주었다. 이 정도면 나의 패션은 성공한 셈이었다.

탕! 출발 신호와 함께 출발선에서 달려나갔다. 5㎞밖에 되지 않는 구간이었지만, 모두들 뛰지 않았고 컬러 포인트에서 노는 것이 전부였다. 분홍

색, 파란색, 녹색, 버블존, 노란색, 보라색. 생각보다는 조금 지루한 느낌이 없지 않아 있었다. "생각보다 크게 뭐가 없구나." 아무 생각 없이 뱉은 말이었지만 은애는 왠지 조금 뜨끔해 하며 말을 꺼냈다 "뭐. 괜찮아. 우리의 목적은 완주한 뒤 열리는 페스티벌이니깐!" 눈치를 줄 의도는 전혀 없었지만, 눈치를 준 것만 같아 괜스레 미안해졌다.

드디어 결승선이 보였다. 거의 걷다시피 했지만, 마치 마지막에는 뛰기로 약속한 것처럼 마지막은 너나 할 것 없이 모두 뛰기 시작했다. 결승선에서는 공연장에서 사용할 색깔 가루와 물을 나눠주었다. 우리보다 먼저 들어온 사람들이 이미 공연장을 가득 메우고 있었다. 사람들은 온몸이 형형색색의 가루들로 범벅이 된 채로 노래에 맞춰 춤을 추고 있었고 마치 '히피'들의 축제 같은 그 모습은 우리를 흥분시키기에 충분한 촉매제가 되었다.

은애와 상민이가 먼저 군중들 사이로 뛰어들었다. 내가 잠시 화장실을 갔다 온 사이 나머지 친구들도 모두 군중 속으로 사라지고 없었다. "아니, 아무리 신나도 그렇지. 이렇게 많은 인파 사이에서 어떻게 찾으라고 사라진 거야!" 투덜거림도 잠시 나는 굳이 힘들게 친구들을 찾을 필요성을 못 느꼈고 모르는 외국인들 사이에서 흥에 겨워 몸을 흔들어 대기 시작했다.

그야말로 열광의 도가니였고 광란의 파티였다. 옆 사람이 아는 사람인지, 어느 나라 사람인지, 말이 통하는지 그 어느 것도 중요하지 않았다. 옆에 있으면 누구나 친구였다. 그렇게 이 사람 저 사람과 춤을 추다 보니 언제 나를 봤는지 어느새 은애와 상민이가 옆에 와 있었다. 우리는 더욱 신나게 춤을 췄고 은애를 목마 태우기까지 했다. 하지만 그건 실수였다. 은애는 위에서 사람들을 보니 정말 장관이라며 내려올 생각을 하지 않는 것이었다. "저… 저기, 이제 그만 내려와 주면 안 될까. 살이 전보다 조금 찐…" 퍽. 말이 끝나기도 전에 내 목 위에서 발뒤꿈치로 나의 명치를 정확히 내리꽂은 은애였다.

컬러 런 페스티발이 끝나 갈 무렵이었다. 우리는 축제를 이렇게 끝내기 무척 아쉬웠다. 오랜만에 모인 친구들, 게다가 아직 온몸에 남아있는 가루처럼 구석구석 흠뻑 배어버린 이 흥분 그리고 진한 여운. 도저히 여기서 끝낼 수 있는 분위기가 아니었다. 그때 진혁이가 한 가지 제안을 했다.

"우리, 선상 바비큐 파티합시다!" 진혁이의 제안에 모두들 '그게 뭐지?'라고 하는 것 같은 표정을 지었다.

"골드코스트에서 보트를 타고 바다 위에서 고기를 구워 먹을 수 있도록 해주더라고요. 밥도 먹어야 하는데 거기 가요." 다시 진혁이가 설명을 덧붙였다.

8명 모두 만장일치로 동의하였다. 우리는 세 팀으로 나눠 한 팀은 예약을 하고, 한 팀은 장을 보고, 한 팀은 집으로 가서 필요한 도구들을 챙겼다. 모든 것이 준비되자마자 우리는 선상 바비큐를 할 수 있는 '씨 월드' 리조트로 향했다. 모든 예약 절차를 밟고 간단한 보트 조작법을 교육받은 후에 우리는 배에 탑재된 아이스박스에 음식을 싣고 바다로 출발했다. 안전상 먼바다가 아닌 강과 바다가 인접하는 지점에 정박했고 우리는 갖가지 고기와 술을 풀기 시작했다.

상민이는 파티에는 노래가 빠질 수 없다며 블루투스 스피커로 노래를 틀었다. 처음 흘러나온 노래는 레게풍 노래였다. 박자가 빠르지는 않지만 흥이 묻어 나오는 노래였는데 정말 상민이에게 어울리는, 그리고 지금 분위기에 너무나 어울리는 노래였다.

술이 얼큰하게 취한 우리는 노래에 맞춰 배 위에서 춤을 추고 바다로 다이빙을 하며 시간을 보냈다. "시간이 야속하다."는 말처럼 시간은 너무나 순식간에 지나가 버렸다. 어느덧 해는 수평선 너머로 얼굴을 집어넣고 있었다. 바다 위에는 잔잔한 어둠이 살포시 내려앉고 있었고 우리는 그 어둠이 배에 닿을세라 다시 리조트로 향해 뱃머리를 돌렸다.

리조트에 도착할 때까지 스피커에서 신나는 노래가 계속해서 흘러나오고 있었지만 모두들 녹초가 되어 있었다.

"동주 형. 이제 우리 언제 볼 수 있을까요?" 진혁이가 아쉽다는 듯이 물었다.

"뭐, 한국에서 보면 되지. 나도 너희 가고 곧 뒤따라 가니깐…." 나도 진한 여운이 묻은 목소리로 대답했다. 호주에서 함께 알고 지내던 사람들이 하나, 둘씩 한국으로 돌아가고 있었다. 물론 한국에서 만날 수 있지만, 진혁이의 질문은 그 대답을 듣기 위한 의도가 아니었으리라.

한국에서 만나도 즐거운 시간을 보낼 수는 있지만, 그게 호주라는 나라에서 서로의 외로움을 달래 주며 함께한 시간을 대신할 수 있을지는 나도 의문이 들었다. 호주에서 알게 된 친구들을 한국에서 다시 만나더라도 아마 함께 호주를 회상하며 시간을 보내지 않을까. 그만큼 호주에서의 나날들은 나에게 그리고 우리에게 있어 매우 소중한 시간이었다.

친구들을 배웅하고 집으로 돌아오는 길에 본 수평선 너머 태양의 끝머리는 파도를 따라 일렁거렸고, 점점 적갈색으로 바뀌는 석양빛은 여느 때처럼 아름답게 반짝이며 진하게 다가왔다.

호주에 도착하고 일주일이 지났을 때, 엄마와 통화를 했다. "혼자서 지낼 만 하니?" "집은 어떻니?" "뭐 필요한 건 없니?" 엄마는 오로지 내 걱정으로만 대화를 이어갔다. 그러다 갑자기 "그래. 오늘 쉬는 날인데 뭐할 거니?"라는 질문을 했고 나는 "그냥 좀 집에서 쉬려고." 라고 건성으로 대답했다. 그러자 엄마는 답답하다는 듯이 말했다. "매주 쉬는 날 집에만 누워 있을 거면 호주까지 왜 갔니?" 뜨끔. 그 말에 나는 할 말을 잃었고 엄마와의 통화가 끝난 후 자리를 박차고 일어날 수밖에 없었다. 외국 문화를 경험하는 것, 여행을 많이 다니는 것 말고도 한 가지 더 내가 워홀을 온 목적이 있었다. 그건 최대한 열심히 즐기는 것이다. 침대에 누워서 휴대폰, 노트북만 만지작거리며 나태하게 시간을 보내는 것이 아니라 시간을 쪼개 내가 하고 싶었던 것들을 해보는 것이 나의 워킹홀리데이 세 가지 목적 중 하나였다. 그 목적을 망각하던 중 엄마의 따끔한 일침으로 나는 호주 생활을 멋있게 즐겨 보기로 다시 한번 다짐했다.

언어교환

같은 값이면 다홍치마라는 말이 있듯이, 나의 취미를 만들 거라면 '이왕이면 좋은 쪽으로 도전해 봐야겠다'라는 생각에 영어 공부에 취미를 붙여 보기로 했다. 영어 실력이 형편없어 학원 수업을 따라가기도 벅찼기 때문에 그 이상으로 더 열심히 해야 할 것 같았다. 마음먹었으면 움직이자는 생각에 학원이 끝날 때마다 도서관에 들러 복습을 했고 주말에도 딱히 일정이 없을 때는 도서관으로 향했다.

브리즈번에는 스퀘어 도서관과 사우스 뱅크 도서관이 있다. 스퀘어 도서관은 시티 중심에 있어 가깝지만, 규모가 작아 자리가 많지 않고, 사우스 뱅크 도서관은 빅토리아 브리지를 넘으면 바로 오른쪽에 위치하고 있어 다소 멀지만, 훨씬 크고 자리도 많았다. 나는 사우스 뱅크 도서관을 자주 이용했다. 꽤 거리가 있어서 버스를 타고 가면 편하지만 나는 걸어 다니는 것을 선호했다. 버스비도 아끼고 걸어가면서 보이는 사우스 뱅크와 브리즈번의 풍경을 감상하는 시간을 즐겼다. 사우스 뱅크로 넘어갈 때 빅토리아 브리지에서 보는 사우스 뱅크의 모습이 너무 평화로워 마음에 안정감이 들었기 때문에 다소 멀더라도 굳이 찾아가는 수고를 감수했다.

도서관에서 전면 유리창 너머로 보이는 브리즈번 시티도 아기자기하게 예쁘고 도서관도 한국과는 사뭇 다른 느낌이라서 그런지 영어 공부가 훨씬 잘되는 것 같았다. 살면서 영어 공부를 하면서 이렇게 집중한 적이 있었던가. 스스로가 기특할 정도였다. 처음에는 학원에서 배운 것을 복습하는 것도 힘겨웠는데 시간이 지날수록 느는 영어 실력을 몸소 느낄 때마다 한국에서 왜 안 하고 게으름을 피웠을까 하는 후회가 몰려오기도 했다. 그렇지만 이제 와서 후회해 봤자 의미 없는 일이었다. 지금부터라도 꾸준히 영어 공부에 정진하고 또 정진하자. 나는 마음을 굳게 다졌다. 흠흠!

하지만 두 달이 지나자 호기롭게 다짐한 것과는 다르게 점점 공부가 지겨워졌다. 학원 다닐 때는 재미를 붙여 열심히 했지만, 일을 시작한 뒤부터는 일을 마치고 도서관을 가는 것이 너무 힘에 부쳤다. 많은 사람이 시험 기간이 다가오면 1~2주 정도 최선을 다하고는 힘이 쭉 빠지는 것처럼 나 역시 그랬다. 게다가 나 스스로도 '이 정도만 할 수 있으면 되지!' '호주에서 먹고사는 데 이제 지장은 없잖아?'라고 자기합리화를 시작했다.

아무리 나태한 생각을 떨쳐 버리려고 해도 막상 단어장을 잡고 나면 수면제를 삼킨 듯 잠이 쏟아져 도저히 집중할 수 없었다. 무엇보다 가장 큰 문제는 이제는 영어 공부를 하지 않는 것에 더 이상 찜찜함도, 불안감도 느껴지지 않는다는 것이었다.

나는 호주에서 영어 공부를 정말 살기 위해 했고 사는 데 지장이 없을 정도까지만 했다. 이제는 영어 공부에 더 이상의 재미와 흥미를 찾을 수가 없었다. 워홀 초반 어느 정도는 열심히 했지만, 영어 공부를 취미로 만드는 데에는 한계가 있었다. 하지만 내가 사는 곳이 호주이고 영어권 국가인데 아직 영어를 포기할 수는 없었다. "우표의 유용성은 목적지까지 끈질기게 붙어있는 것이다."라는 말을 우연히 들은 적 있었다. 나도 한번 끈질기게 붙어있어 봐야지. 적어도 호주에서 지낼 동안만이라도. 기특하게도 나는 다시 한번 마음을 다지기 시작했다.

먼저 영어 공부에서 흥미가 떨어진 이유에 대해서 생각을 해보았다. 시간이 지나면서 내 각오가 안일해진 것인지, 영어 자체에 원래부터 흥미가 없었던 것인지 또는 공부 방법이 잘못된 것인지 등. 이런저런 생각 끝에 공부 방법을 바꿔 보자는 결심이 섰다.

나는 영어권 국가에서 지내고 있는데 너무 한국처럼 영어 공부를 하고 있으니깐 점점 흥미가 떨어진 거야. 생활 속에서 영어 공부를 해야지! 나는 또다시 영어 공부에 대한 의지를 불태웠다.

그러다 알게 된 것이 언어 교환 수업이었다. 그것은 시티에 위치한 스퀘어 도서관에서 열리는 'English Conversation Group'으로 브리즈번 시티에서 주최하는 거주 외국인들을 위한 영어 토론 수업이었다. 참가비는 따로 없었으며 일주일 중 화요일, 금요일, 일요일의 정해진 시간에 열리기 때문에 미리 가서 기다려야 하는데 수업은 단 1시간만 열리기 때문에 늦으면 입장이 제한될 수도 있다. 줄을 기다리다 시간이 되어 입장하려고 하면 주최 측 직원이 입장하려는 사람들에게 국가를 물어보는데 이는 최대한 다양한 국가들을 그룹마다 섞어 배치하기 위해서 물어보는 것이다. 보통 한 그룹에 5~6명 정도로 배치하는데 인원이 많을 때는 그룹당 8명까지 배치될 때도 있다. 그룹에 배치되고 나면 토론 주제가 적힌 프린트물을 받아 들고 자리에 앉아 그룹별로 자유롭게 토론을 시작하면 된다.

내가 찾던 생활 속의 영어였다. 영어 회화 실력도 늘릴 수 있고 많은 외국인과 대화를 나눌 수 있어 재미도 있고 또 호주에 관한 많은 정보도 얻을 수 있었다. 나는 주저하지 않고 언어 교환 수업을 참석하기로 했다. 일주일 중 3일 모두 가지는 않았지만, 화요일과 금요일은 꾸준히 다닐 정도로 열심히 참석했다. 생각보다 수업이 재미있게 진행된다는 것이 꾸준히 참여하는 가장 큰 이유였다.

거기에는 영어 공부를 위한 외국인들뿐만 아니라 원어민이나 원어민 수준으로 영어를 구사할 수 있는 사람들도 많이 왔는데 이유를 물어보면 '외국인 친구들을 만들고 싶어서' '재능기부' 등의 이유가 대부분이었다. 뭐 이유가 어찌 됐든 영어를 잘하는 사람들을 만나 대화를 나눌 수 있는 것은 행운이었다. 왜냐하면, 수업에 참석하는 사람들 대부분의 영어 실력이 비슷비슷했기 때문에 적정 수준 이상의 대화를 나누기에는 어려움이 있었기 때문이다.

사실 토론 주제가 주어져도 토론 주제는 뒷전이었고 서로 살아가는 이야기를 하기 바빴다. 학원 공유, 브리즈번 정보 공유, 여행지 공유 또는 어쩌다 한 번씩 자신의 짝을 찾기 위해 오는 친구들까지. 이야기의 주제는 다양하면서도 한편으로는 한결같았다. 각 나라에서 모여든 사람들과 언어 교환 수업을 통해 재미있고 실속을 챙길 수 있는 시간을 가질 때가 많았지만, 간혹 진상들을 마주칠 때도 있었다. 보통 예의가 없거나 이기적인 사람들로, 수업에 참석한 사람들 사이에선 'Rude people'이라고 불렸다. 다양한 사람들이 모이는 만큼 Rude people도 꽤 있었지만, 그중에서도 가장 기억에 남는 두 사람이 있다.

자신을 알렉스라고 소개한 필리핀 사람과 두, 세 번 같은 그룹이 되었는데 유독 여자에게만 말을 걸었다. 다른 사람이 자신과 이야기 중인 여자에게 대화를 시도하면 당황스러울 정도로 싫은 티를 내기도 했다. 언어 교환에서 알게 된 올리비아 누나에게 알렉스가 일주일 내내 문자를 보내 누

나가 차단까지 할 정도로 힘들다는 이야기를 들었다. 올리비아 누나에게 알렉스가 너무 노골적으로 접근한다는 것이었다. 얼마나 외로우면 그럴까. 타지에서의 외로움에 공감이 가면서 마음 한편으로 짠한 기분이 들었다.

또 한 번은 흑인 여자가 왔는데 1시간의 수업시간 중에 40분을 자기 이야기만 하고는 바쁜 일이 있다며 수업이 끝나기도 전에 가버렸다. 자기 자리를 치우지도 않은 채였다. 다른 사람이 말을 하면 이야기 도중에 말을 잘라버리고 영어에 어눌한 사람들을 무시하는 이기적인 사람이었다. 자기 위주의 대화만 하고는 홀연히 사라져 버렸다. 정말이지 이렇게 이기적이고 무례한 사람들을 만나면 그날 하루 동안 영 기분이 나아지질 않았다. 그 하루 동안의 내 기분을 좌지우지할 정도로 어느새 언어 교환 수업은 나의 호주 생활의 일부로 자리 잡고 있었다.

어쩌다 여건이 안 되면 어쩔 수 없이 언어교환 수업에 참석할 수 없었다. 아무래도 일이나 다른 활동 때문에 시간이 정해져 있는 언어교환 수업에 종종 빠지게 되는 것은 불가피했다. 결정적으로 수영 강습을 시작하면서 도저히 시간을 맞추기 어려웠다. 어쩌다 여유가 생기더라도 이미 언어 교환 수업은 나에게서 멀어질 대로 멀어져 있었다. 공부도 되면서 사람 사는 이야기를 듣는 맛에 관두기 아쉬웠지만, 결국 언어 교환 수업은 내가 정해 놓은 우선순위에서 점점 뒤로 밀려날 수밖에 없었다.

일과 여행 그리고 공부. 워홀러로서 모든 것을 잡기에는 턱 없이 부족한 시간과 체력 때문에 나는 선택의 기로에 설 수밖에 없었다. 그렇다면 내가 내릴 결정은 뻔했다. 언젠가 시간이 된다면 한 번씩 찾아올 것을 다짐하며 작별을 고했지만, 그 작별인사를 끝으로 단 한번도 다시 찾아가지 않았다. 알면 알수록 즐길 거리가 넘쳐나는 호주에서는 어쩌면 당연한 일일 지도 모른다.

동호회, 취미를 넘다

호주에서는 한인 사회의 움직임이 아주 활발하다. 한인회, 한인 교회, 한인 마을 그리고 한국과 마찬가지로 동호회 활동 역시 활발하다. 수영, 골프, 테니스, 축구, 배드민턴, 농구, 볼링 등. 내 생각보다 동호회 활동을 하는 한국인들이 많이 있었다. 신체 활동을 좋아하는 나였기에 이참에 나도 동호회 활동에 흥미를 붙여 보기로 했다.

내가 체대를 다니면서 가장 잘했다고 생각하는 것 중 하나가 수영을 배운 것이었다. 호주에 와서는 더 크게 가슴에 와 닿았다. 호주에서는 초등학생 때부터 의무적으로 수영을 배우는 것 때문인지 몰라도 호주 사람들의 수영에 대한 사랑이 남달랐다. 굳이 수영장을 찾지 않아도 아파트마다 수영장이 설치되어 있어 언제든지 마음만 먹으면 수영을 할 수 있었고, 아파트뿐만 아니라 일부 기숙사나 가정집에도 수영장이 있어서 수영하기에는 더할 나위 없이 좋은 환경이었다.

뭐든지 혼자보다는 여럿이 해야 더 재미있게 즐길 수 있을 것 같았다. 수영도 마찬가지라는 생각으로 수영 동호회를 찾아보았다. 수영을 할 수 있는 여건이 잘 갖춰져 있어 쉽게 찾을 수 있을 거라는 생각과는 달리 힘겹게 찾은 수영 동호회는 시티에서 멀리 떨어진 마을에서 정기적으로 모임이 열리는 터라 차가 없는 나로서는 참석하기가 꽤나 번거로웠다. 브리즈번 시티에서 트레인을 타고 버스까지 타야 갈 수 있는 마을. 취미 활동을 시간을 쪼개서 하는 건 맞지만, 그렇다고 해서 동호회에 모든 시간을 할애할 수는 없었다. '이가 없으면 잇몸'이라는 말이 있듯이 나는 굳이 멀리 있는 수영 동호회에 참가하지 않고 수영을 하고 싶어 하거나 배우고 싶어 하는 친구들 몇 명과 소모임을 만들어 수영을 즐겼다.

시티의 아파트 대부분이 야외에 수영장을 갖추고 있었다. 내가 사는 아파트 또한 야외 수영장이 있어서 실내 수영장이 갖춰진 용훈이와 효현이가 사는 아파트로 자주 놀러 갔다. 왜냐하면, 야외 수영장보다는 실내 수영장이 훨씬 따뜻하고 깔끔하며 관리가 잘 되고 있었기 때문이었다. 문제는 아파트 출입방법이었다. 아파트 수영장을 이용하기 위해서는 카드키가 있어야 한다. 내가 사는 아파트가 아니어서 매번 아파트 입구에서 용훈이나 효현이를 불러내다 보니 시간이 지날수록 둘은 점점 지쳐 보였고 나는 미안해져만 갔다. 그런데도 그들은 내가 부를 때마다 나와서 수영장을 열어 주었고 둘의 노고로 인해 나는 실내 수영장이라는 좋은 환경에서 수영을 즐길 수 있었다.

"친구야. 고맙다. 의리 아이가. 으리으리!"

"그렇지. 으리으리!"

겸연쩍어 장난스럽게 말을 던지면 재미있게 받아 쳐주곤 했지만, 속으론 욕을 한 바가지 했을 거다. 흠흠. 나중에 용훈이, 효현이와 함께 살기 전까지는 그 아파트에 살다시피 했으니 당연히 그럴 만도 했다.

수영 외에 또 다른 동호회를 수소문하던 중 레스토랑 동료인 민석이가 농구 모임에 나를 초대했다. 농구, 솔직히 잘하지는 못하는 종목이다. "체대를 다니면 구기 종목을 잘할 거라는 편견은 버려!"라고 항상 얘기하고 다닐 만큼 구기 종목에 취약한 나여서 민석이의 초대가 망설여졌다. 괜히 가서 창피만 당하면? 소심한 생각이 스멀스멀 올라와 나는 계속해서 망설이고만 있었다.

이런, 아직도 이런 유치한 생각을 못 버리다니…. 좀 못하면 어떤가? 재미있게 즐기고 오면 되는 거지!

나는 부정적인 생각을 떨쳐버리기 위해 민석이의 초대에 응했다. 하지만 패기도 잠시, 막상 모임에 참석하고 나니 더욱 주눅이 들 수밖에 없었다.

민석이와 그의 두 명의 친구들 때문이었다. 이건 농구를 잘하고 못하는 게 문제가 아니었다. 모두 다 덩치가 장난이 아니었다. 이들은 농구를 하러 온 건지 럭비를 하러 온 건지 헷갈릴 정도로 엄청난 피지컬의 소유자들이었다.

나는 열심히 이리 치이고 저리 치이고 있었다. 거의 날아다녔다고 해도 과언이 아니었다. 그래도 땀을 흘리고 몸을 부딪치며 즐기는 스포츠의 재미는 더할 나위 없었다. 하지만 적은 인원 때문에 모두들 2% 부족함을 느끼고 있는 것은 사실이었다. 역시 스포츠는 괜히 인원수가 정해져 있는 것이 아니다. 그때 민석이가 나서서 옆에서 연습 중이던 호주인 두 명을 섭외했다. 그 호주 사람들 역시 민석이의 친구들에게 전혀 꿀리지 않는 피지컬을 자랑했다.

전보다 더 바짝 긴장한 채로 게임을 시작한 나. 긴장해서인지 평소보다 몸이 더 굼떴다. 그렇게 1시간가량 힘겹게 농구 시합을 치렀다. 엄청난 덩치들임에도 불구하고 다들 입이 쩍 벌어질 정도의 실력이어서 다행히 누구 하나 다치는 일 없이 게임은 우리 팀의 패배로 끝이 났다. 그리고 마지막에는 서로에게 악수를 건네는 스포츠맨십으로 멋지게 경기를 마무리 지었다.

내가 가져온 짐을 주섬주섬 챙기며 집에 갈 준비를 하자 민석이가 다음에도 같이 농구를 하자며 말을 꺼냈다. 나는 민석이에게 싱긋 웃어 보였지만 다시 올 생각은 없었다. 민석이와 함께 농구 모임에 온 것을 후회하지는 않지만, 득점률 0%라는 씻을 수 없는 민망함을 마주해서 그런지 다시 하고 싶다는 생각은 전혀 들지 않았다.

나는 농구 외에도 배드민턴 동호회, 조기 축구회에 참석했다. 배드민턴 동호회는 시티에서 조금 떨어진 실내 체육관에서 했고 조기 축구회는 운동장 또는 공원에서 간이 골대를 만들어 경기를 했다. 한국에 있을 때 배드민턴을 배운 적이 있어서 나도 얼추 실력이 비슷할 거라고 자신했지만, 그것은 나의 크나큰 오산이었다. 나는 동호회라고 해서 너무 만만하게 봤던 것이다. 그곳에는 프로급의 실력자들이 넘쳐났고 나는 그들의 실력을 보고 어린아이처럼 입을 벌리고 감탄하는 것이 전부였다.

같은 취미를 공유하는 사람들의 모임이라서 그런지 공감대가 잘 형성되었고 재미 또한 배가 되었다. 호주의 동호회도 사람들이 모여 이루는 하나의 작은 사회여서 체계 또한 잘 잡혀 있었다. 그리고 호주로 건너와서 사는 한국 사람들의 모임이어서 서로에 대한 정이 애틋했다. 내가 호주에서 본 동호회는 단순한 동호회가 아니었다. 회원들 모두 시작은 취미 활동이었지만, 지금은 단지 취미 활동만을 위한 얕은 관계처럼 보이지는 않았다. 호주에서 동호회, 소모임에서의 관계 형성은 나에게 학원, 직장에서의 관계 형성과는 또 다른 만족감을 느낄 수 있게 해주었다.

위험한 게임, 카지노

어디서나 일이 끝나면 어김없이 나오는 말이 있다. "오늘 끝나고 술 한잔하자!" "오늘 클럽 가서 마시고 놀자!" 힘들게 일을 마친 후 즐기는 잠깐의 여흥이다. 하지만 매번 거절했던 것 중 하나가 '카지노'에 가는 것이었다. 카지노는 호주의 주요 도시마다 꼭 하나씩 있었다. 물론 내가 사는 브리즈번에도 카지노가 있었고 그 위치 또한 브리즈번 스퀘어 도서관 바로 맞은편에 위치해 매우 가까웠다. 그래서 외국 생활의 스트레스를 카지노로 푸는 사람들을 종종 볼 수 있었다.

내게 카지노는 '잃는 게임'이라는 생각이 강하게 자리 잡고 있어 매번 카지노에 가자는 제안을 거절했다. 카지노에 가본 적도 없고 게임을 하는 방법도 몰랐다. 그리고 가장 중요한 것은 돈을 잃는 것이 무서웠다. 내가 죽기 살기로 일해서 번 돈을 도박에다 쓰기 싫었다. 거기에다 카지노를 다니는 몇몇 친구는 잠깐의 여흥이 아니라 심각할 정도로 푹 빠져 있었다. 그 모습들을 보고 나니 도저히 갈 엄두가 나지 않았다. 하지만 그 마음가짐은 오래가지 못했고 하루는 '그래도 한번쯤은 가 볼 수 있잖아, 딱 한 번!'이라는 생각으로 카지노를 즐기는 친구들을 따라나섰다.

친구가 카지노를 갈 때 꼭 지켜야 하는 규칙이 있다고 알려주었다. 그건 현금으로 즐길 만큼의 돈을 들고 지갑을 두고 가야 한다는 것. 가져간 돈을 다 잃으면 어쩔 수 없이 그만둘 수밖에 없는 제어장치인 셈이었다. 그 규칙대로 나는 현금으로 200달러만을 가지고 카지노로 향했다. 그리고 나는 난생처음으로 신세계를 맛보았다. 영화 속에서만 보던 카지노를 실제로 보고 있으니 심장이 터질 듯이 뛰었다.

우와. 카지노에는 바카라, 블랙잭, 룰렛, 포커뿐만 아니라 이름 모를 게임들이 수두룩했다. 친구는 카지노에 처음 가는 사람들은 돈을 무조건 딴다는 말도 안 되는 얘기를 나에게 했다. "에이, 운이 좋으면 따는 거고 운이 없으면 잃는 거지." 나는 친구의 말을 무시했지만, 선무당이 사람 잡는다고 했던가. 나는 첫날 200달러를 따고는 펄쩍펄쩍 뛰며 기쁨의 함성을 질렀다. 와아아아!

카지노에서 승리를 한번 맛보고는 그 뒤로 자주 가지는 않았지만, 이따금 찾아갔다. 도박이 위험한 이유는 중독된다는 것을 알면서도 중독이 되어 버려 안 가고는 못 배기는 상황이 벌어지기 때문이다. 안타깝게도 처음 같이 카지노를 즐기던 동생 한 명이 어느 순간부터 카지노에 중독되어 버렸다. 주위에서 아무리 말려도 제어가 되지 않았다. 일이 끝나면 가고, 술 마시면 가고, 혼자 집에 있으면 심심하다고 가고. 그러다 결국 사건이 터졌다.

조금씩 따고 잃기를 반복하다 어느 날, 하루아침에 1,000달러나 잃었다

는 것이다. 그 자리에서 그 얘기를 들은 사람들 모두 경악을 금치 못했다.

"야. 너 어쩌려고 그래, 인마."

"에이. 또 따면 되죠. 뭘~. 그만큼 딸 때도 있었어요."

"그래서 결론적으로 돈을 딴 거니, 잃은 거니?"

"…결론적으론 많이 잃었죠. 근데 딸 때도 많아요." 정작 본인은 대수롭지 않다는 듯이 다음번에 따면 된다고 얘기한다.

"아니지! 그런 생각이 무서운 거라고. 그 정도로 피해를 봤으면 그만 다녀야지!" 하지만 그 친구에게는 씨알도 안 먹힐 소리였다. 이미 친구에게는 재미를 넘어 일상으로 자리 잡은 카지노. 돈을 엄청 잃어도 끊지 못하고 계속해서 다니는 친구를 보고 나는 무언가 크게 잘못되었다는 것을 느꼈다.

카지노. 일상 속에서 일탈을 꿈꾸는 잠깐의 여흥으로만 끝낼 것을. 호주에서 힘들게 번 돈을 도박으로 탕진하지 않기를. 나는 이번 계기를 통해 맹세하고 또 맹세했다.

휴양지, 골드코스트에서의 레저

골드코스트는 레저를 즐기기에 최적화된 도시이다. 끝없는 해변, 넓은 해안 도로 그리고 골드코스트 내 쭉 이어져 있어 어디든 손쉽게 갈 수 있는 트램까지. 게다가 365일 중 300일이 맑다고 할 정도로 화창한 날씨까지 도와주니 레저를 즐기기에는 최고의 도시였다. 왜 골드코스트를 최고의 휴양지라고 하는지, 골드코스트를 한 번이라도 와본 사람이라면 모두 동의할 것이다. 이런 도시에서 집에만 있겠다는 건 정말 멍청하고 어리석기 짝이 없는 행동이었다.

바닷가의 도시인 만큼 수상 레저부터 찾아다녔다. 처음 시작했던 것은 낚시였다. 상민이가 전에 살던 집의 사람들에게 낚시를 배웠다는 것을 알고 나와 은애가 상민이에게 배워 보기로 했다. 생전 해본 적 없던 낚시였지만 은애와 나는 언제 해보겠냐며 바로 장비부터 구입했다. 호주에는 'K-마트' '타겟' '빅 W' 등 스포츠 장비를 저렴하게 파는 곳이 꽤 많았고 우리는 K-마트에서 가장 저렴한 릴 낚시대와 낚시에 필요한 각종 도구를 구입할 수 있었다.

그다음으로 낚시를 하기 위해서는 미끼가 필요했다. 상민이가 미끼로는 갯지렁이가 최고라며 잡으러 가자고 했다. 그 말에 나는 놀랄 수밖에 없었다. 갯지렁이를 잡으러 가자니. 이게 무슨 말이냐고 묻자 상민이는 자신만 믿고 따라오라고 했다.

며칠 전, 상민이가 낚시를 위한 것이라며 가져온 토막 난 생선을 들고는 상민이를 따라 집 앞 바닷가로 나섰다. 상민이와 은애 그리고 나는 생선 토막을 하나씩 든 채로 파도가 빠질 때에 맞춰 생선을 모래 위에다 살살 흔들었다. 그러자 모래 속에서 빼끔빼끔 올라오는 갯지렁이들이 보였다. 아! 이런 용도로 생선 토막을 들고 왔구나. 새로운 사실을 알았다는 감탄도 잠시, 징그러운 외모의 갯지렁이들을 마주하고 있자니 손이 파르르 떨려왔다. 못생긴 갯지렁이들이 얼마나 잽싼 지 손에 닿기도 전에 도망쳐 버렸다. 여러 번의 실패 끝에 잡은 갯지렁이. 땅속에서 뽑아내 보니 길이가 20㎝는 족히 되어 보였다. "으악, 징그러워!" 수백 개는 되어 보이는 다리들이 꿈틀거리며 내 손가락을 타고 올라와 나는 몸서리를 쳤다.

그래도 처음이 어려웠지, 요령을 터득하고 나니 손쉽게 잡을 수 있었다. 미끼로 쓸 만큼만 적당히 잡고 집으로 갈 채비를 하자 은애가 상당히 아쉬워했다. 은애는 요령을 터득하지 못해 단 한 마리의 갯지렁이도 잡지 못했기 때문이었다. 쯧쯧. 은애야. 요령이 있어야지, 요령이.

낚시를 하기 위한 모든 준비가 갖춰졌다. 골드코스트는 해안가 도시답게 낚시 포인트가 꽤 많이 있었다. 우리는 수많은 낚시 포인트 중에서도 가장 넓고 전망 좋은 곳을 선호했지만, 큰 포인트에는 관리자가 항상 상주하고 있어 여간 까다롭게 구는 것이 아니었다.

호주에서는 25㎝ 미만인 물고기는 다시 풀어줘야 한다며 우리가 물고기를 잡을 때마다 자를 들고 와서는 재보는 관리자 때문에 손맛만 보고는 다시 풀어 주기를 반복했다. 그러던 중 어느 날 나와 상민이가 차례로 대어를 낚았다. 두근두근. 관리자가 자를 꺼내 재어보자 내 것은 25㎝였다. 앗싸! 아슬아슬했지만 통과다. 기쁨도 잠시, 얼핏 보아도 내 거보단 작아 보이는 상민이의 물고기. 상민이가 잡은 물고기를 자로 재던 관리자는 아깝다는 표정을 짓고는 상민이가 잡은 물고기는 24cm라며 우리에게 확인시켜주었다. 아…. 우리는 실망스러운 표정을 감추지 못했다. 백발에다가 배가 불룩하게 나온 관리자는 울상을 짓는 우리를 힐끔 보고 씨익 웃더니 괜찮다며 들고 가라고 했다. 오! “사랑합니다. 감사합니다. 아저씨!” 우리는 옆 사람들이 관리자가 허락해 주었다는 사실을 눈치채지 못하게끔 작은 목소리로 감사의 인사를 전했다.

그날 저녁 우리가 잡은 물고기로 처음으로 생선구이를 해 먹었다. 눈물이 앞을 가릴 정도로 그 맛이 일품이었다. 심지어 상민이는 소리까지 질렀다. “와, 대박이야. 오우~ 맨!” 끝내 물고기를 한 마리도 낚지 못해 울상이던 은애도 생선구이가 맛있었는지 얼굴에 화색이 돌았다. 물고기를 한 마리도 잡지 못해 우울했던 기분은 풀린 듯했지만 여전히 요령이 부족한 은애였다.

낚시 말고도 골드코스트로 넘어와 흥미가 생긴 것이 있었다. 바로 서핑이었다. 골드코스트에서 가장 큰 동네로는 서퍼스 파라다이스가 있다. 말 그대로 서퍼들의 파라다이스라고 해서 붙여진 이름이다. 그만큼 서핑이

유명한 동네에서 서핑을 안 해 볼 수는 없었다. 낚시에 이어서 서핑에도 불이 붙은 우리는 바로 보드에 대해 알아보기 시작했다.

서핑 보드는 크게 롱보드와 숏보드로 나뉘는데 초보들은 중심 잡기 편한 롱보드로 서핑에 입문하고 점점 자신의 취향에 맞춰 연습하는 것이 통상적이라고 한다. 하지만 롱보드보다 타기 어렵다고 했지만, 숏보드가 묘기용이라는 말을 듣고는 바로 숏보드부터 도전하기로 했다. 이때까지만 해도 나는 나의 운동신경을 믿었다. 하하하. 나는 할 수 있다. 나는 할 수 있겠지. 나는 할 수 있을 줄 알았지.

바닷가 근처에는 서핑 보드를 대여해주는 곳도 많았지만, 나는 쓸데없는 객기를 부려 보드를 탈 줄도 모르면서 중고로 구입했다. 물론 숏보드로. 사자마자 바닷가로 달려나갔지만, 수십 번의 실패를 거듭했다. 실패라고 하기도 민망할 정도로 시도조차 하지 못했다. 보드가 미끄러워 보드 위에 서보기는커녕 바다로 나가서 중심 잡는 것조차도 불가능했다. 나는 수십 번을 보드에서 미끄러져 온몸이 쓸리고 알이 배겨 끝내 일어서 보지도 못하고 포기한 채로 집으로 돌아왔다.

다른 서퍼들은 잘만 일어서는데 왜 나만 이렇게 힘이 드는 것일까? 뭔가 이상하다는 생각에 인터넷으로 검색해본 결과, 보드용 왁스를 보드판에 칠해야 미끄러지지 않고 중심을 쉽게 잡을 수 있다는 것이었다. 나는 또 기본 중의 기본도 모른 채 혈기로만 달려나가 낭패를 봤다. 보드는 타보지도 못한 채 온몸에는 보드에 쓸린 울긋불긋한 상처만이 가득했다. 무작정 달려들고 보는 나의 고질병은 고쳐지는 듯 보였지만 완치는 어려운 모양이었다.

부단히 노력해본 끝에 나는 혼자서도 할 수 있을 거라는 자신감을 내려놓고 은애와 함께 서핑 교실을 등록했다. 2시간 수업에 50달러. 싼 금액은 아니지만 역시 무엇이든지 배워야 훨씬 잘 즐길 수 있다는 것을 이번 계기로 뼈저리게 느꼈다. 롱보드로 중심 잡는 법부터 차근차근 2시간을 채웠다. 수업이 끝날 즈음에는 나를 포함한 수강생 모두 서핑 보드 위에서 중심을 잡고 서 있었다. 모두들 힘든 표정을 짓고 있었지만, 그 표정 속에는 묘한 승리감이 감돌았다.

기본기를 배운 뒤부터는 우리끼리 바다로 나가 렌탈 가게에서 롱보드를 대여해 서핑을 즐겼다. 어쩔 수 없이 나의 숏보드는 창고에 처박혀 빛을 보지 못한 채 점점 잊혀졌고 끝내 놀러 온 친구에 의해 파손되면서 슬프지 않은 이별을 맞이했다. 그저 숏보드를 사기 위해 쓴 100달러가 조금 아까웠을 뿐. 그마저도 롱보드를 끌고 바다로 나갈 때면 머릿속에서 말끔하게 지워져 버렸다.

서핑을 하기 위해 바다로 나갈 때면 머릿속은 하얘졌고 가슴은 탁하고 트였다. 시원한 바람을 맞으며 달려가는 그 설렘은 이루 말할 수 없었다. 황금빛으로 물든 바다에서 내 키보다 높은 파도 위에 몸을 실어 미끄러질 때 느끼는 아찔함 그리고 부서지는 파도 위로 넘어질 때 느끼는 짜릿함은 잊을 수 없는 뜨거운 감촉이었다. 내가 보고 듣고 느끼는 이 모든 것은 정말 환상 그 자체였다.

호주에서 시간을 쪼개 취미 생활을 즐겼지만, 또 한가지 내가 빠져든 것이 있다면 '독서'였다. 내가 여행을 다니며 감수성이 풍부해진 건지…. 예전에 책을 읽을 때는 전혀 느껴보지 못했던 감정과 생각들이 내 머릿속에 직접 들어오는 것을 느낄 수 있었다. 내가 읽었던 책 중 유독 계속해서 곱씹어보는 책이 있는데 바로 김신회 작가님의 저서 『보노보노처럼 살다니 다행이야』이다. 이 책의 문장들 하나하나 모두 주옥같은 말들이지만, 그중에서도 너부리가 한 말을 인용하는 구절이 기억에 남는다. 취미에 대해서 이야기하는 중 너부리가 이런 말을 꺼낸다. "취미란 노는 거야. 어른이 '논다'고 하면 멋없으니까 취미라고 부르는 것뿐이야."

그렇다면 나는 호주에서 그 어느 때보다 멋있게 놀고 있다.

호주 워킹 '홀리데이'

"여행은 우리의 생각과 편견을 바꿔준다." "현명한 사람은 여행한다." "여행은 목적지가 아니라 과정에서 행복을 느낀다." "여행은 시간이 날 때 가는 것이 아니라 시간을 내서 가는 것이다." 등 여행에 관한 명언은 수없이 많다. 하지만 '백문이 불여일견(百聞不如一見)'이라. 백 번 듣는 것보다 한 번 보는 것으로 여행의 진정한 의미를 찾을 수 있을 것이다.

선샤인 코스트

호주의 12월은 여름이다. 여름은 만국 공통으로 바캉스의 계절이 아닐 수 없다. 은애와 나는 이번 여름 바캉스를 '선샤인 코스트(Sunshine Coast)'로 가기로 정했다. 선샤인 코스트는 브리즈번에서 북쪽으로 96㎞ 떨어진 퀸즐랜드주 동부 해안에 위치한 휴양지로, 골드코스트에 비해 다소 차분한 분위기인 곳이었다. 다른 여행지에 비해 비교적 가까운 동네인 데다가 근방에는 여러 관광지도 많다고 해서 부푼 기대감을 가지고 은애와 나는 1박 2일의 여행을 계획했다.

거리가 가까운 것에 비해 선샤인 코스트로 가는 방법은 생각보다 복잡했다. "은애야. 기차를 타고 버스를 한 세 번은 갈아타야겠는데?"라고 말하자 은애는 왜 이렇게 복잡하냐며 역정을 낸다. "유학원에 데이투어 상품으로 있던데 당일치기로 갈까?"라고 하자 또 당일치기는 내키지 않는다는 은애. '아! 그럼 어쩌자고!' 나는 소리 질렀다, 마음속으로. "아니면 차를 렌트해서 가는 건 어때?" 그러자 이번에는 렌트비가 비싸지 않냐며 은애가 물었다. "모르지…. 일단 가격을 알아보기라도 하자!" 이런 끝이 없는 대화로는 시간만 낭비하는 꼴이었다. 그래서 나는 렌탈 견적을 알아보기 위해 호주 렌터카에 대해 검색을 시작했다.

호주에는 '에이비스(AVIS)' '허츠(Hertz)' '유로카(Euro car)' '버젯(Budget)' 등 여러 렌터카 회사가 있다. 에이비스와 버젯, 허츠 사무실이 우리와 가장 가까운 곳에 있었다. 빈곤한 워홀러인 우리는 세 군데를 돌아다녀 보고 가장 저렴한 곳에서 렌트를 하기로 하고는 렌트에 필요한 준비물을 알아보았다.

호주 면허증 또는 번역된 공증 서류를 가지고 있거나, 아무것도 가지고 있지 않을 경우에는 한국 면허증과 국제 면허증을 동시에 휴대하면 렌트를 할 수 있었다. 나에게 호주 면허증은 당연히 없었다. 번역 공증은 한국 대사관에 신청하면 2주 내로 서류를 보내주는데 신청과정도 까다로울뿐더러 호주에서 차를 구매할 생각도 없었기 때문에 공증을 따로 신청하지 않았었고 지금 하기에는 시간도 부족했다.

나는 한국에서 발급받아온 국제 면허증과 한국 면허증을 소지하고 있었기 때문에 더 이상 걱정할 필요는 없었다. 그리고 호주에서 신분을 증명할 유일한 증서인 여권은 어디를 가든 필수였다. 마지막으로는 결제할 수단인 본인 명의의 카드나 현금이 있어야 한다. 우리는 얼마가 필요한지 전혀 몰랐기 때문에 여권과 한국 면허증, 국제 면허증, 카드를 들고 렌트를 알아보기 위해 렌터카 사무실로 향했다.

가장 먼저 집 아래 위치한 에이비스에 들렀다. 인터넷 검색을 해본 결과 가장 비싸다는 에이비스라서 큰 기대 없이 들어갔지만 뭐든지 처음은 겁부터 나기 마련이었다. 영어로 모든 것을 처리해야 한다는 부담감에 온몸은 경직되었고 등에서는 식은땀이 흘러내렸다. 무슨 말을 어떻게 꺼내야 할지도 몰랐고 안다고 해도 영어로 잘 이야기할 수 있을지가 걱정이었다.

뭐, 이번에도 부딪혀 보면 어떻게든 되겠지. 조심스럽게 문을 열고 들어가서 렌트를 하고 싶다고 말하자 직원이 이것저것 설명을 시작했다. "#$@%$^@." 말이 너무 빨라서 거의 알아듣지 못했다. 좀 천천히 얘기하지. 옆에 은애도 있는데 창피하게.

내가 천천히 말해 줄 수 없냐고 부탁하자 직원은 표정을 미세하게 찌푸렸다. 그러고는 직원이 다시 설명을 하는데 건성으로 설명하는 것이 너무 눈에 보이도록 티가 났다. 불친절한 직원의 태도에 가격만 듣고는 은애를 데리고 밖으로 나와 버렸다. "쳇, 여기가 제일 싸더라도 여기서는 렌트 안 해." 은애도 내 말을 듣고 고개를 끄덕였다. 그리고 나서 버젯으로 향했으나 사무실 문은 굳게 닫혀 있었다. 아. 가는 날이 장날이라더니. 에이비스로는 돌아가고 싶지 않았기에 우리는 조금 먼 곳에 있는 허츠로 발걸음을 옮겼다.

바람도 쐴 겸, 천천히 시티를 가로질러 허츠로 향했다. 노란색 간판의 허츠. 역시 나는 노란색이 좋아. 뭔가 느낌이 좋았다. 안으로 들어가니 인도인으로 보이는 직원이 우리를 보며 반갑게 인사했다. "에이비스와는 영 딴판이군." 나도 모르게 혼잣말이 나와버렸다.

외국인과의 대화 경험이 많아서인지 충분히 이해가 되게끔 설명을 해주는 인도 아저씨. 그분은 설명 중간중간에 우리에게 어디서 왔냐며 자신도 우리 또래의 자식이 있다는 등의 사적인 이야기도 해주었다. 사람 냄새가 풀풀 나는 직원 아저씨는 고객 감동 서비스가 최고였다. 내가 여권과 한국, 국제 면허증을 제시하자 사진과 실물이 다르다며 놀리기까지 했다. "은애야. 네 면허증으로 했으면 완전 못 알아봐서 차 렌트 못 했겠다. 하하하." 장난으로 던진 말이었지만 난 은애의 일그러진 표정을 보고 조용히 입을 다물었다. 렌트 가격도 허츠가 에이비스보다 20달러 정도 저렴해 더 이상 고민할 필요가 없었다. 나는 더 이상 따지지 않고 바로 보증금 200달러를 내고 렌터카를 예약했다. 왠지 느낌이 좋았어! 드디어 호주에서의 첫

운전이었다. 사고 없이 무사히 갔다 오기를 바라며 허츠를 나섰다.

여행 출발 당일, 우리는 짐을 잔뜩 들고 허츠로 가서 차를 넘겨받았다. 보라색 펄이 들어간 파란색 자동차. 아무 생각 없이 왼쪽 문을 열었다. 뚜둥. "하하. 헷갈렸지? 난 조수석이야." 아…. 호주는 도로가 반대지. 한국은 우측통행인 반면 호주는 영국과 일본과 마찬가지로 좌측통행이다. 그래서 차도 운전석과 조수석이 한국과는 반대였다. 알고 있었지만, 이것이 '습관의 무서움'인가 보다. 출발하기 전부터 은애가 못 미더운 눈길을 보냈다. "하하. 우리 조심해서 다녀오자." 괜히 뻘쭘해진 나는 웃어넘겼다.

우리의 첫 목적지는 '몬트빌(Montvile)'이었다. 몬트빌은 호주의 작은 유럽풍 마을로 언덕 위에 위치한 아담한 상업 마을이다. 유럽인들이 이주해 오면서 만들어진 마을이라는데 지금은 관광객이 많이 찾아와 상업 활동이 활발해진 곳이다. 아침과 점심 사이에 한 시간 반을 달려 구불구불한 언덕길을 오르니 몬트빌 마을이 보였다. 동화 속에서 나올 법한 마을이라길래 큰 기대를 했지만, 생각보다 너무 작았다. 분명 마을이 예쁘긴 한데 관광지라고 하기에는 조금 부족한 느낌이었다. 그래도 왔으니깐 둘러는 봐야지. 아침을 먹지 않고 출발해 출출했던 터라 우리는 가장 먼저 카페에 들어가 브런치(Brunch, 아침 겸 점심 식사)를 시켰다. 그래도 언덕 위 마을이라서 그런지 카페에서 보는 경치는 감탄할 만했다.

식사하려고 메뉴판에서 메뉴를 정하려는데 메뉴 중 가장 저렴한 브런치 가격도 억지스럽기 그지없었다. "그래도 여행이니깐…." 나는 전망이 가장 좋은 자리에 앉으며 중얼거렸다. 소시지, 베이컨, 스크램블 그리고 몇 가지 채소를 볶은 음식으로 식사를 마치고 조금 언짢은 가격이었지만 계산하고는 마을로 향했다.

작은 물레방아를 지나 공터로 나가보니 작은 가게에 사람들이 몰려 있었다. 그곳에서 백발의 할아버지 한 분이 손님들을 맞이하고 있었다. "안녕하세요? 여기 뭐 파는 가게에요?"라고 은애가 묻자 마을 사람들이 손수 만든 물건들을 진열해 놓은 곳으로, 구경해도 되고 마음에 들면 살 수도 있는 바자회 같은 곳이라고 친절하게 설명해 주었다. 신기한 물건이 많았지만 안타깝게도 마음에 드는 물건은 발견하지 못해서 우리는 구경만 하고 나왔다. 아무것도 사지 않고 빈손으로 나오는데도 문 앞의 할아버지는 재밌게 구경했냐며 묻고 좋은 여행 되기를 바란다며 마지막까지 친절하게 인사를 건넸다. 할아버지가 건넨 인사말에는 가슴 깊은 곳에서 우러나오는 따뜻함과 오래전부터 알고 지낸 듯한 친근함이 배여 있었고 그 온기 서린 말은 우리를 미소 짓게 만들 정도로 충분히 따뜻했다.

몬트빌을 한 바퀴 둘러보니 떠날 시간이 다 되었다. 오랜 운전으로 당분이 필요했던 나는 초콜릿 두 봉지를 샀고 은애는 캔들 하나를 사고는 다시 주차장으로 향했다. 주차장으로 가는 길에 보이는 학교 울타리에는 학생들이 그린 듯한 사람 그림들이 손을 맞잡고 울타리가 끝나는 지점까지 이어져 있었다. 아마도 그림의 주제가 '인종은 달라도 우리는 모두 친구'와 비슷하지 않을까 조심히 추측해봤다. 아담하고 인정이 묻어나는 호주의 작은 유럽 마을 몬트빌, 시골의 훈훈함에 미소를 남기고 우리는 숙소로 이동했다.

끼기기긱. 인상을 찌푸리게 만드는 소리와 약간의 차의 흔들림. 숙소로 이동하는 그 짧은 20분 사이에 방심한 나머지 사달이 났다. 구불구불한 언덕길에다가 좌측통행으로 운전에 대한 감이 떨어진 나는 가드레일에 차를 긁어버렸다. 긁혔을 당시에는 대수롭지 않게 생각했으나 숙소에 도착해 차 상태를 보니 생각보다 심각했다.

"은애야. 어쩌지…."

"안 다친 게 어디야. 괜찮아." 은애가 괜찮다며 위로를 했다. 하지만 호주에서 차 정비공은 부르는 게 값이라는 말이 있을 정도로 비싸서 걱정이 안 될 수가 없었다. 휴…. 오늘 밤 잠은 다 잤다.

차 수리비에 대한 걱정으로 거의 뜬눈으로 밤을 지새우고 씻고 나갈 채비를 했다. 원래 목적지는 선샤인 코스트의 명소 '누사 비치(Nooda beach)'였지만 아무래도 밤새도록 긁힌 자국이 신경이 쓰여 숙소 근처에 차량용품 전문점이 있는지 찾아보았다. 마침 가까운 곳에 차량용품점이 있었고 우리는 '누사 비치'를 조금 미루고 그곳으로 향했다. 15분 정도 달려 도착한 곳에는 '슈퍼칩 오토(Supercheap auto)'라는 차량용품 전문점이 생각보다 엄청 큰 규모로 있었다. 나는 그제서야 안도의 한숨을 쉬며 미소를 지을 수 있었다.

"비싸다면 내가 고치지 뭐!" 나는 기세등등하게 가게로 들어가서 사포, 컴파운드, 극세사 천 그리고 브러쉬와 페인트를 구매했다. 먼저 컴파운드와 천으로 긁힌 자국을 닦아 냈고 같은 색상의 페인트를 바른 다음 사포와 컴파운드로 세밀하게 작업했다. 긁혔을 뿐 찌그러지지 않아 불행 중 다행이었다. 몇 번의 같은 작업을 반복하자 긁힌 자국은 거의 티가 나지 않았다. "은애야. 됐어! 감쪽같이 지웠어!" 나는 기쁨에 소리쳤고 은애도 덩달아 좋아했다. 역시 뭐든지 하면 된다니깐.

이제 원래의 목적지였던 누사 비치를 향해 편한 마음으로 이동할 수 있었다. 내륙으로 이동하면 더 빨랐지만 조금만 돌아가면 해안 도로를 타고 갈 수 있어서 우리는 주저 않고 해안도로를 택했다. '여행은 낭만'이라는 모티브로 움직이는 우리. 차 문제도 해결했고 홀가분한 마음으로 한적한 바닷길을 달리니 정말 날아갈 것 같은 기분이었다. 은애는 창문을 열고 환호성을 지르기까지 했다. 근데 예상과 다르게 누사 비치는 생각보다 너무 멀었다. 내륙으로 가면 30분 남짓이었지만 바닷길로 향하니 50분도 더 달려야 했다. 바닷길로 나선 것을 후회하기 시작할 때쯤, 우리의 후회는 곧이어 다시 환호로 바뀌었다.

한적한 강 옆길 그리고 길 따라 펼쳐지는 아름다운 동네. 그 곳에 있는 돌다리로 연결된 조그마한 챔버스(Chambers)섬, 그 섬에서 해수욕을 즐기는 사람들. 여행 오기 전 선샤인 코스트를 검색해봤지만, 이 동네에 대해서는 전혀 알지 못했다. "은애야. 우리 여기서 잠시 쉬다 가는 건 어때?" 너무나 아름다운 경치를 그냥 지나치기 아쉬워 은애에게 제안하자 "응. 그냥 지나치면 후회할 것 같은 동네야."라며 은애도 좋아했다.

누사 비치로 가는 길 중간 우리가 어디쯤에 있는지 궁금해 구글로 위치를 찍어보았다. 우리가 바닷길을 타고 누사 비치를 가기 위해서는 마루치(Maroochy)강을 건너야 하는데 우리는 바다가 아닌 마루치강을 거슬러 오

르는 길에 있었다. 육지와 돌다리로 연결된 챔버스섬은 한강의 노들섬같이 마루치 강 한복판에 위치한 섬이었다. 우리는 아기자기한 동네와 섬의 아름다움에 현혹되었고 굳이 누사 비치까지 갈 필요 있냐며 탈의실로 들어가 수영복으로 갈아입고 강으로 뛰어들었다.

수심이 너무 깊지도, 얕지도 않은 적당한 깊이. 바다와 인접해 있지만 짜지 않은 물. 놀기에는 최적의 장소였다. 아이들은 돌다리에서 다이빙을 즐기고 조그만 해변에서는 사람들이 태닝을 하고 있었다. 하지만 아무리 둘러봐도 동양인은 우리뿐이었다. "은애야. 여기는 동네 사람들만 오나 봐. 동양인이 우리뿐이야."라고 하자 은애도 한번 둘러보더니 흠칫 놀란다. 해수욕을 즐기는 사람들도 동양인이 생소한지 우리를 의식하며 쳐다보는 것이 느껴졌다. 이런 곳이 숨은 명소라며 우리는 보물이라도 발견한 마냥 좋아했다. 우리는 아이들과 함께 돌다리에서 다이빙도 하고 모래성도 쌓고 놀다 보니 어느새 해가 저물고 있었다.

아쉬운대로 우리는 돌아갈 채비를 했다. 샤워 부스에서 샤워를 하고 화장실에서 옷을 갈아입었다. 해는 점점 더 빠르게 넘어가고 있었고 주위는 금새 어둑어둑해져 버렸다. 전날의 후유증인지 야간 운전을 해야 한다는 생각이 나를 압박했고 선샤인 코스트에 대한 아쉬움을 느낄 겨를도 없이 더 어두워지기 전에 챔버스섬을 뒤로 하고 브리즈번으로 향했다.

야간 운전이라 더욱 긴장하며 차를 몰고 있는데 설상가상으로 비까지 내리기 시작했다. 대부분이 맑은 날씨인 탓인지 한번 쏟아질 때의 빗발은 엄청났다. 처음 부슬비로 내리기 시작한 비는 엄청난 천둥·번개까지 동반한 폭우로 변했다. 번쩍거리는 번개는 무서울 정도로 크게 떨어졌고 5초 뒤에 터지는 천둥소리는 소름이 돋을 정도였다. 헉. 운전대를 잡고 있던 손이 더욱 떨리기 시작했고 긴장감으로 인해 달리는 내내 땀을 폭포수처럼 쏟아냈다. 전날 사고를 냈다는 심리적 압박감, 그리고 폭우가 시야를 가리는 극한의 상황이었지만 비상등을 키고 천천히 차를 몰아 2시간 30분 만에 무사히 브리즈번으로 복귀할 수 있었다.

결국, 선샤인 코스트의 명소 누사 비치는 가지 못 했지만, 남들이 알지 못하는 숨은 명소에서의 잊지 못할 추억을 기리며 다시 브리즈번의 일상으로 복귀했다. 브리즈번으로 복귀 후, 무사히 차를 반납하는 완전 범죄를 저지르면서 정신적으로 힘들었던 우리의 1박 2일 여정은 마무리되었다.

멜버른

한국을 2주 동안 다녀오고 나서 나는 점점 더 우울해졌다. 할머니는 점점 호전되고 있다는 소식을 받았지만, 그래도 걱정을 떨쳐버릴 수가 없었다. 자극이 필요했다. 걱정과 우울을 떨쳐버릴 수 있는 자극이. 나는 우울한 일상을 반전시키고자 또다시 여행을 결심했다. 그렇게 나와 은애는 가을로 접어드는 2월, 호주의 유럽이라고 불리는 대도시 멜버른으로 향했다.

멜버른 여행 일정은 3박 4일로 잡았다. 더 길게 가고 싶었지만, 한국도 갔다 온 데다가 더 쉬겠다고 하면 정말 레스토랑에서도 잘릴 판이었다. 3

박 4일로도 알차게 돌아보고 올 수 있다는 친구의 말에 최소한의 계획을 잡았다. 멜버른에서는 차를 렌트할 생각이 없었기 때문에 모든 여행지는 여행사를 통해 패키지 상품을 구매했다.

그런 다음 숙소를 알아보고 있는데 여행사에서 4성급 호텔이 3박에 350달러 특가로 지금 딱 한자리 남아있다고 하는 것 아닌가. 오! 처음부터 숙소를 알아보고 있었는데 우리가 알아본 가격보다 훨씬 저렴한 가격이었기에 우리는 기회를 놓치지 않았다. 그런 다음 가장 중요한 항공편을 알아보았다. 호주의 국내선은 시기에 따라 가격이 천차만별이라서 예약하는 시기를 잘 골라야 한다. 우리는 '웹젯(Webjet)'이라는 사이트를 이용했다. 웹젯은 우리가 원하는 경로의 모든 항공사의 항공편이 나와 있고 가격과 시간을 비교해서 가장 최적의 항공편을 고를 수 있는 사이트이다. 웹젯으로 비교 분석한 뒤 원하는 항공사 사이트를 통해서 표를 구매해야 수수료가 들지 않지만, 이 사실을 전혀 몰랐던 우리는 씁쓸하게도 웹젯을 통해 결제해 수수료 40달러를 지불하고 나서야 그 사실을 알게 되었다. 젠장. 40달러면 두 끼 식사를 해결할 수 있는데…. 이런 머저리! 한 푼이 아쉬운 우리였지만 저가 항공사는 취소도 불가하다고 하니 우리의 무지를 한탄할 수밖에 없었다.

출발하는 날 새벽, 우리는 비몽사몽한 상태로 전날에 미리 싸 두었던 캐리어를 챙겨 들고는 센트럴역으로 향했다. 비행기는 7시 출발이지만 브리즈번 국내선 공항은 처음 가보는 거라 조금 서두를 필요가 있었다. 센트럴역에서 공항선을 타고 마지막 종착역으로 가면 국내선 공항이 있다. 처음 가보는 국내선 공항은 새벽이었지만 어수선한 분위기였다. 비몽사몽한 상태의 우리는 국제선과는 사뭇 다른 어수선한 분위기에 휩쓸려 더 정신을 차리기 힘들었다.

예약한 '타이거 에어(Tiger Airways) 항공사'를 찾지 못해 쩔쩔매고 있다가

지나가는 공항 직원을 붙잡고 물어보고 나서야 찾을 수 있었다. 타이거 에어는 '젯스타 항공사(Jetstar Airways)' 옆에 조그마하게 붙어 있었고 항공사 창구가 따로 없고 무인 발권기만 몇 대 놓여 있어 눈에 잘 띄지 않았기 때문에 못 찾을 만도 했다. 은애와 내가 영어를 힘들게 해석해가며 무인 발권기에 표시된 순서에 따라 이름과 몇 가지 정보를 입력하니 비행기 표가 출력되어 나왔다. 하지만 출력되어 나온 두 개의 표는 전혀 다른 좌석으로 배치되어 있었다. 하…. 국내선. 시작부터 험난하구나. 어떻게 해야 할지 몰라 쩔쩔매다 항공사 직원을 발견하고는 재발권을 부탁했다. 다행히 직원은 친절하게 처음부터 세세하게 일을 처리해주었고 직원의 도움으로 수하물까지 싣고 나서야 은애와 나는 안도의 한숨을 내쉬었다. 우리는 마지막으로 탑승장으로 가는 길에 간단한 짐 검사를 받고 마침내 탑승 게이트로 들어갈 수 있었다.

비행기가 출발한 지 2시간 남짓, 어느새 곧 멜버른 공항에 도착한다는 기내방송이 흘러나왔다. 얼마 뒤 비행기는 멜버른 공항에 착륙했고 나는 옆에서 새근새근 자는 은애를 깨워서 멜버른 공항에 내렸다. 멜버른은 워낙 대도시이다 보니 공항이 두 개나 있다. 우리가 내린 툴라마린 국제공항(Tullamarine International Airport)은 멜버른 제1의 공항이고 또 다른 공항인 아발론 공항(Avalon Airport)은 저가 항공사들이 이용하는 국내선 전용 공항이다.

우리가 멜버른 공항에 도착한 시간은 10시 30분. 분명 2시간 정도 비행했다고 생각했는데 아직 잠이 덜 깼나 보다. "은애야. 대도시는 눈감으면 코 베어 가는 곳이래. 우리 정신 바짝 차리자!"

우리는 공항에서 내린 뒤 시티로 직행하는 2층 버스인 스카이 버스를 찾기 위해 신경을 곤두세웠다. 공항 밖으로 나서니 눈에 확연히 띄는 빨간색의 스카이 버스 부스가 보였다. 스카이 버스 편도는 19달러, 왕복은 36

달러로 싸지 않은 가격이었다. 한인 택시나 우버 등 2인 이상 갈 때 조금 더 싸게 갈 방법이 있었지만, 멜버른에서 스카이 버스를 타는 것도 여행의 일부라고 생각해 우리는 스카이 버스에 올랐다.

짐을 1층 수하물 칸에 싣고 2층으로 올라갔다. 나는 2층 맨앞 좌석에 앉고 싶어서 후다닥 올라갔지만, 맨앞 좌석에는 통로 쪽으로 양 좌석에 한 사람씩 앉아 있었다. 내가 "와. 세상 자기들끼리 사네."라며 씩씩거리자 은애는 "그냥 뒤에 앉자."라며 별일 아니라는 듯이 나를 다독였다. 이대로 포기할 수 없지. 공항으로 돌아갈 때는 기필코 앞자리를 사수하겠다고 다짐하고는 30분을 달려 멜버른 시티에 위치한 서던크로스(Southern Cross)역에 도착했다.

서던크로스역에서 구글맵으로 호텔 주소를 찾아보니 호텔은 그리 멀지 않은 곳에 있었다. 우리의 체크인 시간은 2시여서 시간이 꽤 남아 있었지만, 무거운 캐리어를 맡겨 놓기 위해 먼저 호텔로 향했다. 호텔 체크인 시간을 확인하던 중 은애가 시간이 이상하다며 나에게 물었다. 손목시계의 시간과 휴대폰의 시간이 1시간 차이가 난다는 것이었다. "그럴 리가? 멜버른이랑 브리즈번 시간은 같은데?" 나는 한 치의 망설임도 없이 얘기했지만 나를 의심으로 가득 찬 눈으로 바라보는 은애. "야. 너 딱 기다려. 확인시켜 줄게!" 나는 당당하게 소리쳤다.

하지만 민망하게도 호주에는 서머타임(Summer Time)이란 것이 존재했다. 서머타임은 여름철에 일을 일찍 시작하고 일찍 잠들어 등화를 절약하고, 햇빛을 장기간 쬐면서 건강을 증진한다는 목적으로 시행된 제도다. 호주에서는 10월 첫째 주 일요일 2시부터 이듬해 4월 첫째 주 일요일 3시까지 원래 시간보다 시간을 1시간 앞당긴다. 캔버라, 태즈메이니아, 시드니, 멜버른, 뉴캐슬, 애들레이드 도시가 시행하고 있지만, 내가 지내고 있는 브리즈번에서는 시행하지 않아 은애와 나는 서머타임에 대해 전혀 몰랐었다.

왠지, 아까 공항에 도착했을 때 시간이 이상하더라니…. 자기도 몰랐으면서 이겼다는 듯이 옆에서 히죽히죽 웃는 은애. 참나, 모를 수도 있지!

우리는 호텔 카운터에 짐을 맡겨 놓고는 미리 찾아 놓았던 근처 이탈리아 레스토랑으로 가서 느긋하게 첫 끼니를 때웠다. 첫날은 멜버른 시티 내에서 유명한 곳을 둘러보기로 했던 터라 서두를 필요가 없었다. 다시 숙소로 돌아온 우리는 체크인을 하고 짐을 방으로 옮긴 다음 밖으로 향했다. 숙소 바로 앞의 골목은 비록 우리가 유럽을 가보지 않았지만, 유럽 같은 느낌을 주는 골목이었다. 그 골목을 지나 밖으로 나서니 저 멀리 멜버른의 상징 플린더스(Flinders)역의 이정표가 어렴풋이 보였다. 흥분한 나와 은애는 곧바로 이정표를 따라갔지만, 생각보다 한참을 걸어가야 했다.

20분 정도 걸어가니 보이는 플린더스역. 역의 웅장함과 고풍스러움에 잠시 넋을 잃었다. 정말 영화 세트장 같은 느낌의 플린더스역에서 사진을 안 남길 수 없었다. 우리는 영화 속 주인공이라도 된 마냥 서로 사진을 찍어주고는 플린더스역 맞은편에 위치한 페더레이션 스퀘어(Federation Square)로 향했다. 페더레이션 스퀘어 앞의 광장은 여행자들의 쉼터 같은 느낌이었다. 거기에는 여행자 센터가 있었지만, 우리는 이미 여행 상품들을 구매하고 왔기 때문에 구경만 하고는 나왔다. "자, 쉴 만큼 쉬었으니 다시 출발하자!" 은애는 시간에 쫓기기라도 하듯 다음 장소로 이동하자고 얘기했다. 어허, 쉴 만큼 쉬었다고? 우리 5분 앉아 있었어! 하…. 여행할 때의 은애는 도무지 말릴 수가 없다.

우리는 미사(〈미안하다, 사랑한다〉) 거리로 유명한 '호시어 레인'을 찾아갔다. 다행히도 페더레이션 스퀘어를 등지고 오른쪽으로 5분가량 걸어가면 되는 멀지 않은 곳에 있었다. 이곳은 드라마 〈미안하다, 사랑한다〉의 배경이 된 거리여서 한국인들에게는 '미사 거리'로 더 유명하다. 호시어 레인은 골목의 벽마다 그래피티 아트로 가득 찬 예술의 거리였다. 우리는 사진으로 드라마 속 소지섭, 임수정 포즈를 남기고 싶었지만, 오후 시간이라 관광객이 심각하게 많아 사진은커녕 발 디딜 틈도 부족했다. 지금 사진을 찍으면 드라마 속 느낌을 멋지게 표현하지 못할 것이 뻔했다. 우리는 사람이 없을 때 다시 오기로하고는 거리에서 힘겹게 빠져나왔다. 그때 내 배에서는 꼬르륵 소리가 났고 그 소리를 신호로 나는 상당히 허기가 졌다는 것을 느꼈다. 미사 거리를 나오기 직전, 〈미안하다, 사랑한다〉 극 중 대사가 떠올랐다. 나는 차무혁(소지섭)이라도 된 마냥 소리쳤다.

"밥 먹을래? 나랑 뽀뽀할래?"

"밥 먹을래? 나랑 잘래?"

"밥 먹을래? 나랑 살래?"

"밥 먹을래? 나랑 같이 죽을래!"

잠시 정적, 그리고는 내 목덜미를 잡더니 그냥 같이 창피해 죽자는 은애였다. 하하.

날은 점점 우중충 해지더니 먹구름이 몰려왔다. 우리는 차이나타운에서 저녁을 간단하게 먹고는 비가 쏟아지기 전 숙소에 가기 위해 서둘러 일어났다. 하지만 비는 우리를 곱게 보낼 생각이 없었는지 호텔에 다 와 갈 때쯤에 이르러서는 억수같이 쏟아졌고 우리는 그 잠깐 사이에 홀딱 젖고 말았다. "에이, 다 좋았는데 마지막에 이게 뭐야!" 나는 투덜거리며 숙소 현관으로 들어서는데 은애는 들어오다 말고는 현관문 앞에서 멈춰 섰다. 그리고 본 은애의 표정은 완전히 사색이 되어 있었다.

설상가상, 엎친 데 덮친 격이었다. 은애가 휴대폰을 잃어버렸다며 울먹거렸다. 비에 쫄딱 젖은 채로 울먹거리는 은애는 처량해 보이기 그지없었다. 내가 어디다 놓고 온 건 아니냐고 타이르자 은애는 차이나타운 식당에 놔두고 온 거 같다며 횡설수설하기 시작했다. 은애의 말이 끝나기도 전에 나는 우산도 쓰지 않은 채 식당으로 뛰어갔고 은애는 뒤늦게 우산을 들고 따라왔다.

식당에 도착해 혹시 분실물 중에 휴대폰이 있냐고 물으니 종업원은 찾아보지도 않고 없다며 건성으로 대답했다. 이윽고 은애가 들어왔고 나는 고개를 가로저었다. 은애가 가게 CCTV를 보여 달라고 하자 종업원은 매니저가 출근하지 않아서 안 된다며 우리를 막아섰다. CCTV가 떡 하니 있는데 보여주지는 않으니 미칠 노릇이었다. 아무리 얘기를 해도 종업원들은 CCTV는 함부로 만질 수 없다며 거절하고는 이틀 뒤에 매니저가 오니 그때 다시 오라고만 했다. 우리는 강경한 그들의 태도에 달리 어찌할 방도가 없어 숙소로 돌아올 수밖에 없었다. 비 맞은 생쥐 꼴로 숙소에 들어오

니 은애는 더 이상 말이 없었다. 그도 그럴 것이 산 지 두 달 된 새 휴대폰을 잃어버린 데다가 그 안에 있던 모든 휴대폰 정보들이 날아가 버린 상황이어서 상심이 이만저만이 아니었을 것이다. 나는 위로해 줄 적절한 말을 찾지 못했고 그렇게 우리의 첫째 날은 암울한 침묵 속으로 저물어 갔다.

날이 밝았다. 전날 억수같이 쏟아지던 비는 어느새 그쳤지만, 여전히 날은 흐렸다. 둘째 날은 '퍼핑 빌리(Puffing billy)'와 '필립 아일랜드(Phillip Island)'로의 데이투어였다. 날은 흐렸지만, 비가 그친 것에 감사하며 집결지로 향했다. 여행의 설렘 때문인지 비가 그쳐서인지 은애의 표정은 전날보다 한결 평온해 보였다. 우리는 집결지에서 간단하게 아침을 먹고 출발 시각에 맞춰 12인승 투어버스에 올라탔다.

멜버른 시티에서 40㎞ 정도 떨어진 단데농(Dandenon) 산맥에 위치한 퍼핑 빌리. 차를 타고 가는 중간중간 기사님은 '퍼핑 빌리' 가이드를 해 주셨다. '퍼핑 빌리'는 1900년대에 화물을 나르기 위한 수단으로 지어졌지만, 1950년대 산사태로 인한 철로의 유실로 빅토리아주에서 폐쇄했다. 하지만 10여 년 후 일반인들의 관심과 지역주민들, 민병대의 지원으로 인해 재개통되어 지금은 세계에서 보전이 가장 잘된 증기기관으로 알려져 있다. 퍼핑 빌리는 600여 명의 은퇴한 자원봉사자들로 운영되는데 그 이름의 유래도 재미있다. '칙칙폭폭'을 호주에서는 '퍼핑퍼핑(PuffingPuffing)'이라고 하고 '빌리(Billy)'는 기차에 대한 애칭이라는 것이었다. 그 두 단어가 합쳐진 '퍼핑 빌리'는 우리에게 친근한 '꼬마 기관차 토마스'의 모티브가 되는 증기기관이라고 했다. 설명을 집중해서 듣다 보니 어느새 단데농에 도착했고 우리는 '멘지스 크릭(Menzies Creek)'이라는 간판이 걸려있는 역내로 들어갔다.

저 멀리서 하얀색 증기를 하늘을 뚫어버릴 기세로 뿜어 대는 증기기관이 보였다. 증기기관 주위에는 기관사 옷을 입은 백발의 할아버지들이 있었고 우리는 자원봉사자란 사실을 알고 있기에 존경을 표하며 간단하게 인사를 건넸다. 기차에 올라타자 증기기관의 양쪽 창틀이 걸터앉을 수 있도록 개조된 것이 보였다. 함께 들어 온 기사님은 창틀에 앉은 우리들의 기념사진만 찍어주시고는 도착역에서 보자는 말을 남기고 떠나버렸다. 우리는 명당을 찾느라 여념이 없어 기사님께 고맙다는 인사도 제대로 건네지 못했다.

기사님한테 건네받은 기차표는 그저 기념품 역할이었다. 표는 검사도 하지 않은 채 우리가 '톰'이라고 이름 붙힌 검정색 증기기관은 증기를 내뿜으며 출발했다. 명당을 골라 앉았다는 뿌듯함과 설렘을 한가득 품은 우리를 태운 기차는 울창하게 우거진 숲으로 질주하기 시작했다. 출발한 지 5분쯤 지났을까. 은애가 갑자기 나를 찌르더니 눈치를 줬다. "반대쪽이 명당이잖아!" 여기가 명당인 것 같다며 같이 결정해서 앉아 놓고는 왜 잘못되면 나의 탓일까. 정말 알다가도 모르겠다.

반대편은 자리가 이미 꽉꽉 차 있었다. 두 명은 고사하고 한 명도 끼어들 틈이 없었다. 반대편이 명당인 것을 알고 자리가 나기만을 기다리고 있는데 도무지 틈이 생길 거 같지 않았다. 단념하려고 하는데 어디선가 구원의 목소리가 들려왔다. "저기, 자리 없으시면 여기 앉으세요." 같이 승합차를 타고 온 커플이 우리에게 자리를 양보해주겠다며 자리에서 일어났다. "정말 괜찮아요?" 내가 묻자 "추워서 이제 안에 앉으려구요. 헤헤."라며 쿨하게 일어서는 여자분. 우리는 고맙다는 인사를 하고는 냉큼 반대편 창틀에 걸터앉았다. 자리를 양보해준 것도 모자라 사진까지 찍어주는 여자분의 상냥함에 우리는 엄지를 치켜세웠다.

얼마 뒤 퍼핑 빌리의 하이라이트, 아찔한 목재 다리를 지나가는데 우리는 동화 속으로 들어온 것만 같은 기분에 소리를 질렀다. 수많은 관광객이 우리보다 더 크게 소리쳤고 우리의 소리는 그들의 함성에 더해져 단데농 숲속으로 메아리처럼 퍼져 나갔다. 20분보다 조금 더 지났을까. 우리는 '벨그레이브(Belgrave)'역에 도착했다. 우리는 기차에서 내리며 자원봉사자들에게 감사를 표하고 기념사진을 찍은 다음 승합차로 향했다.

승합차에 올라탄 우리들은 식당으로 향했다. 식당으로 가는 도중 기사님의 '가이드 타임'이 돌아왔고 기사님은 식사하고 '마루(Maru) 동물원'을 들른 다음 필립 아일랜드로 가는 일정에 대해 설명해 주었다. 퍼핑 빌리에서 그리 멀지 않은 곳에서 식사하고 막간을 이용해 근처의 앵무새 숲으로 향했다. 기사님이 나눠준 앵무새 모이를 들고 있자 여기저기서 달려드는 앵무새 떼로 우리는 인사불성이 되었다. 내 표정이 웃긴다며 은애는 연신 사진을 찍었다. 하지만 나는 겁에 질려 몸이 너무 경직되어 있었기 때문에 사진은 참혹했다. 앵무새들이 할퀸 상처와 배설물로 씨름을 한 우리는 식곤증까지 더해져 차에서 누가 먼저라고 할 것도 없이 뻗었다. 그리고 1시간쯤 지났을까. 나는 차가 멈춘 것을 느끼고 살포시 눈을 떴다.

차가 정차한 곳은 마루 동물원이었다. 아직도 꿈나라에서 허우적대는 은애를 깨우자 동물원은 안 가도 된다며 잠결에 중얼거렸다. 나도 크게 내키지는 않아 다시 누웠지만, 10분 뒤 은애가 나를 흔들어 깨웠다. 다시 잠이 안 온다며 나가서 산책이라도 하자고 하는 은애. '이야, 변덕이 정말 죽 끓듯 하는구먼!' 말이 목구멍까지 차오르는 것을 꾹꾹 참고서 생각으로만 삼키고 밖으로 따라나섰다.

굳이 입장료를 내면서까지 갈 필요를 느끼지 못해 동물원은 포기하고 남는 시간에 동물원 주위의 나무가 우거진 숲을 산책했다. 우리는 마루 동물원 담벼락 바깥으로 거닐고 있는데 직원 통로로 보이는 문이 활짝 열려 있는 것 아닌가. 그 주위에는 아무도 없었고 문 안쪽에도 직원 한 명 보이지 않았다. 이때 눈을 반짝거리는 은애. "은애야 안 돼, 안 돼, 돼, 돼, 돼." 우리는 그 누구보다 신속하고 은밀하게 직원통로로 들어갔다.

마루 동물원은 론 파인 동물원보다 작았고 동물 수도 많지 않았다. 하지만 신기한 것이 딱 하나 있었는데 바로 '흰색' 캥거루였다. 듣도 보도 못한 색깔의 캥거루는 눈이 반쯤 잠긴 채로 은애를 잡고는 놓아주지 않았다.

"하여간 짐승이든 사람이든 남자들이란. 예쁜 건 알아서." 은애의 말을 무시한 채로 나는 출구로 나왔다. "남자들이란 #@%!%#." 알아들을 수 없는 말을 계속해서 내뱉으며 은애도 내 뒤를 따라 밖으로 나왔다. 그런 우리를 본 기사님은 동물원에 언제 들어갔었냐며 신기해하며 물어보셨다. "뭐…. 아까 들어갔습니다! 그만 가시죠. 하하." 나는 기사님께 멋쩍게 웃어 보이고는 차에 올라탔다.

필립 아일랜드로 가는 도중 다시 기사님의 가이드가 시작되었다. 필립 아일랜드는 빅토리아주의 대표적인 섬으로 세상에서 가장 작은 펭귄인 '페어리 펭귄'들의 서식지이다. 요정 펭귄이라니, 이름부터 깜찍한 이 펭귄들은 크기가 고작 30㎝ 남짓이라고 한다. 페어리 펭귄들은 낮에는 바다로 나가 있다가 밤이 되면 집이 있는 필립 아일랜드로 돌아오는데, 이때 섬으로 올라온 펭귄들의 퍼레이드 관람이 이 투어의 목적이라는 말로 설명을 마쳤다. 그리고 해가 뉘엿뉘엿 질 무렵 우리는 필립 아일랜드에 도착했다.

가장 먼저 보이는 곳은 기념품 센터였다. 펭귄 퍼레이드까지는 시간이 꽤 남아 있어서 몇 가지 기념품과 펭귄 코너를 구경하며 기다리고 있었다.

점점 펭귄들의 귀가 시간이 다가왔다. 기념품답게 비싼 가격 때문에 우리는 쌀쌀한 날씨였지만 달랑 담요 하나만 구입하고 밖으로 나섰다. 관람석으로 향하는 표지판에는 펭귄이 실명할 수도 있으니 사진을 금지한다고 적혀 있었다. 그래서인지 필립 아일랜드 곳곳은 빨간색 옅은 조명으로만 비추고 있을 뿐 밝은 조명은 단 하나도 볼 수 없었다.

우리는 관람석에서 펭귄 퍼레이드를 기다리고 있는데 담요를 하나만 산 것이 그렇게 후회될 수 없었다. 물론 하나밖에 없는 담요는 은애의 소유였다. "하… 하… 아…." 후회와 추위가 한데 어우러진 비명을 지르며 어둠 속에서 벌벌 떨고 있을 때 저 멀리서 드디어 펭귄이 오고 있다는 소리가 들렸다. 하지만 도저히 내 시력으로는 형태마저도 보이지 않을 정도로 페어리 펭귄은 작았다.

"동주야. 정말 요정인가 봐. 있다고 하는데, 있는지 모르겠어."

"어. 착한 사람한테만 보인대." 물론 내 눈에도 보이지 않았다.

우리는 뒤쪽으로 돌아가 펭귄들의 둥지 쪽으로 빠르게 움직였다. 펭귄들의 둥지 위를 가로지르는 다리 위에서 아래를 지켜보고 있으니 뒤뚱뒤뚱 조그마한 선발 주자 펭귄들이 모습을 드러냈다. '페어리'라는 이름이 괜히 붙은 건 아니었나 보다. 너무 아기자기하고 귀여운 모습에 얼어 있던 손발이 녹는 것 같았고 힘들여 여기까지 온 보람을 느꼈다. 펭귄들의 귀여움에 '심쿵'한 우리들은 마지막에 뭍으로 올라온 펭귄들이 집에 들어가고 나서야 발걸음을 옮겼다. 조금 늦지 않았을까 걱정하던 찰나, 역시나 승합차에는 우리 외에 모두 타 있었고 우리는 기사님의 꾸지람과 다른 관광객들의 눈총을 받으며 차로 올라탔다.

승합차는 곧장 멜버른 시티로 출발했고 우리는 기사님 덕분에 안전하고 따뜻하게 시티로 돌아올 수 있었다. 숙소에 돌아오니 시간이 벌써 밤 11시를 훌쩍 넘겼다. 내일은 죽기 전에 꼭 가봐야 할 100곳 중 하나라는

'그레이트 오션로드'로의 여행이기 때문에 오늘 투어의 여운을 남기지도 않은 채 바로 잠을 청했다. 다시 또 설레는 마음으로 내일은 오늘보다 맑기를 기도하면서 조용히 잠에 빠져들었다.

띠르르릉~ 띠르르릉~. 요란하게 울려 대는 알람 소리에 깜짝 놀라 눈을 떴다. 아…. 오늘이 그레이트 오션로드 가는 날이지. 나는 정신을 차리고 알람을 끄기 위해 휴대폰을 집어 들었다. 휴대폰 시계는 7시 20분을 가리키고 있었다. 나는 잠에서 덜 깬 상태로 몽롱하게 시계를 바라보았다. 꿈인지 생시인지. 눈을 두 번 껌뻑거리고 나자 정신이 번쩍 들었다. "으아아아악! 은애야! 은애야! 은애야! 일어나아아아아!"

"으어어어…." 은애는 반쯤 잠긴 눈으로 대답인지 호흡인지 모를 소리를 냈다. 내가 시간을 알려주자 은애는 큰 눈이 평소보다 1.5배는 더 커졌다. 다행히 가방은 전날에 미리 싸 놓았다. 우리는 10분 만에 씻고 나와서는 가방을 들고 트램을 타기 위해 달렸다. 멜버른 도심을 가로질러 뛰어가는데 익숙한 얼굴의 남자 세 명이 우리 옆에서 똑같이 헐레벌떡 뛰고 있었다.

"안녕하세요. 세 분도 늦잠 자셨나 보네요."라고 헐레벌떡 뛰어가는 와중에 나는 아침 인사를 전했다. 전날 퍼핑 빌리와 필립 아일랜드 투어를 함께했던 남자들이었다. 우리가 이렇게 뛰면 5분 뒤에 도착하는 트램을 탈 수 있고 그걸 타면 아슬아슬하게 도착할 것 같다고 하자, 남자들은 트램이 있었냐며 나에게 되물었다. 전혀 모르는 눈치였다. 내가 심지어 무료라고 하자 흠칫 놀라기까지 했다. 남자들은 전날에도 걸어서 집결지까지 갔다고 했다. 오늘도 우리를 만나지 않았으면 개고생을 할 뻔했다며 안도하고는 고맙다는 인사를 했다. 키히히. 나는 처음 호주를 왔을 때 무모하게 뛰어들기만 하던 그때의 내가 생각나 웃음이 났다. 다행히 다섯 명 모두 아슬아슬하게 도착했다. 함께 웃으며 기쁨을 나누는 것도 잠시, 안타깝게도 남자 세 명과 다른 버스를 배정받았다. 나는 마실 것을 사고 배정받은 차에 올라탔고 버스는 정확히 8시가 되자 '그레이트 오션로드'로 출발했다. 멜버른 시티에서 꽤 먼 거리에 있는 그레이트 오션로드는 가는 데만 거의 3시간이 걸렸다. 그 시간은 은애가 아침에 못 한 화장을 하기에는 충분했다. 그리고 그레이트 오션로드 첫 번째 지점에서는 완전히 다른 여자가 되어 내 옆에서 내렸다.

첫 번째로 도착한 곳은 '메모리얼 아치(Memorial arch)'였다. 'GREAT OCEAN ROAD'라고 적혀 있는 그레이트 오션로드의 출발점이었다. 제1차 세계대전 종전 후 귀국한 군인들이 200㎞가 넘는 해안도로인 '그레이트 오션로드'를 건설했다. 메모리얼 아치는 전사자들과 건설 당시 크고 작은 사고로 희생된 군인들 그리고 피땀 흘려 청춘을 받친 군인들을 기리기 위해 지어진 기념문이었다. 은애와 나는 기념사진만 찍고는 강한 바닷바람에 못 이겨 곧바로 차에 올라탔다. "호주 군인들이 한국전쟁 당시 우리를 많이 도와줬어요." 기사님이 버스에 시동을 키며 흘러가는 말로 얘기를 했지만, 나는 자꾸만 그 말이 계속 귀에 맴돌았다. 조금 전에 메모리얼 아치에서 조금 더 경건한 마음으로 경의를 표할걸. 못내 아쉬움에 말없이 창밖만 바라보게 되었다.

다음으로 향한 곳은 '커넷 리버(Kennett River)'와 '아폴로 베이(Apollo Bay)'였다. 커넷 리버에서는 '앵무새들 모이 주기'가 유명했는데 이곳의 앵무새는 어제 본 앵무새와는 전혀 다른 형형색색의 깜찍하고 조그마한 앵무새들이었다. 간단하게 먹이를 주고 점심을 먹기 위해 '아폴로 베이'로 향했다. 우리는 굶주림에 기사님이 추천한 이탈리아 레스토랑으로 곧장 향했다. 돼지고기와 닭고기를 두껍게 자르고 졸여서 만든 음식은 환상적이었다. 은애와 나는 깔끔하게 접시를 비우고 식당을 나와 밖에서 광합성을 하며 적당한 배부름에 만족하고 있었다. 그때 대형 버스가 우리의 햇살을 가로막더니 40명의 중국인 관광객들을 쏟아냈다. 기사님은 중국 관광객들과 투어가 겹치면 제대로 즐기지 못한다며 일정을 조금씩 앞당기자고 했고 우리는 예정 시간보다 20분이나 일찍 출발했다.

그레이트 오션로드를 달리며 보는 창밖 풍경은 그야말로 절경이었다. 왜 죽기 전에 꼭 가봐야 할 100곳으로 선정되었는지, 내 두 눈앞에 보이는 해안과 절벽 그리고 끝없이 펼쳐지는 청록색의 바다가 증명해 주었다. 계속해서 펼쳐지는 200㎞ 이상의 해안도로 전체가 관광지라서 하루에 다 둘러볼 수 없다는 사실에 더욱 감탄을 쏟아냈다.

차는 어느새 다음 목적지인 그레이트 오션로드의 화룡점정 '12 사도 바위'에 도착했다. 절벽 위로 지어 놓은 길을 걸어 들어가니 거짓말 같은 풍경이 내 시야에 들어왔고 나는 입이 쩍 벌어졌다. 파도와 바닷바람의 풍화와 침식작용으로 생긴 12개의 바위를 예수의 12 제자에 빗대어 12 사도 바위라 이름 지어졌다고 한다. 하지만 태풍과 계속되는 풍화와 침식작용

으로 4개는 무너졌고 현재 8개밖에 남지 않았다고 했다. 은애는 4개가 소실된 것에 마음 아파했지만 나는 그것 또한 시간의 흔적이라는 생각으로 자연의 위대함을 몸소 느꼈다.

우리는 길게 나 있는 길을 따라 다니며 계속해서 사진을 찍으며 감상의 시간을 가졌다. 8개의 바위가 다 나올 수 있도록 파노라마 사진을 찍으려고 했지만 수많은 관광객으로 인해 번번이 실패했다. 결국, 우리는 바위가 다 나오도록 찍지는 못했지만, 적당히 잘 찍힌 파노라마를 한 장 건지고 성취감을 느끼며 다음 목적지로 출발했다.

마지막으로 그레이트 오션로드 투어의 마지막 장소 '로크아드 고지(Loch Ard Gorge)'에 도착했다. 이곳은 영국 이민선 '로크아드 호'가 침몰해서 '로크아드 고지'로 명명되었다. 계단을 걸어 내려가면 양쪽으로 보이는 해안 절벽과 그 사이로 들어오는 에메랄드빛의 바닷물이 그야말로 장관이었다. 그리고 안쪽에는 석회암 동굴까지 있어 운치를 더했다.

"은애야. 여기 정말 최고인 것 같아."

"멜버른에 살고 싶다."

"아니야. 이제 차로 돌아가자. 또 혼나겠어." 아니나 다를까, 또 늦었다고 혼이 난 우리였다.

다시 3시간이 걸려 돌아간 멜버른 시티. 우리는 곧바로 차이나타운으로 향했다. "분명히 오늘 매니저가 출근한다고 했으니 CCTV를 볼 수 있을 거야!" 실낱같은 희망을 품고 우리는 차이나타운을 향했지만, 그것은 희망 고문에 불과했고 매니저의 어이없는 대답에 우리는 더더욱 분개했다.

"저희 CCTV는 작동되지 않아요. 장식용일 뿐입니다."

"그런데 왜 직원들은 CCTV가 가짜인 걸 모르죠?"

"글쎄요. 아무튼, CCTV는 볼 수 없어요."

어이없는 대답에 나는 다시 항의했지만 똑같은 대답만이 전부였다. 레스토랑에서 가짜 CCTV를 갖다 놓을 리 없을뿐더러 직원들이 CCTV가 가짜인지 진짜인지 절대로 분간 못 할 리 없었다. 하지만 거기서 우리가 할 수 있는 것은 아무것도 없었다. 우리는 그저 레스토랑의 어이없는 대처에 의심만을 가진 채 물러설 수밖에 없었다. 괜한 의심일 수도 있지만 우리는 속으로라도 분풀이를 해야만 마음이 조금이나마 나아질 것 같았다.

아무것도 하지 못하는 것에 잔뜩 독이 오른 상태로 은애와 나는 멜버른 사우스 뱅크로 넘어갔고 '유레카' 전망대에서 멜버른 야경을 보며 분을 삭혔다. 하지만 멜버른에서의 마지막 밤이라는 사실을 깨닫고 더욱더 우울해졌다. 내일이면 이별이네. 즐거웠어, 멜버른. 역시 너는 호주 최고의 도시야. 하지만 휴대폰을 잃어버리지 않았더라면 더욱 최고의 여행이 되었을 텐데…. 안타까움은 점점 더 진해졌다.

마지막 날, 새벽같이 일어나 우리는 다시 미사 거리로 향했다. 다행히 거리는 텅 비어 있었고 우리는 <미안하다, 사랑한다>에 나온 포즈로 사진 찍기를 성공했다. 미사 거리 때문에 새벽부터 나온 탓에 브리즈번 행 비행기 출발까지는 꽤 시간이 많이 남아서 시티를 한 번 더 둘러보기로 했다. '로얄 아케이드' 'QV' '세인트 패트릭 대성당' 등 빠르게 시티를 한 바퀴 둘러보고는 다시 서던크로스역으로 향했다.

서던크로스역에서 간단히 초밥을 사 먹고 스카이 버스를 타기 위해 움직였다. 멜버른 도착했을 때의 다짐이었던 2층 맨 앞 좌석의 꿈. 다행히도 꿈에 그리던 스카이 버스 2층 가장 앞 좌석에 앉을 수 있었다. 하지만 내

기대가 너무나 컸던 것일까. 내 예상과는 달리 썩 낭만적이지는 않았다. 뻥 트인 넓은 유리창 덕분에 멀미가 조금 줄었을 뿐이었다. 약간을 실망감을 실은 스카이 버스는 멜버른 여행의 시작이었던 툴라마린 공항에 도착했다. 우리는 다시 검색대에서 탑승 전 수하물 검사를 마치고 브리즈번으로 가는 비행기에 몸을 실었다.

호주에서 처음으로 방문한 도시 멜버른. 3.4초 같은 3박 4일의 시간은 우리의 반복적인 일상에 완벽한 치료제 역할을 해주었다. 휴대폰을 잃어버리는 불상사가 생겨 속을 태웠지만, 이 또한 하나의 잊지 못할 추억으로 남으리라. 브리즈번으로 돌아가는 비행기 창문 너머로 보이는 멜버른의 하늘은 너무나도 광활하고 맑았으며 파란 듯하면서도 투명했다.

뉴질랜드

브리즈번에서 남동쪽에 위치한 호주의 형제 국가 뉴질랜드. 대자연의 보고로써 수많은 영화의 촬영지가 되어 더욱 유명하다. 워홀러로서 호주에 있을 때 아니면 언제 가볼 수 있을까 싶어 은애와 나는 뉴질랜드로의 여행을 계속 꿈꿔왔었고 오래 지나지 않아 우리는 꿈을 실현할 기회가 생겼다.

나와 은애는 하던 일에 노티스를 내고 남은 4주 동안 일을 하며 뉴질랜드로의 여행을 계획하기 시작했다. 뉴질랜드는 북섬과 남섬으로 나누어진 섬나라이다. 우리는 뉴질랜드를 전국 일주하기로 첫 계획을 잡았다. 나라 전체를 둘러보는 여행이기에 일정을 길게 잡을 수밖에 없었다. 우리가 정한 최대 여행 기간은 2주. 그 안에 북섬과 남섬의 유명지를 모두 돌아볼 생각이었다. 사전에 정보를 알아보지 않고 덤벼드는 것이 얼마나 바보 같은 것인지 나는 일련의 경험들로 충분히 알고 있었다. 나는 유학원 여행 세미나, 뉴질랜드 여행을 갔다 온 사람들, 인터넷 검색 등으로 뉴질랜드에 관한 정보를 끌어모아서 여행 일정을 잡기 시작했다. 그 결과, 한 달 남짓으로 체계적인 여행 계획을 세울 수 있었다. 그리고 2017년 4월 말 은애는 도넛 공장을, 나는 레스토랑을 그만두고 브리즈번에서의 모든 것을 정리한 채로 뉴질랜드로 향했다.

시원한 바람이 불어오는 5월 초, 그다지 춥지 않아서 겨울의 문턱으로 들어서고 있음을 전혀 실감하지 못하는 때에 우리는 뉴질랜드로 날아갔다. 3시간을 날아간 뒤에 북섬 오클랜드(Oakland) 공항에서 내리고 나니 브리즈번과는 공기의 기운부터 확연히 차이가 났다. 그곳은 브리즈번보다 훨씬 남쪽에 있어 대기가 따가우리만치 차가웠다. 브리즈번과는 다르게 지구의 남반구는 확실히 겨울로 들어서고 있다는 것을 피부로 와 닿게 했다.

은애와 나는 오클랜드 공항을 나서면서 3번이나 짐 검사를 받았다. 공항 직원들은 우리에게 입국자 중에서 무작위로 선정해서 검사를 실시한다고 충분히 설명했다. 하지만 3번이나 연속해서 무작위로 선정되다니. 우연도 반복되면 필연이라던데…. "이거 인종차별 아냐?"라며 나는 혼자 투덜거렸지만, 그렇다고 어찌할 방도는 없었다. 그저 따를 수밖에. 3번이나 짐을 풀고 캐리어와 가방을 검사당하는 고초를 겪고 나서야 우리는 입국심사대에서 빠져나올 수 있었다. 그리고 뉴질랜드 통신사 '스파크'에서 유심칩을 구매해 휴대폰을 개통하고 나서야 뉴질랜드의 땅에 첫발을 내디딜 수 있었다.

우리는 우버를 타고 나의 대학교 후배인 지선이가 사는 집으로 향했다. 뉴질랜드를 오기 전 지선이가 뉴질랜드에서 워홀로 지내고 있다는 소식을 알고 미리 연락을 주고받았다. 하지만 안타깝게도 지선이는 정확히 우리가 여행가는 시기에 출장을 떠났다. 지선이는 자신의 빈집과 차를 우리가

쓸 수 있도록 배려해 주고는 이름 모를 섬으로 멀리 떠나버렸다. 뉴질랜드까지 왔는데 지선이를 만나지 못한다는 사실은 안타까웠지만, 여행 경비를 줄일 수 있어 우리는 만족하며 환호성을 질렀다. 와우!

뉴질랜드에서의 첫날, 우리는 지선이의 집에 짐을 풀고 지선이의 차를 타고 오클랜드를 누비고 다녔다. 브리즈번과는 2시간의 시차가 있어 오클랜드에 도착하니 이미 정오를 훌쩍 넘긴 시간이었다. 우리는 지선이의 집을 거점으로 북섬 여행을 다니기로 했고 첫날은 오클랜드 시티 근교를 위주로 다녔다. 우리의 오클랜드 근교 첫 번째 목적지는 미션 베이(Mission Bay)였다. "여기 미션 베이에 엄청 유명한 피쉬&칩스집이 있대!" 은애가 들뜬 목소리로 소리쳤다.

우리는 바로 'FISH POT CAFÉ'라는 피쉬&칩스로 유명한 가게부터 찾았고 20NZD(뉴질랜드 달러)를 내고 콤보 2개를 사서 밖으로 나왔다. 그리고 눈 앞에 펼쳐지는 미션 베이의 경치를 감상했다. 호주와 우열을 가릴 수 없는 청명한 하늘, 손을 뻗으면 잡힐 듯한 구름, 황금빛 햇살이 파도 위를 넘실거리는 모습은 우리가 상상하던 모습 그 이상이었다.

우리는 식사가 끝난 후 미션 베이 근처에 위치한 '마이클 조셉 세비지 메모리얼 파크(Michael Joseph Savage Memorial Park)'로 향했다. 이 공원은 공원의 이름에서 알 수 있듯이 뉴질랜드의 유명인을 기념하는 공원이었고 넓은 초원과 기념탑이 잘 어우러진 공원이었다. 윈도우 컴퓨터 바탕화면 '초원'이 생각나는 그런 공원이었다.

'마이클 조셉 세비지' 기념탑에서 은애와 나는 서로 사진을 찍어주고 있는데 웬 고양이 한 마리가 우리에게 다가

왔다. 사람에게 서슴없이 다가와 재롱을 부리는 것을 보니 사람 손에 길러진 고양이인가 싶었는데 아니나 다를까, 고양이 목에 이름표가 달려 있었다. "동주야. 고양이 이름이 '티저'인가 봐. 이름표가 있네!" 은애가 나를 보며 무슨 엄청난 일이라도 알아낸 것처럼 소리쳤다.

"안녕~. 티저야. 나는 스콧이야." 나는 가볍게 인사를 하고는 갈색 바탕에 검은색 줄무늬가 있는 고양이를 쓰다듬었다. 그때, 이름표에 'Tiger'라고 적혀 있는 것이 내 눈에 들어왔다. "저기, 은애야. 티저라니…. 타이거잖아." 은애는 민망했는지 얼굴이 새빨개지며 허탈하게 웃었다. "하하하하. 그럴 수도 있지. 사람은 누구나 실수를 하는 법이잖아? 사실 나는 얘를 티저라고 부르고 싶었어." … 그래그래. 어련하시겠어.

뉴질랜드의 첫날, 일정을 모두 끝내고 지선이네 집으로 돌아왔다. 나는 잠들기 전에 맥주를 마시며, '티저' 사건을 상기시켰고 다시 배가 째지도록 웃었다. 이런 사소한 사건도 여행을 와서 잠들기 전에 되돌아보니 행복하고 재밌는 추억으로 남았다. 물론 은애가 그만하라며 내 머리를 두 대 쥐어박기는 했지만 말이다.

이른 새벽, 기상 알람 소리에 나는 천천히 눈을 떴다. 옆에서 새근새근 자는 은애. 정말 신기해. 알람 소리가 이렇게 큰데 꿈쩍 않고 잘 수 있다니. 여자라서 그런 건지, 은애라서 그런 건지. 의문은 잠시 접어두고 은애를 흔들어 깨웠다. 빠듯한 일정이 기다리고 있어 지체할 시간이 없었다. 나는 먼저 씻고 나와서 은애가 씻을 동안 전날 사 놓은 빵으로 토스트를 준비했다. 토스트로 간단하게 아침 식사를 끝내고 은애가 설거지를 끝내자마자 우리는 차를 타고 '로토루아(Rotorua)'로 향했다.

우리의 둘째 날 일정은 '로토루아'와 '호비튼(Hobbition)'이었다. 그곳은 오클랜드에서 꽤 거리가 멀었고 3시간이나 차를 타고 이동해야 했다. 유황 온천으로 유명한 로토루아이지만 우리의 목적은 온천이 아니었다. 우리는 뉴질랜드에서의 첫 액티비티, '루지(Luge)'를 타기 위해 곧바로 로토루아 스카이라인으로 향했다. 그런데 로토루아로 들어서고 얼마 후 갑자기 코를 찌르는 듯한 퀴퀴한 냄새가 나기 시작했다.

"은애야…. 설마 너…?"

"진짜 어제부터…. 죽고 싶냐?"

"……."

로토루아는 유황지대라서 땅에서 유황 가스가 계속 올라왔고 그 유황 가스는 독한 방귀 냄새 같았다. 창문 밖에는 땅 여기저기서 하얀 가스가 올라오고 있었고 유독 많이 올라오는 곳은 가까이 접근하지 못하도록 울타리가 쳐져 있었다. 우리는 창문을 굳게 닫고는 최대한 숨을 참아가며 스카이라인으로 향했다.

우리는 스카이라인에 도착해서 곤돌라 위에 몸을 실었다. 곤돌라를 타고 점점 위로 올라갈수록 로토루아 도시가 한눈에 들어왔다. 저 멀리 엄청난 너비를 자랑하는 로토루아 호수가 보였고 그 호수 주위로 펼쳐진 로토루아 마을은 크지만 화려하지 않은 수수한 매력이 느껴졌다. 하지만 유황 냄새 때문이었을까, 나에게 로토루아의 첫인상은 조금 퀴퀴하게 남았다.

곤돌라를 타고 정상에 오르니 루지를 탈 수 있는 곳이 보였다. 루지는 특별한 동력장치가 없는 특수 제작된 카트로 땅의 경사와 중력만을 이용

해 트랙을 달리는 놀이시설이다. 우리가 끊은 티켓은 총 4회를 탈 수 있었다. 처음이라는 부담감에 초급자 코스를 탔지만, 너무 시시했다. 그래서 우리는 2번째부터는 곧바로 중급자 코스로 달렸다. 상급자 코스도 있었지만, 무엇 때문인지 잠정적으로 폐쇄되어 있어 아쉽지만 중급자 코스로 만족할 수밖에 없었다.

중급자 코스로 루지를 타고 로토루아 전경을 보며 산을 미끄러져 내려갈 때의 쾌감은 이루 말할 수 없었고 4번이나 탔는데도 그 쾌감을 계속해서 더 느끼고 싶었다. 하지만 정해진 기회는 4번뿐. 추가 금액을 내면 더 탈 수 있지만, 현장 결제는 너무 비쌌다. 어쩔 수 없이 우리는 흥분을 가라앉히고 루지 데스크 바로 옆에 위치한 뷔페에서 조금 비싼 점심 식사로 허기진 배를 채우고 난 뒤 스카이라인 아래로 내려왔다.

아래로 내려오니 다시 퀴퀴한 냄새가 내 코를 찔렀고 루지를 탈 때의 상쾌함은 온데간데없이 사라졌다. 한시라도 빨리 호비튼으로 가고 싶은 생각뿐이었지만 은애는 언제 유황지대를 또 와보겠냐며 온천은 안 가더라도 유황지대는 둘러보자고 했다. 나는 싫은 기색을 온몸으로 표현하였지만 내 의견은 철저하게 무시되었고 은애와 함께 유황 가스가 펄펄 끓는 지대로 이동했다. 하지만 내가 비위가 약한 탓인지 도저히 참을 수 없는 퀴퀴한 냄새에 머리까지 지끈지끈 아프기 시작해서 서둘러 로토루아를 벗어났다.

우리가 호비튼으로 향한 이유는 단 한 가지, 그곳이 바로 영화 〈반지의 제왕〉의 촬영지였기 때문이었다. 〈반지의 제왕〉 1편에서 나오는 '호빗' 마을을 여기서 촬영했고 그 세트장을 관광지로 개장한 것이었다. 〈반지의 제왕〉의 광팬인 나에게 이곳은 꼭 들려야만 하는 뉴질랜드 여행 버킷 리스트 중 하나였다. 로토루아에서 1시간을 달려 호비튼에 도착하니 벌써 오후 4시가 훌쩍 넘었다. 은애와 나는 차를 세우고 입장권을 구입할 수 있는 창구로 향했다.

운명의 장난이었을까. 창구 직원은 표가 매진되었다며 우리 바로 앞에 있는 사람부터 줄을 잘라버렸다. "오 마이 갓!" 청천벽력 같은 직원의 말에 나는 무릎 꿇고 좌절하고 말았다. 우리 앞에 서 있던 사람은 한숨을 한 번 내쉬고는 뒤돌아서 나갔다. 하지만 우리의 내일은 또 다른 일정이 잡혀 있었기 때문에 오늘이 아니면 호빗 마을을 영영 볼 수 없었다. 나의 두

다리는 망부석 마냥 돌처럼 굳어 땅에서 떨어지질 않았다. 나는 창구 직원에게 지푸라기도 잡는 심정으로 우리의 상황을 설명하기 시작했다.

어눌한 영어 실력으로 말을 다 끝냈지만 무뚝뚝한 표정의 직원. 하…. 저 표정은 안 되는 거야. 이렇게 호빗 마을은 끝이구나…. 내가 낙담하고 있을 때 직원이 말을 꺼냈다. "혹시 어디에서 오셨어요?"

"저희요? 한국에서 왔어요!"

"아니요. 숙소가 어디시죠?"

"저희 오클랜드에서 북쪽에 있는 마을이에요! 제발."

신의 도움이었을까. 우리의 간절함이 보였던 것일까. 직원은 어디론가 전화를 걸어 몇 마디 나누더니 우리까지 입장시켜주겠다며 얘기를 했다. "오 마이 갓! 땡큐. 오, 지저스." 방금 전까지 무뚝뚝한 표정이었던 직원은 우리에게 방긋 웃어 보였다. 우리가 너무 간절했던 것일까. 우리를 들여보내 준 직원에게 후광이 비치는 것처럼 느껴졌다. 우리는 인당 79달러라는 거금을 주고 입장권을 샀지만, 들어갈 수 있다는 기쁨에 입장권이 비싸다는 것을 크게 내색하지 않았다.

호빗 마을로는 대형 관광버스를 타고 들어갔다. 관광지로써 보존 때문인지 개인으로 행동할 수 없고 가이드를 따라 단체 관광만이 허용되는 곳이었다. 은애와 나는 가이드의 눈에 안 띄는 가장 끝에서 서로 사진을 찍어주며 뒤따라갔고 가이드 설명에는 전혀 귀를 기울이지 않았다. 뭐, 듣는다고 하더라도 이해 못 할 것이 뻔했다. 호빗 마을의 내부는 모든 것이 영화 그대로였고 중간중간 마을을 청소하고 가꾸는 사람들과 여기저기 널려 있는 빨래들이 보였다. 그 모든 것이 영화 속으로 들어온 것 같은 착각을 불러내 은애와 나는 연신 감탄사를 발산했다.

호빗 마을에서 마지막 가이드라인까지 돌고 나서는 종착점이면서 술집인 '더 그린 드래곤스 인'으로 들어갔다. 술집에는 술과 음료 그리고 디저트를 팔고 있었지만, 돈을 아끼기 위해 집에 식사 거리를 잔뜩 사 놓은 터라 우리는 그곳에서 아무것도 사지 않았다. 그리고 비싼 가격에 비해 딱히 맛있어 보이는 음식이 없었던 것도 이유 중 하나였다.

맨 처음 호빗 마을을 들어올 때보다 시간이 꽤 지나 이미 석양이 지고 있었다. 그 아래로 물레방앗간과 맑은 호수가 청량하게 흔들리고 있었고 그 호수 위에는 말로만 듣던 '블랙 스완'이 유유히 헤엄치고 있었다. 영화에서만 볼 것 같은 풍경에 나는, 우리는 넋을 놓고 바라볼 수밖에 없었다. 그렇게 또 뉴질랜드 여행 중 하루가 저물고 있었다.

뉴질랜드에서 넷째 날, 은애는 조금 지친 기색이 역력했다. 셋째 날 '와이토모' 반딧불 동굴 탐험이 너무 짧아 적잖이 실망한 데다가 긴 거리를 운전해 이동한 터여서 나 역시도 진이 빠질 수밖에 없었다. 하지만 내일 아침에는 북섬의 남쪽 끝 '웰링턴(Wellington)'에서 페리를 타고 남섬의 '픽턴(Picton)'으로 넘어가야 했기에 우리는 먼 거리를 또 움직여야 했다.

3일간 신세를 진 지선이네 숙소를 깨끗이 청소를 해 놓고 차 키와 집 키를 집주인에게 맡긴 다음 시티로 향했다. "우리 웰링턴까지 어떻게 갈 거야?" 은애가 물었다. "뉴질랜드에 '트랜스퍼 카'라는 게 있는데, 저렴하거나 무료로 차를 렌트할 수 있대!" 나는 차 렌트를 기대했지만, 정확히 2시간 뒤 은애와 나는 도저히 마주하기 싫은 현실을 마주하게 되었다.

'트랜스퍼 카'라는 사이트는 뉴질랜드 여행객들이 편도로 빌린 차를 회사에서 다시 원래 지점으로 가져다 놓으려면 인건비와 주유비 그리고 보험비까지 부담해야 하니 인건비와 주유비를 아끼기 위해 새로운 여행객들에게 보험만 들어주고 무료로 또는 저렴하게 원래의 지점까지 차 렌트를 해주는 곳이었다. 즉, 우리가 트랜스퍼 카를 이용하기 위해서는 우리 이전의 여행객 중에서 웰링턴에서 차를 렌트해 오클랜드에 반납한 여행객이 있어야지만 가능한 일이었다. 하지만 이번에는 그리 운이 좋지 못했다. 트랜스퍼 카 사이트에는 오클랜드에서 웰링턴까지 가는 차량은 없었고 우리는 편도로 렌트를 알아봐야만 했다.

"네? 뭐라구요? 350달러라구요?" 오클랜드에서 웰링턴까지 하루 렌트 비용은 200달러 이상이었고 보험비에 편도 비용까지 더한 총금액이 300에서 400달러 사이였다. 우리가 예상했던 예산에서는 상상도 못 할 금액이었다. 추운 날씨에도 불구하고 땀이 흘러내릴 정도로 뛰어다니며 서너 군데를 더 돌아다녀 봤지만 별반 차이는 없었다. 여기서 써버리면 다른 곳에서 메꾸기도 힘든 액수였다. 우리는 좌절할 수밖에 없었다. 야속하게도 시간은 점점 가고, 우리는 웰링턴을 가야만 하고, 그러기에는 돈이 너무 많이 들고…. 미칠 지경이었다.

그때 옆에서 계속해서 뭔가를 검색하던 은애가 유레카를 외쳤다. "동주야! 웰링턴까지 가는 버스가 있어." 그 말을 듣는 순간 깊은 안도감에 다리가 휘청거렸다. 하기야 대중교통이 당연히 있을 텐데 왜 우리는 생각하지 못하고 마음 졸였을까. 은애와 나는 서로 쳐다보며 배시시 웃었다.

그렇지만 다른 걱정거리가 또 있었다. 웰링턴까지 '스카이시티' 버스를 타면 11시간의 대장정을 거쳐야만 했다. 하지만 우리에게 그것 말고는 다른 선택지가 없었다. 우리는 2인 요금 106달러를 내고 버스표를 산 뒤에 버스 출발까지 조금 남는 시간에 오클랜드 시티를 마지막으로 한 바퀴 둘러보고 나서 11시간의 대장정 길에 올랐다.

다음 날 아침 6시, 우리는 서리가 살포시 내려앉은 웰링턴에 도착했다. 페리는 9시였고 3시간의 여유 시간이 있었다. 11시간 동안 몸을 뒤척였던 탓에 땀과 기름기가 내 얼굴 위에서 반들거리며 춤추고 있었다. 우리는 우리가 묵으려고 했던 백패커(Backpacker, 숙소의 일종)로 가서 어느 정도의 돈을 지불하고 샤워실만 이용한 뒤에 바로 페리로 향했다. 페리에 타기 전 트랜스퍼 카를 확인하니 픽턴에서 크라이스트처치까지 무료 렌터카가 있었다. 오, 드디어! 우리는 재빨리 예약하고는 페리에 올랐다. 그리고 3시간 동안 뱃멀미에 허덕이고 나서야 우리는 뉴질랜드의 남섬에 첫발을 디딜 수 있었다.

남섬에서의 첫째 날. 나는 세 가지나 되는 불행을 마주했다. 남섬에 도착해 페리에서 내리는데 왼손 약지가 허전했다. 설마…. 아닐 거야. 하지만 왜 슬픈 예감은 틀린 적이 없나…. 은애와의 커플링이 사라진 것이다. 웰링턴 백패커에서 샤워를 할 때 벗어 놓고 깜빡한 것이 분명했다. 하지만 우리는 이미 페리를 타고 남섬으로 넘어온 상태였다. 그래도 은애와의 추억이 담긴 반지를 이대로 포기할 수는 없는 노릇이었다. 나는 곧바로 백패커에 전화를 걸었다.

뚜르르르. "안녕하세요. 무슨 일이시죠?" 친절하게 들려오는 목소리. 우리를 접수했던 직원이 분명했다. 내가 수화기에다 어눌한 영어로 샤워실에 반지를 놔두고 온 것 같다고 하자 직원은 역시나 친절한 어조로 찾아보겠다는 말을 전했다. 불행 중 다행으로 샤워실에 그대로 있었다고 알려주는 직원, 그러더니 또 한 번 친절한 어투로 집 주소를 알려주면 집으로 보내주겠다고 한다. 오, 이럴 수가. 나는 고맙다는 말을 몇 번이나 하고는 호주에서 거주하는 주소를 알려주었다. 통화가 끝나자 은애는 어떻게 커플링을 잃어버리냐며 30분 동안 귀에서 피가 날 정도로 잔소리를 해댔다. 아니, 피는 나지 않았지만 적어도 고막이 조금 늘어나긴 했을 거다. 휴. 그렇지만 입이 열 개, 아니 백 개라도 할 말이 없었다.

커플링 분실은 불행의 시작에 불과했다. 우리의 다음 행선지는 '카이코우라(Kaikoura)'. 트랜스퍼카를 통해 차를 렌트해 출발하려는데 직원이 해안도로가 무너졌다며 산을 돌아서 가야 된다고 알려주는 것이 아닌가. 이럴 수가! 해안도로를 통해 3시간이면 갈 수 있는 거리를 산을 돌아서 가면 6시간이나 걸린다.

"여긴 도로에서도 볼거리가 많아서 지루하진 않을 거예요."

렌터카 직원이 절망하는 우리를 보더니 위로의 말을 건넸다. "땡큐." 약간의 기대를 하고 출발하긴 했지만 1차선의 도로, 그 앞으로 펼쳐진 황량한 들판과 가축들, 간간이 보이는 로드킬의 흔적 등. 렌터카 직원의 위로는 6시간 동안의 희망 고문에 불과했다. 그나마 쌍무지개가 펼쳐진 것으로 긴 이동 간의 적적함을 달랠 수 있었다.

점점 어둠이 짙어 지고 있었다. 운전 중간중간에 차에서 내려서 졸음을 깨고 기지개를 켜고 하다 보니 예상보다 1시간이나 늦어졌다. 힘들게 도착한 카이코우라는 예상했던 것보다 더한 시골 마을이었다. 바닷가 마을로 돌고래와 물개 그리고 카이코우라의 명물 크레이피쉬가 유명하다곤 하지만 늦게 온 탓에 세 가지 중 어느 것 하나 즐길 수 없었다. 우리는 저녁 늦게 도착했기에 바로 우리가 묵으려던 백패커로 향했다. 하지만 이게 어찌 된 영문인지 오후 8시를 조금 넘긴 시간이었는데 카운터에는 'CLOSE'라는 팻말이 걸려 있었다. 이건 필시 신의 장난일 것이다. 그렇지 않고서야 이럴 수는 없었다. "오빠. 우리 그냥 호주 돌아갈까? 뉴질랜드는 우리랑 안 맞는 것 같아." 은애는 정색하며 얘기했다. "아니야. 우리에게도 해 뜰 날이 있겠지." 나도 정색하며 얘기했다.

저렴한 숙소를 찾아다닌 끝에 그나마 저렴한 곳을 구했지만, 백패커에 비하면 2배의 가격이었다. 방으로 들어가 짐을 풀고 씻고 나서 잘 채비를 했다. 배도 고팠지만, 수중에는 먹을 게 하나도 없었다. 커플링을 잃어버리고, 해안도로가 무너져 산을 돌아오고, 묵으려던 백패커는 카운터를 닫아버렸고. 장을 보거나 다른 데 신경을 쓸 겨를이 없었다. 은애와 나는 이번 여행의 악운은 오늘 다 썼다며 서로를 토닥거렸다.

그래도 여행이라는 의미가 가진 효과 때문일까. 나는 자기 전 오늘 하루의 불행을 되짚어 보았고 마냥 나쁘지만은 않았다는 생각에 실소가 튀어나왔다. 하지만 이 작은 불행들은 며칠 후 우리에게 닥칠 커다란 불행에

비하면 귀여운 앙탈에 불과했다는 것을 그 당시의 나는 전혀 알아차리지 못했다.

다음날 해가 뜨기 전, 웬일인지 은애가 먼저 일어나 나를 깨웠다. 나는 알람을 맞춰 놓았지만, 전날의 사건들 때문에 신경을 너무 쓴 탓에 피곤했는지 알람을 전혀 듣지 못했다. 잠꾸러기 은애보다 늦게 일어나다니…. 휴, 어지간히 힘든 어제였었나 보다.

뉴질랜드 여행 6일째, 우리는 다음 숙소를 '테카포(Tekapo) 호수'로 정하고는 숙소를 나섰다. 숙소를 나서기 전에 체크아웃을 하는데 숙소 종업원이 새벽에는 물개를 볼 수 있을 거라며 물개들이 모이는 곳을 알려주었다. 우리에게는 바쁜 일정이 기다리고 있었지만 야생 물개라니, 놓칠 수 없는 기회였다. 우리는 고맙다며 인사를 하고는 카운터를 나서는데 종업원이 뒤에서 크게 소리쳤다. "야생 물개는 사나우니 조심해야 해요." "Be careful!" 이 마지막 말에 갑자기 온몸의 털이 곤두섰다.

우리는 차를 타고 물개들이 모여 있다는 곳에 도착했다. 숙소에서는 크게 멀지 않았다. 바위 해안 위에는 6마리의 검은색을 띤 물체가 아직 잠에서 깨지 않은 듯 숨죽이고 누워 있었다. 종업원이 뒤에서 소리까지 치며 사납다고 알려준 탓에 도저히 겁이 나 가까이 다가갈 수가 없었다. 동물원에서 보던 귀여운 물개와는 다르게 훨씬 큰 덩치에 사나워 보이는 녀석들이었다. 은애와 나는 혹시 모를 일에 대비해 물개

를 사이에 두고 멀리 떨어져 사진을 몇 장 찍고는 곧장 차로 돌아왔다.

정작 물개들은 그런 우리를 전혀 신경 쓰지 않았지만, 차에 돌아온 우리는 더 가까이 갔으면 공격했을 거라는 둥, 표정이 정말 사나웠다는 둥, 생각보다 무섭지 않고 맞서 싸울 수 있을 것 같다며 사나운 물개에 대한 이야기로 열을 올렸다. 하하. 정말 말로는 뭔들 못하는 겁쟁이들이었다.

다음 목적지인 테카포 호수로 가는 길에 위치한 크라이스트 처치 공항으로 차를 몰았다. 오늘은 트랜스퍼 카를 반납해야 하는 날이었고 반납 장소는 크라이스트 처치(Christchurch) 공항이었다. 전날 미리 트랜스퍼 카 사이트를 검색해 보았지만 크라이스트 처치에서 대여할 수 있는 차는 없었다. 하는 수 없이 우리는 비상금으로 렌터카를 이용하기로 했다. 저렴한 렌터카를 찾던 도중 우리는 그나마 가장 저렴한 '에이스(ace) 렌터카'를 알게 되었고 노란색 로고가 인상적인 에이스 렌터카 크라이스트 처치 지부로 향했다.

우리는 렌트비에 보험비를 포함해 총 350달러를 지불했다. 4박 5일 대여에는 저렴한 가격이었고 별도인 편도 비용도 따로 요구하지 않았다. 우리는 '닛산' 회사의 조금 연식이 오래되어 보이는 흰색 차를 받았다. "그럼 그렇지. 그냥 싸게 줄 리가 없지." 내가 투덜거리자 은애는 싸게 한 것만으로도 운이 좋은 거라며 그만 투덜거리라고 했다. 차를 타고 출발하면서 백미러를 통해 본 '에이스 렌터카' 로고의 노란색이 미묘하게 어두워 보였다. "아…. 차 상태가 영 별론데." 계속해서 드는 꺼림칙한 기분이 속에서 일렁거렸다.

우리는 크라이스트 처치를 떠나 첫 번째 목적지인 '캐슬 힐(Castle hill)'로 향했다. 캐슬 힐은 영화 <나니아 연대기>의 촬영지로 석회암의 거대 바위들이 늘어서 있는 언덕이다. 크라이스트 처치에서 1시간 30분을 달려 캐슬 힐에 도착하니 오솔길과 그 옆의 광활한 목장이 보였다. 그리고 오솔길 끝에 보이는 바위 언덕의 웅장함은 정말 장관이었다. 오솔길을 따라 가까이 갈수록 느껴지는 바위의 압도적인 웅장함은 나를 덮칠 것만 같았다. 바위 언덕에서 느껴지는 장엄함에 위축돼서인지 대자연 앞에서 한없이 작은 나를 볼 수 있었다.

바위 언덕에서는 기구 없이 암벽 등반을 즐기는 사람들이 보였다. 그 사이에는 여자도 한 명 끼어 있었다. 흥미를 느낀 나는 은애가 위험하다고 말렸지만, 바위 언덕을 오르려고 도전했고 무참하게 실패했다. “가만히 있으면 중간이라도 가지. 으이구.” 외국인들이 나를 보고 웃었고 은애는 부끄러운 듯 고개를 돌리며 말했다. 바위 언덕 말고는 크게 볼거리는 없었지만 우리는 아침부터 움직인 탓인지 피곤함에 캐슬 힐에서 꽤 오랜 시간 머물렀다.

여유로운 시간을 보내고 다시 차의 시동을 걸었다. 이번에는 백패커 예약 시간에 늦지 않도록 테카포 호수에 도착해야 했다. 어느새 어둠이 깔렸고 안개로 인해 앞은 거의 보이지 않았다. 우리는 악천후 속에서도 굴하지 않고 달려 카운터가 마감하기 10분 전에 가까스로 도착할 수 있었다. 백패커 역시 안개로 둘러싸여 백패커 뒤쪽에 있어야 할 테카포 호수는 전혀 보

이지 않았다. 우리는 체크인을 하고 몇 가지 설명을 들은 뒤 곧바로 방으로 들어갔다.

뉴질랜드에서 처음으로 묵는 백패커. 우리는 남녀 혼숙 4인실을 배정받았다. 살짝 느껴지는 눅눅함과 기분 나쁘지 않을 정도의 오래된 나무 냄새. 생각보다 나쁘지 않았다. 짐을 내려놓고 휴게실로 가니 휴게실 한 면 전체가 유리로 되어 있었다. 테카포 호수의 전경을 볼 수 있도록 해 놓은 것 같았지만, 안개로 인해 그 장관을 전혀 볼 수 없었다. 휴게실에서 은애와 나는 맥주를 마시면서 내일의 계획을 다시 한번 확인하고 내일을 위해 방으로 들어가 침대 위로 피로가 쌓인 몸을 던졌다. "자고 일어나면 안개가 걷혀 있기를…." 2층 침대에서 내가 속삭이듯 얘기했다. "제발…." 은애도 속삭이듯 말했다.

어수선한 분위기에 나는 잠에서 깼다. 눈을 뜨자마자 날씨부터 확인했다. 전날 밤의 내 기도가 간절하지 않았던 탓일까. 여전히 안개가 가득 들어차 10m 앞도 보이지 않았다.

"동주야. 어쩌지?" 은애가 울먹거리는 목소리로 물었다.

"어쩌긴, 바로 다음 일정으로 넘어가야지." 어쩔 수 없었다. 여기서 하루 더 묵는다고 다음 날 안개가 걷힐 거라는 보장이 없었다. 또한, 2주라는 시간은 뉴질랜드를 일주하기에 빠듯한 시간이어서 우리는 애초의 계획대로 움직여야만 했다.

테카포 호수를 떠나기 전 혹시나 하는 마음으로 근처 관광지인 '선한 목자의 교회'로 향했다. 역시나 안개 속에 갇혀 교회만 덩그러니 있을 뿐 그 뒤로 화려하게 펼쳐져 있을 테카포 호수는 전혀 볼 수 없었다. 은애는 거의 울상이 되어 있었다. 테카포라는 거대한 호수와 지형상의 요인으로 안개가 자주 낀다는 이야기를 백패커 직원에게 들은 우리는 더 이상 아쉬워하지 않기로 하고 기회가 된다면 다시 찾을 것을 약속하고는 과감하게 차를 몰고 다음 목적지인 '마운트 쿡'으로 향했다.

마운트 쿡에 도착하기 전 산들 사이로 일자로 곧게 뻗어 있는 한적한 도로에서 차를 세우고 은애와 나는 도로를 점령했다. 때마침 중국인 가족들도 차에서 내려 휴식을 취하고 있었다. 중국인 아주머니가 사진을 서로 찍어주는 게 어떻겠냐고 물어왔고 우리는 흔쾌히 승낙했다. 찰칵찰칵. "정말 고맙습니다!" 은애와 나는 진심을 담아 인사하고 나서 20분을 더 달린 끝에 마운트 쿡에 위치한 백패커에 도착할 수 있었다.

'푸카키(Pukaki) 호수' 옆길을 따라 올라가다 보면 태곳적부터 존재해왔고, 앞으로도 영원히 그 자리에 존재할 것 같은 모습의 마운트 쿡이 있다. 마운트 쿡(Mount Cook)은 뉴질랜드에서 제일 높은 산으로 만년설과 빙하로 유명하고 트래킹 여행을 할 수 있도록 트래킹 코스가 잘 꾸며져 있다. 그렇기 때문에 마운트 쿡은 뉴질랜드 여행에서 빼놓을 수 없는 단연 1순위 여행지이다.

뉴질랜드의 5월은 살이 아릴 정도로 추웠다. 백패커에 도착해 짐을 풀고 트래킹에 맞는 간단한 복장으로 옷을 갈아입고는 바로 밖으로 나섰다. 만년설로 덮인 마운트 쿡은 화려하면서도 기품 있고, 형언할 수 없는 거대한 자연을 품은 모습으로 감미롭게 다가왔다. 그 모습에 깊은 감명을 받으며 우리는 '후커 밸리' 트래킹 코스로 경건하게 한 걸음씩 걸어 들어갔다.

1년 중 200일 이상 비가 온다는 마운트 쿡이었지만, 오늘은 테카포 호수와 푸카키 호수를 안개로 인해 보지 못한 것을 보상받기라도 하듯 청명하게 맑은 날씨였다. 트래킹 도중 마실 물과 출출할 때 먹을 초콜릿 바 그리고 스피커가 달린 가방을 둘러메고 후커밸리 트래킹 코스를 걸었다. 트래킹 코스를 열심히 걷던 도중 드레스를 입은 여자와 턱시도를 입고 있는 남자 그리고 그 모습을 찍고 있는 사진사가 보였다. "너무 예쁘다. 너무 부러워. 동주야." 은애는 토끼 같은 눈으로 나를 응시했고 나는 멋쩍게 웃으며 스피커에서 나오는 노래에 집중하는 척했다. 하지만 당황스럽게도 스피커에서는 마크툽의 〈marry me〉가 흘러나왔다. "……."

3개의 다리를 건너 후커밸리 트래킹의 마지막 장소에 도착했다. '후커' 호수가 협곡이어서 그런지 어마어마하게 바람이 몰아치고 있었고 힘겹게 뜬 눈 앞에 펼쳐진 호수의 색깔은 신비로운 느낌의 회색이었다. 그리고 호수 중간중간에 떠 있는 크고 작은 빙하들이 보였다.

우리보다 먼저 도착한 사람들이 꽤 많았다. 그중 갈색 머리를 길게 늘어뜨린 커다란 체구의 남자는 우리를 보고 어디서 왔냐고 물어왔다.

뉴질랜드 현지인인 갈색 머리의 남자는 여기로 드론을 날리러 자주 온다고 했고 원래는 빙하가 더 많았지만 지구 온난화로 빙하가 많이 사라지고 만년설이 녹고 있다며 무미건조한 어투로 이야기했다. "아…." 이전에 빙하가 어땠는지 전혀 알지 못하는 나는 그 남자만큼이나 무미건조한 어투로 탄식했고 나의 시큰둥한 모습에 갈색 머리 남자는 흥미가 떨어졌는지 자신의 친구들이 있는 쪽으로 돌아갔다. "싱겁긴…." 잠깐 대화를 나눈 것뿐이었지만, 뉴질랜드에서 만난 사람 중 가장 정이 가지 않는 사람이었다.

후커밸리 코스의 최종 목적지까지 갔다 오는 데는 3시간하고도 조금 더 걸렸다. 은애는 돌아오는 길 중간 지점에서부터 이미 기진맥진이었다. 나는 힘들게 은애를 끌고 백패커에 도착했고 우리는 뜨거운 물로 샤워부터 했다. 그리고 라면과 밥으로 저녁을 때우고 조금 휴식을 취했다. 휴게실의 난로 앞에서 나른하게 시간을 보내니 금세 잠이 쏟아졌지만 우리는 다시 밖으로 나가야 했기에 엄청난 피로가 짓눌러도 꿋꿋하게 눈을 감지 않고 버텨냈다. 우리는 마운트 쿡으로 쏟아지는 별들을 보기 위해 무거운 몸을 이끌고 다시 밖으로 나섰고 나는 눈을 감지 않고 버텨낸 나 자신이 너무나 자랑스러울 정도로 무수히 많은 밤하늘의 별을 볼 수 있었다. 마운트 쿡 뒤로 펼쳐져 있는 무수한 별은 내 주위를 밝게 비추었고 나는 내가 지금 어디에 있는지 실감할 수 있었다.

무수히 많은 별이 쏟아지는 여기가 뉴질랜드의 최고봉 '마운트 쿡'이구나!

다음 날 아침 우리는 푸카키 호수 옆 도로를 가로질렀다. 거대한 푸카키 호수를 뒤덮고 있던 안개는 증발이라도 한 듯 온데간데없이 청록색의 푸른 푸카키 호수만이 고요하게 물결치고 있었다. "우리가 어제 이 광경을 못 보고 온 거였어? 망할 안개 같으니라고." 나는 짜증 섞인 말투로 얘기했다. "그러니깐…. 테카포도 아쉬워." 은애도 아쉬운 표정으로 얘기했다.

우리는 뉴질랜드 여행의 클라이맥스로 달려가고 있었다. 목적지는 '퀸스타운(Queenstown)'. 모든 사람이 추천하는 곳이자 이번 여행에서 우리가 가장 기대하는 곳. 와카티푸(Wakatipu) 호수 기슭에 위치한 아름다운 도시로 '빅토리아 여왕에 어울리는 도시'라고 불러 퀸스타운으로 이름 지어진 곳.

엄청난 기대를 품고 운전해 가는데, 차에 기름이 떨어져 갔다. 큰일이었다. 뉴질랜드 남섬은 주유소가 많지 않아서 도로에서 언제 주유소를 볼 수 있을지 모르기 때문에 걱정될 수밖에 없었다. 한참 전에 주유 표시등에 불이 들어왔지만, 여전히 주유소는 보이지 않았다.

보조석에서 은애는 휴대폰으로 인터넷 검색과 애플리케이션 등 모든 정보를 십분 활용했고 한참이 지난 후에 가까스로 가장 가까운 주유소를 찾을 수 있었다. 주유소를 보자마자 긴장이 풀려 다리에 힘이 풀릴 정도였다. 여차했으면 지나가는 차를 세워 기름 동냥이라도 했어야 할 판이었다. 사막 한가운데서 오아시스를 만난 것 마냥 카페 옆 무인 주유소에서 충분하게 주유한 다음 카페에서 머핀과 커피로 허기진 배를 채웠다.

"어디서 왔어요?" 할아버지 한 분이 샌드위치를 집어 들며 물었다.

"저희는 한국 사람인데 호주에 살고 있어요."

"배낭여행 중이신가?" 다시 할아버지가 물었다.

"배낭여행은 아니고 그냥 뉴질랜드 일주 중이에요."

"뉴질랜드는 배낭여행객들이 가장 좋아하는 나라지. 껄껄. 행운을 빌겠네." 나의 어눌한 영어 실력 때문인지 할아버지는 제대로 알아듣지 못한 것 같았지만, 우리는 고맙다는 말로 대화를 끝맺었다. 유쾌한 할아버지를 뒤로하고 다시 우리는 달렸다. 옆으로는 아기자기한 집들이 하나, 둘씩 보이기 시작했다.

조금 더 달리니 왼편으로 커다란 '와카티푸 호수'가 보였다. 그리고는 아름다운 도시, 아니 마을인 퀸스타운이 나타났다. 동화 속으로 들어온 느낌이었다. 그 이름에 걸맞게 여왕에게 인정받을 만한, 모든 사람이 추천할 만한, 우리가 그토록 기대할 만한 그런 마을이 펼쳐졌다.

우리가 뉴질랜드 여행 계획을 세울 때 퀸스타운에서 3박 4일간 머물 것을 계획했다. 너무 길게 머무는 것은 아닌가 싶었지만, 주위에서는 그것도 짧다며 더 머물 것을 추천했었다. 왜 우리는 그 말을 듣지 않았을까. 퀸스타운을 들어서는 순간 후회가 될 정도였다.

우리는 예약해 놓은 백패커로 향했다. 카페에서 만난 할아버지가 말한 대로 뉴질랜드는 배낭여행객들이 많았다. 백패커에는 배낭여행객들이 대부분이었고 몇몇 여행객의 배낭에서 나는 냄새는 심각하게 고약했다. 다행히도 배정받은 방의 냄새는 참을 만한 수준이었고 그나마 다행이라며 은애가 나를 위로했다. 우리가 짐을 다 풀고 백패커 밖으로 나가 마을을 한 바퀴 둘러보기로 했다. "동주야. 우리 퍼그 버거를 찾아야 해." 은애가 밖으로 나오면서 말했다. 퍼그 버거는 뉴질랜드에서 가장 유명한 수제 버거 집이다. 하지만 퍼그 버거는 '찾아야 할' 집이 아니었다. 사람이 북적북적 대는 곳, 멀리서도 '저기 뭔가 유명한 게 있구나!'라고 할 정도로 엄청난 인파가 줄지어 있는 그곳에 퍼그 버거가 위풍당당하게 자리 잡고 있었다.

은애와 나는 퍼그 버거 2개와 감자튀김 그리고 콜라를 시켰다. 곧이어

엄청난 크기의 버거가 나왔다. 우리는 머핀 하나로 점심을 때웠기 때문에 허겁지겁 먹기 시작했다. 사람들이 왜 이렇게까지 열광하는지 한 입 베어 무는 순간 알 정도로 최고의 맛이었다. "이건 인생 버거야. 정말이지 최고야." 은애가 먹으면서 얘기했지만, 나는 퍼그버거를 뱃속에 꾸역꾸역 채워 넣기 바빴다.

은애와 나는 더 이상 마을을 둘러보지 않고 백패커로 향했다. 다음 날 아침에 '밀퍼드 사운드(Milford Sound)'로 출발해야 했기 때문에 조금 일찍 자 둘 필요성이 있었다. 어차피 퀸스타운에서 3일을 더 머물 것이기 때문에 아쉽지는 않았다. 그저 오늘은 빨리 쉬고 싶었다.

우리는 샤워를 하고 휴게실에 앉아 여행 경비 지출 내역을 정리하기 시작했다. 아무래도 긴 여행이다 보니 경비를 효율적으로 쓰기 위해서 밤마다 해야 하는 일과였다. 현금과 카드 내역을 정리하는데 한 가지 이상한 점을 발견했다. 분명 주유소에서 50달러를 주유했는데 카드 내역에는 150달러가 지출되어 있었다. 나는 내 눈을 의심했다. 하지만 그건 진실이었고 우리는 경악할 수밖에 없었다.

도대체 왜, 100달러나 더 결제된 것일까. 구글 맵으로 주유소 정보를 찾았지만, 작고 허름한 무인 주유소여서 전화번호는 찾을 수 없었다. 우리는 주유소 회사를 알아보고 회사로 메일을 보냈지만 그건 그거대로 불안했다. 만약 연락이 온다 하더라도 영어가 어눌한 우리가 잘 대처할 수 있을지. 그래도 일단 메일을 보내 놨으니 기다려보자는 은애였다. 남섬에서 왜 자꾸 안 좋은 일이 생기는 건지 자꾸 불안해져만 갔다. 우리 이러다가 진짜 일 하나 터지는 것 아냐? 나는 알 수 없는 불안감에 밤새워 뒤척였다.

아침 7시. 밤새 뒤척인 것 치고는 이상하리만큼 개운했다. 우리는 식빵과 시리얼로 간단하게 아침을 먹고 밀퍼드 사운드로 출발했다. 밀퍼드 사운드는 퀸스타운에서 와카티푸 호수를 돌고 산을 돌아가야 해서 4시간이 소요되는 여정이었다. 우리는 중간에 '테아나우(Te Anau)'에서 잠시 휴식과 식사를 하고 오후 1시 30분에 '피오르' 지역 관광 크루저를 탈 예정이어서 이른 시간에 퀸스타운에서 출발했다. 일기예보에서의 '흐림'과는 달리 태양은 환하게 얼굴을 드러냈고 하늘은 그 어느 때보다 청명하게 푸르렀다.

블루투스 스피커에서는 내가 좋아하는 노래들이 나왔고 은애와 나는 엉덩이를 들썩이며 드라이브를 즐기고 있었다. 테아나우의 서브웨이(Subway, 샌드위치 전문점)에 들러서 간단하게 점심을 먹는데 둘째 누나에게서 전화가 왔다. 전날 밤 100달러의 행방에 대해 골머리를 썩이던 중 마지막 수단으로 경험자였던 둘째 누나에게 연락했었는데 다행히도 누나는 그 100달러의 행방을 알고 있었는지 바로 연락을 준 것이다.

누나 말로는 외국에서 해외 카드로 결제하게 되면 보증금이 함께 빠져나갔다가 얼마 뒤 다시 들어온다는 것이었다. 그러면서 누나는 우리의 100달러도 하루 이틀 뒤에 다시 들어갈 테니 걱정하지 말라는 말로 우리를 안심시켰다.

"헐~. 전혀 몰랐어!"

"진짜 우리 어젯밤에 헛고생만 엄청 한 거네!" 민망함에 얼굴이 붉어졌다가 안도감에 다시 진정을 찾은 우리는 다시 스피커에 흘러나오는 노래에 리듬을 맞추며 밀퍼드 사운드로 향했다. 그러다 보니 어느새 1시간만 더 가면 밀퍼드 사운드에 도착이었다. 하지만 우리는 그 1시간 안에 밀퍼드 사운드에 도착하지 못했고 우리가 지나온 길을 다시 돌아갈 수밖에 없

었다.

나는 너무 순조로운 출발을 의심했어야 했다. 아니면 테아나우에서 샌드위치를 먹지 말고 지나쳤어야 했다. 그것도 아니라면 화장실이라도 한번 들렀어야 했다. 우리는 그 불행을 어떤 식으로든지 넘겼어야 했다.

나와 은애는 이런저런 이야기를 나누다 호주에서 전해 들은 지인의 교통사고 소식에 관해 이야기를 나누었다. 교통사고가 크게 났다는 안타까운 소식이었다. 그리고는 대화의 주제가 차 사고로 이어지면서 친구들의 크고 작은 사고에 대해서도 이야기를 나누게 되었다. "진짜 차는 무조건 조심해야 해. 내가 조심한다고 사고가 안 나는 건 또 아니지만…." 내가 이렇게 말하고 불과 5분도 채 되지 않았다. 쉬이이익~ 쾅! 눈앞의 풍경이 한바퀴 돌아가더니 이내 차는 가드레일을 들이박고는 멈춰 섰다.

"으…." 외마디 신음과 함께 정신이 들었다. 몇 분이 지났을까. 얼마 지나지 않은 것 같았다. 앞에 보이는 것은 가드레일 말뚝과 우리가 지나왔던 길이었다. 숲이 울창한 도로에는 안개가 조금 끼어 있고 도로는 촉촉하게 젖어 있었다. 나는 몽롱했던 정신이 확 깨면서 두려움이 몰려왔다. 옆자리에 앉아 있을 터인 은애의 기척이 없었다. 나는 숨죽이고 왼쪽을 바라보았는데 은애는 말없이 나를 쳐다보고 있었다.

"은애야! 괜찮아? 어디 다친 데는 없어?" 나는 다급하게 물었다.

"나 너무 무서웠어. 네가 아무 말이 없어서 쳐다보기 무서웠어. 엉엉. 나는 괜찮은데 너는 괜찮아?" 은애는 반쯤 울면서 물었다. "응. 나도 괜찮은 것 같아." 먼저 은애를 안심시키고 안도의 한숨을 쉬었다. "하… 하나님, 예수님, 부처님, 천지신명님…." 나는 내가 알고 있는 모든 신께 감사를 드렸다.

차를 나가려고 하자 문이 열리지 않았다. 가드레일인 말뚝을 연결해 놓은 철사가 차 문에 딱 걸려 있었다. "이런 XX. 왜 이런 일이 생기는 거야.

망할!" 도저히 분노를 억누를 수 없었다. 남섬에서의 계속된 불행들이 자동차 사고의 암시라도 되는 것 같았다. 하지만 우리는 그걸 알아차리지 못했다. 나와 은애가 보조석으로 차를 빠져나와서 보니 차체의 왼편은 완전히 박살 나 있었다. 은애가 안 다친 것이 정말 신기할 정도였다.

앞이 캄캄했다. 호주도 아닌 뉴질랜드에서 차 사고라니. 전혀 생각해 본 적 없는 불행이었다. 우리는 지형을 살펴보았다. 우리가 사고 난 지점 앞쪽에는 넓고 깊은 배수구가 있었고 뒤쪽에는 경사가 아래로 되어 있었다. 그리고 다행인 건 사고가 날 당시 주위에 차도 사람도 없었다는 것이다. "그래도 이 정도인 게 불행 중 다행인 건가." 긴장이 풀리자 다리에 힘이 빠졌고 도로 갓길에서 털썩 주저앉아 버렸다.

우리의 처참한 사고현장을 보고 지나가는 차들은 한 대도 빠짐없이 우리 근처에 차를 세웠다. 심지어 어떤 차는 지나갔다가 다시 돌아오기까지 했다. 할아버지, 수염이 덥수룩하게 난 남자, 부부, 휴가를 나온 여자 경찰, 모두들 한결같이 다친 곳은 없냐고 묻더니 차 보험은 들었는지 물어보았다. 차를 렌트할 때 당연한 절차여서 들었지만 새삼 다행이라는 생각이 들었다. 그 중에 가장 먼저 차를 세운 백발의 키가 큰 할아버지는 우리에게 영어를 할 줄 아느냐고 물었다. 사고를 처리할 정도가 되냐는 말과 함께.

나는 영어 실력도 문제지만 어떻게 처리해야 할지 전혀 모르겠다고 대답했다. 그러자 백발의 할아버지는 직접 경찰과 렌터카 회사에 전화해서 사고 위치와 경위를 알렸고 나에게는 어떻게 처리해야 할지에 대해 친절하게 알려주었다.

"먼저 견인차가 올 거예요. 그러면 테아나우의 경찰서로 같이 가면 돼요. 그리고 거기서 사고 경위서를 쓰라고 할 텐데, 다 쓰고 나면 경찰한테 복사본을 꼭 받아 와야 해요. 보험을 들었다고 하니깐 사고 경위서만 렌터카 회사에 내면 따로 돈은 안 들거에요. 그리고 렌터카 회사로 남는 차량을 테아나우로 보내 달라고 하면 보내줄 겁니다. 모두 이해했나요? 그럼 행운을 빕니다." 천천히 또박또박 말하는 한마디, 한마디에서 외국인을 배려하는 모습이 묻어났다. 우리는 감사의 인사를 전했고 할아버지는 엄지 손가락을 치켜들어 보이고는 유유히 사라졌다.

정확히 30분 뒤 견인차는 사고 현장에 도착했고 나는 할아버지가 시킨 대로 모든 것을 절차에 따랐다. 하지만 가드레일 파손 비용 52달러와 벌금 150달러는 별도로 경찰서에 지불해야 했다. 내가 그저 미끄러져 사고가 났고 가드레일 파손 비용도 냈는데 왜 벌금을 내야 하냐고 하자 경찰은 법이 그렇다며 어쩔 수 없다고 말했다. 게다가 엎친 데 덮친 격으로 렌터카 회사에서는 남는 차량이 없다는 말을 전해왔다. 우리는 어쩔 수 없이 퀸스타운으로 향하는 버스비 77달러까지 예상 밖의 지출을 했다.

결국, 밀퍼드 사운드는 가지도 못한 채 퀸스타운 백패커로 돌아왔다. 하루가 1년 같다는 말을 실감할 수 있었다. 은애는 계속 목이 저리다고 말했고 나는 신경을 너무 쓴 탓인지 머리가 깨질 듯이 아팠다. 엄청난 후유증을 겪으며 최악의 날을 힘겹게 넘기고 있었다. 나는 샤워를 하고 바로 방으로 들어가 누웠다. 그리고 오늘 하루의 일을 다시 한번 떠올렸다.

나는 사고현장을 보고 차에서 내린 사람들의 말처럼, 크게 사고가 났는데 안 다친 게 어디냐며 스스로를 위안 삼고 두 손을 모으고 기도드렸다.
"은애와 내가 살아있음에 감사합니다."

퀸스타운에서 셋째 날, 퀸스타운을 둘러보기에 앞서 사고 경위서를 렌터카 회사에 제출해야 했다. 렌터카 회사는 퀸스타운 공항에 있어 걸어서 갈 수 없는 거리였다. 우리는 히치 하이킹을 시도해 공항까지 차를 얻어 타기로 했다. 하지만 히치 하이킹을 한 번도 해본 적 없던 우리이기에 엄지손가락을 치켜들고 지나가는 차를 잡는 것이 여간 힘든 일이 아니었다. "그냥 우리 출발하려는 차를 잡아서 부탁해보자." 은애가 제안했고 나는 좋은 생각이라며 차가 많이 모여 있는 곳으로 발걸음을 옮겼다. 다행히도 때마침 배낭을 차 트렁크에 싣고 있는 남자가 보였다.

"은애야. 너가 미인계를 좀 써봐!"

"그래. 누나만 믿어!" 은애는 당당하게 걸어가서 몇 마디 말을 나누더니 나에게 오케이 사인을 보냈다. 오~ 서은애.

차를 태워 준 남자는 영국인으로 자신을 '휴'라고 소개했다. 아내는 호주인이고 자신도 호주 영주권을 준비 중인데 일도 있고 여행도 할 겸 뉴질랜드에 왔다고 했다. 영국은 신사의 나라라고 했던가. 잘생긴 영국인 남자 휴는 정말 친절하고 다정하게 우리를 대해주었다. 휴는 5일 동안 퀸스타운에 머무르다가 이제 호주로 넘어간다고 했다. 공항으로 향하는 길에 계속해서 이야기를 나누었는데 이야기 도중 퍼그 버거가 언급되자 휴는 미친 듯이 열광했다. "퍼그 버거는 정말 미쳤어요. 아니 어떻게 그렇게 맛있을 수 있죠? 진짜 미친 버거에요!" 휴뿐만이 아니었다. 퀸스타운에서 머무는 동안 3번의 히치 하이킹을 했는데 퀸스타운 주민 '제프'와 호주에서 여행 온 노부부 역시 퍼그 버거에 엄청나게 열광했다.

퀸스타운에서 3일을 머물렀다. 관광이라기보다는 휴양이었다. 뉴질랜드에 오고 9일 동안 곳곳을 돌아다니느라 쌓였던 피로를 푸는 3일이었다.

숙소에서 나오면 바로 보이는 와카티푸 호수의 물은 푸른색이었고 호수 건너편에 보이는 산은 운치를 더했다. 투명한 햇살은 호수에 튕겨 반짝거렸고 호수가 머금고 있던 바람은 나의 볼을 쓰다듬었다. 호숫가에서는 사람들이 책을 읽고 산책을 즐기며 노래를 부르고 있었다. 그리고 오리들은 삼삼오오 모여 먹이를 쫓고 있었다. 그중 오리 한 마리가 떨어져 나와 내 옆에 찰싹 붙어서는 떨어질 생각을 하지 않았다. 마치 오래된 친구를 만나는 것처럼 나를 반갑게 맞이해 주었다.

퀸스타운에서의 3일은 순식간에 지나갔다. 최고의 순간들을 기억하며 우리는 떠날 채비를 했다. 이번에도 트랜스퍼 카를 이용해 크라이스트 처치까지 갈 수 있는 차를 무료로 구했다. 하지만 이전의 사고 때문인지 걱정이 되는 것은 어쩔 수 없었다.

우리의 여행 계획은 남쪽의 '더니든(Dunedin)'을 거쳐 크라이스트 처치로 갈 계획이었다. 하지만 우리는 계획을 수정해 다시 테카포 호수로 가서 하룻밤을 묵고 크라이스트 처치로 가기로 했다. 선한 목자의 교회와 테카포 호수를 이대로 포기할 수 없다는 은애의 강한 의지였다.

퀸스타운을 나와 테카포 호수로 가는 길목에 위치한 '카와라우(Kawarau)' 번지점프대에 잠시 들렀다. 바누아투의 원주민이 나무 탑에서 긴 덩굴 줄을 발목에 묶고 뛰어내리는 성인식에서 유래가 되었다는 세계 최초의 번지점프대라고 한다. 뉴질랜드 여행객들의 필수 코스라는 번지점프대지만 겁이 많은 은애와 나는 번지점프를 뛰는 아찔한 상황을 구경만 하고 바로 옆에 위치한 짚라인만 타고는 다시 길을 나섰다. 그리고 카와라우 번지점프대 가까이 위치한 '깁슨밸리' 와이너리로 향했다. 이곳은 와인 저장소로 무료로 와인을 시음할 수 있고 와인과 맥주, 수제 치즈를 파는 곳이었다. 나는 운전을 해야 해서 은애는 혼자서 2명분의 시음 와인을 마셨다. 그리고 테카포 호수에 도착할 때까지 기절한 그녀. 신기하게도 테카포 호수에 도착하는 순간에는 눈을 떴다. "이야, 타이밍이 아주 기가 막혀."

와카티푸 호수보다는 조금 짙은, 푸카키 호수와 같은 청록색의 테카포 호수가 광활하게 펼쳐져 있었다. "동주야. 선한 목자의 교회부터 가자." 은애는 조금도 기다리지 못하겠다는 듯이 얘기했다. 우리는 백패커에 체크인을 하기도 전에 선한 목자의 교회로 바로 향했다. 날씨가 맑아서인지 관광객들이 엄청 몰려 있었다. 조그마한 선한 목자의 교회는 테카포 호수를 배경으로 동화 속 교회처럼 홀로 우두커니 세워져 있었다. 우리가 갔을 때는 테카포 호수의 명물인 루핀 꽃이 거의 지고 없어 은애가 적잖이 실망했지만, 그래도 아름다운 풍경이었다. 때 묻지 않은 순수함, 오염되지 않은 자연 그대로의 모습, 자연의 위대함. 그 어떤 표현도 성에 차지 않았다. 그저 멍하니 바라만 볼 뿐이었다.

테카포 호수는 밤에는 무수히 많은 별 사진을 찍을 수 있는 명소로 유명했다. 우리도 별 사진을 찍기 위해 밤늦게 추위를 무릅쓰고 다시 선한 목자의 교회로 향했지만, 구름에 가려 몇몇 강하게 반짝이는 별들만이 내 머리 위에서 반짝일 뿐이었다.

“동주야. 소원 빌자!”

“갑자기 뜬금없이?”

“그냥 모든 것이 아름답고 감사하잖아. 의미를 더해야지. 하여간 남자들은 뭘 몰라.”

“…….” 정말 뭘 모르겠는 나였다.

뉴질랜드로 여행 온 지도 어느덧 13일이 지났다. 우리는 처음 오클랜드 공항에 도착해서부터 뉴질랜드 전역을 돌고 돌아 다시 호주로 돌아가기

위해 크라이스트 처치로 향하고 있었다. 이제는 뉴질랜드 도로에서 로드킬을 당한 야생동물의 사체가 익숙했다. 더 이상 불쌍하다는 마음도 들지 않을 때 즈음 우리는 크라이스트 처치 공항에 도착했고 렌터카를 반납했다.

차를 반납하고 우리는 백패커까지 걸어가기로 했다. 공항에서 백패커까지는 걸어서 2시간이 걸리는 거리였다. 택시를 탈 수도 있었고 히치 하이킹을 시도할 수도 있었다. 하지만 우리는 그러고 싶지 않았다. 정말 마지막이라는 생각에 조금이라도 더 뉴질랜드를 느끼고 싶었다.

들판에서 불어오는 살짝 찬기가 도는 바람이 내 얼굴을 스쳤지만, 태양의 햇살은 나를 따뜻하게 감싸 안았다. 걷는 중간중간 지나치는 마을의 아기자기한 집들은 소박하게 자리 잡고 우리를 쳐다보고 있었다. 누군가 쓸어 모아 놓은 공원의 낙엽 더미는 가을 향기를 가득 머금고 있었고 저 멀리 보이는 호수와 이름 모를 새들은 뉴질랜드 어느 가을날의 배경이 되

어 있었다. 우리를 따뜻하게 감싸던 태양은 노란색에서 짙은 다홍색으로 변하더니 수줍었는지 자취를 감춰 버렸다. 그렇게 우리의 뉴질랜드에서의 마지막 날이 저물었다.

다음 날, 우리는 크라이스트 처치 공항에서 브리즈번으로 돌아가는 비행기를 기다렸다. 발이 무거워 떨어지지 않았다. 돌아가면 새로운 도시에서 새로운 일을 구해야 하기 때문이었다. "2주간의 여행. 진짜 끝이구나." 내가 은애를 보며 말했다. 은애는 아쉬움이 묻어나는 표정으로 대답을 대신했다.

"은애야. 이제 들어가자." 나는 게이트로 들어가며 은애에게 말했다.

"…응. 이제 가자." 은애는 창밖을 한 번 더 보고는 게이트로 들어왔다.

케언즈

골드코스트로 넘어온 지도 벌써 3개월째에 접어들었다. 한국으로 돌아갈 날이 얼마 남지 않아서 바비큐 식당도 그만두었다. 드디어 호주에서의 생활도 끝을 향해 달려가고 있었다.

전부터 호주에서 한국으로 돌아갈 때가 되면 여행을 다니다 귀국하고 싶었다. 호주의 마지막을 여행으로 장식해 더욱 호주에서의 추억을 빛내고 싶었다. 그래서 나는 은애와 여행 계획을 세우기 시작했고 우리는 케언즈와 시드니 그리고 홍콩을 여행하고 한국으로 돌아가기로 했다.

상민이, 영인 누나, 은애 그리고 나는 짐을 정리하며 집을 비우기 시작했다. 은애와 나는 긴 여행 준비까지 같이하느라 더 신중하게 짐을 꾸렸다. 여행 준비를 하던 중 문득 뉴질랜드 여행에서의 고난이 떠올랐다. 은애와 나는 마지막 여행은 최대한 준비를 철저히 하자고 약속하고 뉴질랜드 여행 경험을 바탕으로 머리를 짜냈다.

뉴질랜드 여행 중 가장 절실했던 것은 조미료였다. 마트는 어디에나 있지만, 조미료를 사기가 아까웠다. 하지만 긴 여행 동안 매번 식당에서 사 먹을 수는 없었기에 간혹 간이 안 된 채로 싱겁게 조리된 음식을 먹을 때가 많았다. 그래서 이번에는 집에 있는 조미료를 조그마한 통에 조금씩 담아가기로 했다. 고춧가루, 다시다, 소금, 설탕, 간장, 식용유, 심지어 굴 소스와 카레 가루도 챙겼다. 조미료와 같은 간단한 것에서도 경험의 소중함을 뼈저리게 느꼈다.

곧 골드코스트에서 마지막 날이 되었고 상민이, 영이 누나, 은애 그리고 나는 식탁에 둘러앉아 맥주를 마시며 마지막 회포를 풀었다.

"동주 형, 은애 누나. 이제 가는 거야?" 상민이의 말에서 아쉬움이 묻어 나왔다.

"응. 이제 갈 때 됐지. 1년 6개월이나 살았는데."

"아…. 너무 가기 싫어. 여기서 더 살고 싶어." 상민이의 말에 내가 대답하자 은애가 말을 이었다.

사실이었다. 갈 때가 되었지만 가고 싶지 않았다. 하지만 슬프게도 돌아가야 할 날이 다가왔다. 그래도 케언즈와 시드니 그리고 홍콩 여행에 대한 기대로 슬픔은 반감되었다. 그리고 다음 날 상민이, 영인 누나에게 한국에서 보자며 마지막 작별인사를 나누고 우리는 케언즈로 가는 비행기를 타기 위해 브리즈번으로 향했다.

케언즈로 가는 비행기는 브리즈번 공항에서 오전 출발이었다. 은애와 나는 은애의 지인 집에서 하룻밤 신세를 지고 새벽녘에 브리즈번 공항으로 향했다. 11시 20분 비행기였고 새벽부터 부지런히 움직인 탓에 시간은 넉넉했다. 수하물도 23kg으로 아슬아슬하게 세이프였다. 탑승을 위한 모든 준비를 마친 나는 홀가분한 마음으로 휴대폰을 들고 문자를 보냈다.

"현근아. 우리 1시 45분에 케언즈 공항에 도착할 것 같아. 뭐 수하물 찾고 하다 보면 조금 늦어질 수도 있을 거 같아. 넉넉하게 2시 정도까지 오면 될 것 같은데?"

대학교 동기 현근이에게 문자를 보냈다. 현근이는 호주에 온 지 6개월 정도 되었는데 친누나가 사는 케언즈에 정착했다. 호주에 오면서 연락을 자주 하면서 호주에서 꼭 한번 보자며 약속을 했는데 이번에 케언즈 여행을 계획하면서 만나기로 한 것이다.

현근이에게서 알겠다는 문자를 받은 뒤 은애와 나는 비행기에 올랐고 정확히 2시간 50분 뒤에 현근이를 만날 수 있었다. 하얀색의 누나 차를 빌려 타고 우리를 마중 나온 현근이를 보자 반가우면서 신기했다.

"이야! 현근아! 어떻게 지냈어?" 나는 반가움에 현근이를 끌어안으며 물었다.

"나 여기서 학교 다니려고 영어 공부 중이야. 내일 시험이라서 오래는 못 놀아."

"날을 잘못 골랐군…. 그나저나 여기는 8월인데 왜 이렇게 더워?"

"오늘이 그래도 많이 풀린 거야. 이 정도면 선선한 거라고!"

케언즈는 겨울임에도 더웠다. 현근이는 호주의 여름에 케언즈는 끔찍하게 덥다며 우리 보고 가장 놀기 적절할 때 왔다는 얘기를 했다. 케언즈에 오기 전에 은애는 바다에 들어가야 하는데 추우면 어쩌나 걱정을 많이 했지만, 현근이 얘기를 듣더니 정말 다행이라며 방방 뛰며 좋아했다. 우리 셋은 차를 타고 케언즈 시티로 이동했고 현근이가 소개해준 맛집에서 간단히 요기를 때웠다. 그리고 예약해둔 백패커에 짐을 내려놓고는 다시 밖으로 향했다.

현근이는 공부를 해야 하는데도 불구하고 우리에게 시티 투어 가이드 역할을 해주었다. 케언즈 시티는 작은 마을 같았다. 브리즈번, 골드코스트, 멜버른 시티와는 분위기 자체가 달랐다. 낡은 건물들이 많았고 번화가라기보다는 시골 관광지 같은 느낌이었다. 우리의 기대에 미치지는 못했다. 약간의 실망감을 가지고 현근이를 따라 '나이트 마켓'으로 향했다. 바닷가 앞에 위치한 나이트 마켓은 먹거리와 볼거리 그리고 상품들을 전시해 팔고 있었다. 현근이는 우리에게 추로스와 아이스크림을 파는 곳을 소개했다. "여기 진짜 맛있어! 케언즈 최고의 명물이야!" 현근이가 자신감이 가득 찬 말투로 말했다. "우와 추로스! 진짜 맛있겠다." 역시 먹을 것에 관한 얘기에 은애가 가장 먼저 반응했다.

우리가 도착한 추로스 가게는 현근이의 친누나와 친누나의 남편분이 운영하는 가게였다. 현근이도 일을 돕다가 지금은 공부로 인해 잠시 쉬는 중이었다. 현근이의 말 대로 가게는 사람들이 줄지어 서 있었다. 방금 튀겨 나온 추로스와 아이스크림의 조합 또한 최고였고 맛도 일품이었다. "현근아. 너희 가게 명물인 거 인정한다. 안 그래, 은애야?" 내가 현근이에게 말하자 현근이는 씨익 웃었고 은애는 허겁지겁 먹느라 고개만 끄덕일 뿐이었다.

현근이는 공부해야 한다며 곧 떠났고 은애와 나도 숙소로 돌아왔다. 새벽부터 움직여서 피곤함에 지쳐 있었다. 우리는 우리가 묵을 방에서 배낭여행 중인 커플을 만날 수 있었다. 영국에서 온 커플은 우리를 반갑게 맞이해 주었지만, 배낭여행족 특유의 악취로 처음에는 눈살이 찌푸려졌다. 하지만 나의 코는 서서히 그 악취에 적

응이 되었고 영국 커플과 몇 마디 주고받으며 케언즈에 대한 정보를 얻기도 하고 자기 전에는 함께 맥주를 마시며 영국 커플의 배낭 여행기를 듣기도 했다.

다음 날, 아침에 일어나 보니 영국 커플은 이미 나가고 없었다. 하지만 배낭이 있는 것으로 봐서는 백패커를 떠난 것 같지는 않았다. 우리도 토스트와 베이컨으로 간단히 아침을 먹고는 수영복을 챙겨서 밖으로 향했다. 우리의 첫 목적지는 케언즈 시티 중심에 위치한 라군(Lagoon)이었다. 라군은 바닷가에 설치된 인공 비치로 약간 더운 날씨 덕분에 놀기에는 제격이었다. 하지만 수영장 물이 차가워도 너무 차가웠다. 아직 해가 강하게 내리쬐는 시간은 아니지만 그래도 후덥지근한 날씨인데 들어가기가 꺼려질 정도였다. 우리는 차선책으로 모래사장에 비치타월을 깔고 책을 읽고 음료를 마시며 여유를 즐겼다. 시간은 흘러 해는 점점 강해졌고 훨씬 더 뜨거워졌다. 나는 이제는 괜찮지 않겠냐며 은애를 데리고 들어갔지만, 물은 여전히 얼음장같이 차가웠다.

10분쯤 놀았을까. "동주야. 너 입술이 파래!" 더운 날씨에도 불구하고 계속해서 떨어지는 체온 때문에 우리는 물놀이를 포기하고 뭍으로 올라올 수밖에 없었다. "아니, 저기 외국 아이들은 춥지도 않을까? 한 시간째 놀고 있네?" 나와 은애는 아이들을 바라보며 감탄을 했고 더 이상 할 게 없어진 우리는 옷을 갈아입고 라군 밖으로 나왔다.

라군 밖으로 나오니 케언즈는 시티에서는 딱히 할 게 없었다. 현근이는 시험을 치느라 나올 수 없었고 우리는 차가 없어 시티 바깥으로 나가기에는 어려움이 있었다. 생각 끝에 내린 결론은 숙소에서 쉬다가 저녁에 노을이 질 때 나와서 야경을 보고 카지노를 구경하는 것이었다. 물론 노을이 질 때 나와서 야경을 보자는 것은 은애의 의견이었고 카지노를 가자는 것은 나의 의견이었다.

케언즈의 노을은 아름다웠다. 호주는 하늘이 맑아 거의 모든 도시의 노을이나 밤하늘이 아름다웠다. "이제 며칠 뒤면 한국이겠지?" 은애가 노을을 바라보며 아련한 목소리로 말했다. 내가 한국으로 돌아간다고? 정말? 아무래도 호주에 너무 오래 살았나 보다. 나는 그 사실을 전혀 실감할 수 없었다.

은애와 나는 카지노에 들어가 정말 구경만 하고 나왔다. 마지막이라는 생각으로 게임을 할 생각에 100달러를 들고 들어갔지만 화려한 브리즈번과 골드코스트 카지노와는 다르게 어둡고 칙칙한 분위기여서 게임을 할 마음이 전혀 들지 않았다. 왠지 무조건 잃을 것 같은 분위기여서 씁쓸하게 카지노를 나왔고 마트에서 장을 본 뒤 이른 저녁에 숙소로 돌아왔다.

"내일이 우리가 기다리고 기다리던 스쿠버 투어야!" 마트에서 사 온 8달러짜리 훈제 치킨을 먹으며 은애가 흥분해 소리쳤다. 다음 날은 바로 우리가 기다리던 세계 최대의 산호초 '그레이트 배리어 리프' 투어를 할 예정이었다. 은애는 스쿠버가 처음이라 상당히 걱정하는 모습이었다. 나는 스쿠버 자격증을 가지고 있을 정도로 스쿠버를 많이 경험해 봤지만, 그래도 세계 최대의 산호초에서 스쿠버 다이빙을 한다고 생각하니 온몸에 소름이 돋는 건 어쩔 수 없었다. 드디어 호주로 오기 전에 가지고 있던 나의 바

람이 이루어진다고 생각하니 정말 감개무량하지 않을 수 없었다.

때마침 영국 커플이 돌아왔고 그들은 그레이트 배리어 리프 투어를 다녀왔다는 이야기를 꺼냈다. "정말 최고의 경험이었어. 너희들도 내일 간다고? 그럼 느낄 수 있을 거야. 정말 믿을 수 없을 정도로 짜릿하다고!" 커플 중 여자가 말했다. 그 커플들로 인해 우리의 기대는 두 배는 더 커져 버렸고 그 흥분에 온몸이 떨려왔다.

드디어 내일이다. 세계 최대의 산호초라니! 2층 침대 위에서 나의 심장은 요동쳤다. 은애는 잠을 자기 위해 불을 껐고 내 심장은 주위의 고요함에 동화되어 이내 안정을 찾았다.

뿌우우우.

다음 날, 페리는 출발하여 그레이트 배리어 리프에 위치한 기지국으로 향했다. 은애와 나는 페리 안에서 커피를 마시며 서약서를 받고 있었다. "안녕하세요. 오늘 하루 함께 움직일 강사입니다." 투어 직원이 말을 걸어왔다. 동네 형 같은 친근한 외모의 한국인 스쿠버 강사는 우리 커플과 시드니에서 온 커플 그리고 4인 가족에게 서약서와 스쿠버에 관한 설명을 시작했다.

"저기, 강사님. 3년 전에 폐 수술을 했는데 수술 이력에다가 적어 놓으면 되나요?" 시드니에서 온 커플 중 남자가 얘기했다.

"폐 수술을 하셨다고요? 어…. 그러면 아마도 스쿠버는 힘드실 거예요."

"근데 지금은 아무렇지도 않아요. 수술도 잘 마무리되었고."

"그래도 폐 수술 같은 경우는 위험해요. 제가 통과시켜도 들어가기 전에 가드가 막을 거예요."

"아…."

안전과 직결된 문제이다 보니 강사는 확고했다. 시드니에서 온 커플이 너무나 아쉬워하는 모습이 뒷모습으로도 전해져 안타까웠지만 어쩔 수 없는 일이었다. 혹시라도 잘못되면 큰일 아닌가. 시드니에서 온 남자는 스쿠버에서 Sea bob(수중 스쿠터)으로 종목을 변경하고는 다시 제자리로 돌아와 앉았다.

페리를 타고 기지국으로 이동 중에 시드니 커플과 이런저런 이야기를 하며 친해졌다. 여자는 이 여행을 마지막으로 한국으로 돌아갈 예정이고 남자는 아직 비자가 남아 다시 시드니로 돌아갈 것이라고 했다. 우리는 함께 간식을 먹으며 시간을 보냈고 마침내 그레이트 배리어 리프 기지국에 도착했다.

기지국은 목재들을 엮어 바다에 띄어 놓은 형태였다. 목재들 틈 사이로 에메랄드빛 바다가 일렁이는 모습을 볼 때면 멀미가 올라오긴 했지만, 그래도 페리보다는 훨씬 나았다. 우리는 강사가 설명한 대로 순번 대기를 했고 우리 차례가 오는 데는 그리 오래 걸리지 않았다. 안전 요원을 따라 슈트, 마스크, 산소통, 호흡기, BC(부력조절장치), 알납, 핀을 받아서 장착하고 바닷속으로 들어갈 준비를 했다. 그런데 내가 수중 카메라를 챙기자 안전 요원이 개인 카메라는 안 된다는 것이 아닌가! 이런 아름다운 바다에서 사진을 남길 수 없다니. 당황스러워 한동안 입을 열지 못했다. 그 모습을 보고 한국인 강사가 나에게 다가오더니 말을 꺼냈다. "아…. 안전 때문에 수중 카메라는 자격증 있어야만 들고 들어가실 수 있어요." 어라? 자격증? 나는 한국에서 '스쿠버 다이브 마스터' 자격증을 취득한 스쿠버 다이버였다. "저! 저 있어요. 스쿠버 마스터까지 있어요!"

"동주 씨는 자격증이 있으니깐 굳이 팔짱을 끼고 같이 따라올 필요 없어요. 하지만 너무 뒤로 처지거나 떨어지지 마세요." 강사는 나를 배려해 주곤 먼저 계단을 통해 바닷속으로 입수했다. '꿀꺽.' 긴장한 은애는 얼굴이 사색이 되어 있었다. 나부터 바다로 들어가는 통로를 통해 입수했다. 스쿠버는 가시거리가 중요하지만 그런 것을 걱정할 필요조차 없이 바닷속

은 너무나도 깨끗했다. 곧이어 은애도 뒤따라 들어왔다.

우리는 강사를 따라 20여 분간 바닷속을 체험했다. 내 눈앞에는 수많은 열대어와 산호초가 펼쳐져 있었다. 그리고 케언즈의 명물 거대 물고기인 '나폴레옹 피쉬'와 포토타임을 가졌다. 이마가 툭 튀어나온 것이 나폴레옹 모자를 닮아서 이름 지어진 나폴레옹 피쉬는 '월리'라고도 불렸다. 월리는 월드 스타답게 팬서비스에 충실했고 우리는 그 매끄러운 비늘을 만져보는 행운도 가졌다. 만약 인어공주가 있다면 여기 어딘가에 살고 있지 않을까 하는 생각이 들면서 만화 <인어공주>의 주제곡 <언더 더 씨> 노래를 불렀지만, 그저 물방울만 꼬르륵하고 올라갈 뿐인 게 아쉬웠다.

20여 분간 돌아다닌 그레이트 배리어 리프는 나의 기대 그 이상이었다. 스쿠버 다이버 자격증을 따면서 가고 싶었던 몇몇 바다 중 하나인 그레이트 배리어 리프. 하지만 그 소원을 성취함과 동시에 드는 허탈함을 막을 길이 없었다. 가시거리를 신경 쓰지 않아도 되는 투명한 바닷속, 노란색, 보라색, 줄무늬 등 형형색색의 열대어들 그리고 그들의 제왕 나폴레옹 피쉬. 그 열대어들만큼이나 아름다운 색을 가진 산호초를 직접 겪고 나니 앞으로 다른 바다에서 스쿠버를 한다고 한들 지금 느끼는 이 희열만큼의 짜릿한 기분을 느낄 수 있을까. 괜스레 드는 허탈감은 잠시나마 나를 우울하게 만들었다.

스쿠버를 끝내고 올라오니 점심이 준비되어 있었다. 20여 분간 산소호흡기를 물고 있던 탓에 얼얼해진 입으로 점심을 빠르게 먹어 치우고 유리

바닥 보트, 스노클링을 즐겼다. 그리고 기지국 2층으로 올라가 태닝도 맘껏 즐겼다. 초호화 크루즈가 부럽지 않을 정도로 모든 것이 갖추어져 있었다. 하지만 시간은 누군가 뒤쫓기라도 하듯 너무나 빠르게 흘러갔다. 페리를 타고 다시 선착장으로 돌아갈 시간이 다가왔다. 나는 다시 페리 위에서 멀미에 허덕였고 힘겹게 선착장으로 돌아왔다.

흥분이 채 가시기 전에 숙소로 돌아왔고 방에 들어서니 영국 커플이 스쿠버 투어가 어땠냐고 물어왔다. 그 질문에 은애와 나는 동시에 엄지손가락을 치켜들며 대답했다. “Very nice!” “Perfect!” 은애와 나는 봇물 터지듯 그레이트 배리어 리프에서 겪은 일들을 쏟아냈다. 영국 커플은 그 심정을 이해하는 것 같은 표정으로 우리를 지긋이 바라보며 우리 이야기를 끝까지 들어주었다. 우리는 흥분한 채로 밤늦게까지 영국에서 온 커플과 이야기를 나눴고 케언즈에서의 마지막 밤이란 것도 잊은 채 아쉬움이라곤 전혀 찾아볼 수 없는 얼굴로 잠자리에 들었다. 자고 일어나면 시드니로 가겠구나. 안녕. 케언즈, 안녕. 월리.

시드니

은애와 나는 분주하게 움직였다. "은애야. 카메라 충전기 챙겼어?"

"응. 가방 앞주머니에. 동주야. 내 청바지는 어디 넣었어?"

"아마도 캐리어 저 안쪽에 있을 거야. 시드니 가서 찾자. 택시부터 불러."

"이미 불렀지. 3분 뒤 도착이네! 빨리 나가자."

케언즈를 떠나는 날. 우리는 늦잠을 잤다. 전날 스쿠버 투어 이야기를 너무 신나게 떠들다가 늦게 잠이 든 것이 화근이었다. 게다가 깜빡하고 알람도 안 맞춰 놔서 계획보다 1시간이나 늦게 일어났다. 오후 12시 40분 비행기였다. 시간이 촉박하다. 1분 1초를 다투는 상황이었고 우리는 서둘러 택시에 올라탔다. "죄송하지만 조금 서둘러 주실 수 있으세요? 저희 비행기 시간이 얼마 남지 않아서요." 나는 기사에게 우리의 간절함을 알렸고 기사는 우리에게 "각오해."라고 한마디를 하고는 줄기차게 달리기 시작했다. 다행히 하늘이 우리를 도와 도로에는 차가 거의 없었고 공항에서도 직원의 도움으로 일사천리로 탑승 수속을 마칠 수 있었다.

아슬아슬하게 세이프. 딱 어울리는 표현이었다. 정말 까딱했으면 놓칠 뻔했다. 비행기에 올라타고 자리를 찾아 앉아도 심장이 진정되지 않았다. 몇몇 늦은 사람들 때문에 비행기는 예정시간보다 10분 정도 늦게 출발을 했다. 그 늦은 사람 중에서도 우리는 거의 마지막이었으리라. 이미 비행기에 앉아서 기다리는 사람들의 눈치를 피하고자 나는 조용히 눈을 감았다. 휴.

시드니 공항에 도착해서 공항을 빠져나오니 오후 4시가 넘은 시각이었다. 우리는 숙소부터 찾아가기로 했다. 먼저 내 손에 들려 있는 괴물 같은 캐리어를 빠르게 처리하고 싶은 마음뿐이었다. 사람들은 공항에서 오른쪽으로 나가면 불법 픽업 차량들이 택시보다 저렴한 가격으로 운영한다며 그 방법을 추천했지만, 우리는 더 저렴한 방법인 버스와 지하철을 이용하기로 했다.

우리는 구글 지도로 대중교통을 찾아보았다. 공항에서 지하철 T2 라인을 타고 '센트럴'역으로 가서 T4 라인으로 갈아타고 3 정거장을 더 가면 숙소가 있는 '킹스 크로스(King's Cross)'역에 도착할 수 있었다. 우리는 더 늦기 전에 빠르게 움직였다.

시드니의 지하철은 신기하게 되어 있었다. 한 개의 층인 한국의 지하철과는 다르게 두 개의 층으로 나누어져 있었고 층 사이에 문이 있었다. "이야~! 은애야. 대도시는 뭐가 달라도 달라." 나는 지하철에 타며 얘기했다. "으~. 시골에서 갓 상경한 촌놈 같아." 은애가 놀렸지만 나는 아랑곳하지 않고 지하철을 구경하기 위해 이리저리 바쁘게 움직였다.

숙소를 찾는 것은 어렵지 않았다. 역에서 나와 조금만 걸어가니 바로 숙소가 보였다. 조금 낡고 허름한 백패커였다. 똑똑. 철컹!

"예약하셨나요?"

"네. 동주 윤으로 예약했어요."

"확인했습니다. 보증금 50달러 있습니다. 아! 현금으로 주셔야 해요." 나는 주머니에서 50달러짜리 지폐를 꺼내서 직원에게 건넸다.

“자, 따라오세요.” 직원은 살갑지 않았지만 무례하지도 않은 말투로 우리를 안내했다. 방을 배정받아 들어가 보니 방의 상태에 우리는 인상을 찌푸릴 수밖에 없었다. “오 마이 갓!” 은애의 목소리가 너무 크게 들렸다. 게다가 은애가 영어로 놀랄 정도면 정말 끔찍한 정도이다. 방에서는 곰팡내가 강하게 풍겼고 다른 숙박객의 짐들은 바닥에 널브러져 있었다. 그리고 창문 쪽에선 공사가 한창이었다. 설마 지금 공사하는 자리에서 우리보고 자라고 하지는 않겠지. 하지만 언제나 그렇듯 슬픈 예감은 틀린 적이 없었다. 공사가 곧 끝날 테니 기다렸다가 자리로 들어가란다. 하…. 10초간 정적이 흘렀다. 곧 나와 은애는 마음을 추스르고 일단 짐을 내려놓고 밖으로 나가기로 했다.

밖으로 나가서 한 3분쯤 걸었을까. 은애가 놔두고 온 것이 있다는 얘기를 했고 우리는 다시 숙소로 향했다. 우리가 지낼 방은 아직도 공사가 한창이었다. 방에는 인부 외에 아까는 보지 못한 백발의 노인이 한 명 더 있었다.

자신이 백패커 오너라고 소개한 노인은 오늘은 공사가 마무리되기 힘들 것 같다며 은애와 나에게 방을 옮겨준다고 했다. 오, 럭키! 새로 배정받은 방 또한 약간의 곰팡내가 났지만, 그래도 이전 방보다는 훨씬 아늑했다. 우리는 괴물 같은 캐리어만 새 방에 던져 놓고는 기분 좋게 다시 밖으로 향했다.

밖은 점점 어두워지고 있었다. 꼬르르륵. 생각해보니 아침부터 제대로 끼니를 때우지 못했다. 다이어트 중이라 소식을 하던 나는 견딜 만했지만, 은애는 울상이었다.

“은애야. 밥부터 먹으러 가자.” 그 말을 기다렸다는 듯이 은애는 스시를 먹고 싶다고 말했다.

“그래. 나도 요즘 스시 당겼는데. 가게가 어디 있을까?”

"……." 은애와 나는 어디 있는지도 모르는, 아니, 없을지도 모르는 스시 가게를 찾기 위해 시드니 시티를 정처 없이 걷기 시작했다.

걷기 시작하고 얼마 지나지 않아 점점 식당들이 보이기 시작했는데 우리에게는 아주 익숙한 풍경들이 펼쳐졌다. 도로 양옆으로 한국어로 된 간판들이 줄지어 자리 잡고 있었다. "아~. 여기가 한인타운인가 봐!" 은애가 말했다. 이건 내가 호주에 있는 건지, 한국에 온 건지 헷갈릴 정도로 한인 식당들이 즐비해 있었다. 스시를 먹기로 했지만, 막상 한국 음식들을 보니 구미가 당겼다. "은애야. 한식은 어때?" 은애는 배가 엄청 고팠는지 그냥 아무 데나 들어가자고 했다.

우리는 해장국과 치킨을 시켰고 음식은 다행히도 은애가 배고픔으로 인해 사나워지기 전에 나왔다. 역시 한식에는 술이 빠질 수 없다. 우리는 간단하게 술 한잔 곁들이면서 밥그릇을 깔끔하게 비우곤 만족해하며 밖으로 나왔다.

다음 목적지는 시드니의 명소 '달링하버(Darling Harbour)'였다. 이번에는 명확한 목적지가 정해져 있어 구글 지도를 통해 어렵지 않게 찾아갔다. 날은 이미 어두워졌고 시드니는 불을 밝히기 시작했다. 달링하버 또한 불을 밝혔고 그 야경은 부둣가의 파도를 따라 넘실거렸다.

달링하버는 예전에는 조선소와 발전소가 있어 지저분했지만, 호주 정부의 재개발로 지금은 시드니에서 사람들이 가장 많이 찾는 명소 중 한군데로 자리매김했다. 쇼핑센터, 아쿠아리움, 박물관, 레스토랑, 카페 등 수많은 유흥거리가 넘쳐나는 활기찬 곳이었다. 광장에서는 여러 사람이 공연을 하고 있었는데 그중 가장 눈에 띄는 사람은 춤을 추고 있는 한국인 비보이(B-Boy)였다. 앳된 외모에 유창한 영어 실력, 게다가 능수능란한 말재주까지 겸비하고 있었다. 길거리 공연의 베테랑처럼 보였다. 서서히 사람들이 주위로 모여들자 자신이 호주로 유학 온 학생이라는 소개와 함께 구

경하던 어린 소녀를 지명해 함께 춤을 추는 등 여러가지 퍼포먼스를 보여 주었다. 그리고 공연 막바지에 이르러서 태극기를 펼쳐 보일 때는 나의 가슴 한편이 뭉클해 지면서 목이 먹먹해졌다. 구경하던 사람들은 박수갈채를 쏟아냈고 나도 신나서 물개 박수를 쳤다. 박수갈채를 받는 한국인 비보이를 보고 있으니 코끝이 찡해지면서 왠지 나도 어깨가 으쓱해졌다.

"쇼핑센터!"

"괴물 같은 캐리어가 가까스로 수하물 무게를 맞추고 있기 때문에 패스."

"아쿠아리움!"

"케언즈에서 바다를 몸소 경험해 보았기 때문에 패스." 은애와 나는 다음 행선지에 대한 이야기를 나누며 걸었다. 은애에게는 이런저런 이유를 대면서 다 건너뛰었지만, 본질적인 이유는 돈이었다. 환율이 올라 여행 경비 이외에는 거의 환전을 해 놓은 상태라 아끼면서 사용해야만 했다.

우리는 화려한 달링하버를 빠져나와 다음 행선지는 어디로 갈지 고민하다가 끝내 숙소로 돌아가자고 결론지었다. 장시간 동안 움직여 피곤한 데다가 술도 한잔한 터라 온몸이 노곤했다. 그리고 무엇보다 다음 날은 시드니 '포트스테판(Port Stephens)'으로 사막 투어가 있어서 새벽 일찍 출발해야 했다. 우리는 다시 곰팡이 누린내가 나는 백패커로 향했고 걸어서 40분이 지난 뒤에 백패커에 도착할 수 있었다. 샤워실 또한 허름했지만, 다행히도 따뜻한 물은 잘 나왔다. 8명이 쓰는 방이라 그런지 꽤 어수선했지만, 술기운에 무거워진 나의 눈꺼풀이 감기는 것을 막을 수는 없었다.

"은애야. 나 잘게. 잘자."

"……." 나도 그대로 퇴장.

시드니의 서늘한 새벽 공기는 내 뺨을 타고 흘러내렸다. 살짝 정신이 들자 다시 곰팡내가 내 코를 적셨다. "으으으~. 동주야. 깼어?" 은애는 나와 거의 동시에 깬 듯했다. 생각보다 일찍 일어난 우리는 여유롭게 씻고 아침 식사까지 하고 집합장소로 향했다. 아침 7시에 투어버스는 바로 포트스테판을 향해 출발했다.

포트스테판의 사막으로 가는 중간중간 '와이너리(Winery)'와 '돌핀 크루즈' 투어를 위해 차가 멈춰 섰다. 와이너리는 와인 저장고인데 뉴질랜드 퀸즈타운의 '깁슨밸리' 와이너리를 이미 경험해 봤기 때문에 큰 흥미가 생기지는 않았다. 그다음으로 하차한 곳은 돌핀 크루즈 선착장이었다.

돌고래라는 말에 은애는 신이 났다. "돌고래 완전 귀엽겠지? 피부는 매끈매끈할 거 같아. 막 물 위로 뛰어오르기도 할까?" 크루즈를 타기 전에 은애는 신이 나서 떠들었지만 얼마 지나지 않아 조용해졌다. 바람도 많이 불어 추운 데다가 돌고래는 한 마리도 나타나지 않았다. 망망대해를 아무리 눈 씻고 찾아봐도 돌고래는 고사하고 물고기 한 마리도 보이지 않았다. "은애야. 오늘은 날이 아닌가 봐." 크루즈가 거의 선착장에 다 와 갈 때쯤 실망한 기색이 역력한 은애를 토닥이며 말했다.

그때였다. 선내 스피커에서 "오른쪽에 돌고래!"라는 말이 울려 퍼졌고 모든 사람이 일제히 오른쪽으로 달려갔다. 돌고래는 한 마리뿐이었지만, 그래도 은애와 나는 함박웃음을 지으며 돌고래를 응시했다. 쇼맨십 없이 그저 돌고래 한 마리가 유유히 헤엄쳐 지나갈 뿐이었지만 0과 1은 큰 차이 아닌가. "그래도 돌고래 봤다!" 은애는 세상에서 제일 순수한 얼굴로 나에게 말했다.

크루즈에서 내려서 모두 함께 식사하러 움직였다. 인근에 있는 한인 식당이었는데 우리가 도착했을 때 이미 식사로 비빔밥이 준비되어 있었다. 아무래도 여행사에서 매번 이곳으로 오는 모양이었다. 금강산도 식후경이라고, 본격적인 사막 투어에 앞서 출출했던 배를 채우기 위해 숟가락으로 한가득 퍼서 입안에 구겨 넣었다. 꿀꺽. "……." 정녕 이것이 한국의 비빔밥

이란 말인가? 각종 채소는 부실한 데다 맛도 없었다. 비단 나만 그렇게 생각하는 것 같지는 않았다. 옆 사람들의 표정에서 나와 같은 심정이라는 것을 느낄 수 있었다. 하지만 배가 고프기도 했고 빨리 사막으로 출발해야 했기에 나는 꾸역꾸역 입안에 쑤셔 넣었다.

다시 차는 출발했고 얼마 지나지 않아 포트스테판 사막에 도착했다. 사막이라고 해서 고온 건조한 모래지대를 상상했는데 신기하게도 포트스테판 사막은 바다와 맞물려 있었다. 우리는 사막 입구에서 사막 전용 버스가 있는 곳까지 걸어서 들어갔고 인원 확인 후 곧바로 차체가 높이 떠 있는 빨간색 사막 전용 버스를 타고 사막 한가운데로 이동했다.

우리는 사막 한가운데서 간단하게 모래 썰매 타는 법을 교육받고는 모래 산으로 내달렸다. "동주야. 같이 좀 가!" 은애가 뒤에서 나를 애타게 불렀지만 나는 썰매를 빨리 타고 싶은 일념으로 뒤도 돌아보지 않고 달렸다. 드디어 모래 썰매. 호주에 왔을 때부터 그토록 타보고 싶었던 것을 한국을 돌아갈 때가 되어서야 타다니. 나는 감격해 마지않았다. 그러나 모래 썰매는 첫 주행은 감격, 두 번째는 재미, 세 번째부터는 고난이었다. 타고 내려오는 것은 한순간인데 올라가기가 너무 힘들었다. 나는 오기로 네 번째까지 탔지만 은애는 세 번만 타고는 벌써 기진맥진이었다.

"동주야. 우리 저기 뒤에 가서 사진 찍으면서 놀자." 은애는 더 이상 탈 필요가 없다고 판단한 듯했다. "그래! 사진이 남는 거지." 나도 더 이상 탈 필요가 없다고 판단했다. 그만큼 모래 산을 오르는 것은 엄청난 체력을 필요로 했다. 그리고 우리는 남은 시간 동안은 열심히 사진을 찍어댔다.

우리는 다시 사막 전용 버스를 타고 셔틀버스가 있는 곳으로 돌아왔다.

돌아오고 나니 낙타 몇 마리가 관광객들을 태우고 들어오고 있었다. "이야, 사막이라고 낙타도 있네!" 나는 신기하게 쳐다보았다. "불쌍해. 얼마나 힘들까?" 동물애호가인 은애. 하지만 나보다 고기를 더 잘 먹는 은애를 볼 때면 참 아이러니하다.

우리는 다시 시드시 시티로 복귀했다. 벌써 하루의 끝을 달리고 있었다. 아니, 호주의 마지막 밤이 내 머리 위로 지나가고 있었다. 손을 뻗어보았지만 붙잡을 수 없는 마지막 밤이었다. 은애와 나는 호주에서의 마지막 밤을 호주의 랜드마크인 '오페라 하우스'에서 마무리 짓기로 했다. 시드니 시티는 구석구석마다, 골목골목마다 그냥 지나칠 수 없을 정도로 운치 있었다. 오페라 하우스로 가는 데는 20분이면 충분했지만, 우리는 여기저

기 분위기 좋은 곳은 모두 돌아다녔다. 은애도, 나도 마지막 밤이라는 생각에 모든 것이 아쉬웠다. 그래서 지나치는 풍경, 가게, 사람들 모든 것을 놓치기 싫었다. 심지어 '헝그리 잭(버거킹의 호주 브랜드명)'에서 파는 50센트짜리 아이스크림마저 놓칠 수 없었다.

우리는 20분 거리를 1시간이 지나서야 도착했다. 우리가 도착한 곳에서는 브라질 리우데자네이루(Rio de Janeiro) 항, 이탈리아의 나폴리(Napoli) 항과 함께 어깨를 나란히 하는 세계 3대 미항으로도 알려진 시드니 항이 그 명색에 걸맞는 찬란한 모습으로 우리를 맞이했다. 그리고 그 바다 위를 가로지르는 하버 브리지도 있었다. "어라? 동주야. 아까 우리 투어 버스가 저기 위로 지나갔잖아! 저기가 하버 브리지였어. 헐." 은애가 새로운 사실을 알았다는 듯이 눈을 크게 뜨며 나에게 말했다. "어…. 음…. 아까 버스에서 가이드가 다 설명해 줬어. 아마도 버스에서 너만 자서 몰랐을 거야." 내가 은애를 놀리자 은애의 얼굴이 발갛게 달아올랐다.

하버 사이드를 따라 조금 더 안쪽으로 들어가자 오페라 하우스가 웅장한 모습으로 그 자리에서 빛나고 있었다. 오페라 하우스는 호주를 대표하는 종합 극장으로 1957년에 건축 디자인을 위해 열린 국제 콩쿠르에서 덴마크(Denmark) 건축가 요른 웃손(Jorn Utzon, 1918~2008년)의 요트 돛대와 조개껍데기를 모티브로 한 작품이 당선되면서 지어졌다고 한다. 오페라 하우스는 거의 매일 공연이 잡혀 있으며 공연 횟수는 연간 3,000회를 웃돈다고 한다.

건축물이든 작품이든 세계적으로 유명한 것은 실제로 보면 달라도 확실히 달랐다. 오페라 하우스는 TV, 컴퓨터, 엽서 등 많은 곳에서 사진으로 본 적은 있지만, 실제로 봤을 때의 감동은 이루 말할 수 없을 정도였다. 건축물의 재질과 크기 그리고 외형에서 뿜어져 나오는 품격은 나의 심장을 두 배는 빨리 뛰게 했고 내 몸을 전율하게 했다.

"우리 내일이면 호주를 떠나는구나." 은애가 옆에서 한숨을 쉬며 얘기하는데 눈에 눈물이 맺혀 있는 것처럼 보였다.

"응. 그래도 우리 호주 생활 정말 최고였지. 그리고 마지막도 호주의 랜드마크에서!"

"응. 완전 좋아. 우리 내일 가기 전에도 한 번 더 들리자." 은애의 말에 나는 말 없이 고개를 끄덕였다.

"그리고…." 은애가 갑자기 말끝을 흐렸다. "왜?" 내가 되묻자 은애는 다시 입을 열었다.

"호주에 데리고 와줘서 고마워. 덕분에 너무 행복했어!"

호주에 데리고 와줘서 고맙다는 은애. 그 한마디에 나의 1년 6개월의 호주 생활은 더욱 환하게 빛을 발하는 것 같았다. "나도 고마워." 조금 쑥스러웠지만 대답을 해야만 할 것 같았다. 정말로 끝이구나. 그래도 아름다

운 배경 속에서 사랑하는 사람과 함께, 그리고 고맙다는 말을 들으며 끝내는 해피엔딩. 최고의 결말이었다.

다음 날, 우리는 오페라 하우스를 한 번 더 방문했다. 두 번째 보는 거지만 여전히 나를 전율하게 했다. 우리는 오페라 하우스에 마지막이라는 작별 인사를 하고 택시에 괴물 같은 캐리어를 싣고는 공항으로 향했다.

따뜻한 햇살은 살짝 열려 있는 유리창 사이로 들어와 나를 붙잡았고 바람은 내 귓가에 가지 말라고 속삭였다. 나는 슬며시 창문을 올리고는 조용히 눈을 감았다. 아무것도 안 보이는 것처럼, 아무것도 안 들리는 것처럼.

가자, 한국으로

끝과 시작, 그리고 다시 끝. 나는 호주에서의 마지막으로 달려가고 있었다.
하지만 아쉬움도, 미련도, 후회도 남아있지 않았다. 내가 호주에서 겪은 모든 일이
최고의 경험이고 추억인 것을 알고 있기 때문이었다.

세금 환급과 연금 환급

삐리리리리. 삐리리리리. 찰칵.

"여보세요. 전에 연락 드린 학생입니다. 저 같은 경우는 어떻게 되죠?"

"고객님 같은 경우, 법적으로는 200달러 정도 세금을 내야 합니다."

"아니…. 일할 때 세금을 그렇게 떼 갔는데 더 내야 한다고요?"

"아쉽게도 호주 세금 법상 계산으로는 그렇게 나오네요."

두, 세 군데 더 연락을 해봐도 조금의 가격 차이만 있을 뿐 절망적인 상황이란 것은 매한가지였다. 빌어먹을 호주 세금 법. 남들은 다 세금 환급을 받는데 도대체 왜 나만 더 내야 한다는 건지. 하지만 아무리 악을 쓰며 발버둥 쳐봐도 어쩔 수 없다는 대답만이 돌아왔다. 그렇게 모두 나에게 '텍스 리턴(세금 환급)'을 포기하기를 추천했다. 정확하게 한국으로 귀국하기 한 달하고 일주일 전의 일이었다.

호주 세금 법이 내가 호주에서 지내는 동안 개정된 것이 문제가 되었다. 2016년에는 수영 강습과 초기 레스토랑에서 주급을 현금으로 받아 내가 했던 일 중에서 정식으로 세금이 신고되었던 일은 스시 가게뿐이었다. 게

다가 개정 전 낮은 세율에 의해 납부해야 할 세금이 엄청 적었었다. 하지만 2017년도에 레스토랑에만 전념하면서 일하는 시간이 늘었고 슈퍼바이저가 되면서 시급도 오른 데다가 세금 법이 개정되면서 세율이 15%로 올라 많은 세금을 납부했다. 여기에서 문제가 생긴 것이다. 세금 환급 계산 공식에 의하면 2017년에 비해 2016년에 부과된 세금이 현저하게 낮다는 것이다. 그래서 2016년에 납부해야 했을 세금이 올랐다는 것이 주요 내용이었다. 그것이 200~400달러였다. 이건 뭐 사람을 놀리는 것도 아니고…. 차라리 벼룩을 간을 빼 먹지. 휴.

흐트러진 얼을 부여잡고 다시 세무사에게 연락해서 왜 돈을 더 내야 하는지에 대해 자세하게 알려 달라고 했지만, 호주 정부에서도 세금 법이 바뀌고 있는 과도기여서 정확한 지침이 내려오지 않았고 그저 계산 공식에 따른 금액이라는 말만 들려왔다. 더 화가 나는 건 바뀐 법에도 불구하고 세금 환급을 받는 사람들이 있는데 왜 나에게 이런 일이 생기는 건지. 좋은 일도 많은 반면에 좋지 못한 일도 자꾸 생기는 것은 정말 알다가도 모를 일이었다.

그렇게 며칠간 암울한 시기를 보내고 있을 때였다. 영인 누나가 나에게 희소식을 하나 전해주었다. 내가 브리즈번 시티에 위치한 레스토랑에 일할 당시 부매니저로 있었던 병수 형이 회계학과를 나와서 세금에 관해서도 웬만큼 잘 알고 있다며 상담을 받아보라는 권유였다. 오, 병수 형! 이제 믿을 건 호주 정부도, 신도 아니었다. 오로지 병수 형뿐! 나는 주저앉아 지푸라기라도 잡는 심정으로 병수 형에게 연락했다.

"형님. 우리 안 본 지도 꽤 됐네요. 그간 평안하셨는지요?"

"응~. 그래서 부탁이 뭔데?

"하하. 형님 보고 싶어서 연락했죠~. 뭐, 자그마한 소망이 있다면 텍스리턴에 관해서인데…."

"응. 준비해야 할 것 다 준비해서 브리즈번 시티로 넘어와."

나를 꿰뚫어 본 것인지, 아니면 내가 너무 티가 났는지. 병수 형은 도도하면서 부드럽게 나를 맞이해주었다.

세금 환급을 하기 전에 해야 할 것들을 미리 준비해 놓고 오라는 병수 형의 말을 듣고 텍스 환급에 대해 찾아보기 시작했다. 나는 이제 한국으로 가야 할 때가 되어 세금 환급을 신청했지만, 세금 환급은 정해진 기간이 있었고 기간 내에 하지 않으면 벌금이 있었다. 이번에는 기간 안이지만 작년에는 낸 세금이 얼마 안 되어 신청하지 않았었다. 그래서 벌금을 내기보다는 작년 세금 환급은 그냥 이대로 묻어 두기로 했다.

그다음으로 준비해야 할 것은 ATO(Australian Taxation Office), 호주 국세청 사이트의 'My Gov' 계정을 만들어야 하는 일이었다. My Gov 계정을 만들기 위해서는 여권 번호, 텍스 파일 넘버, 그동안 받은 페이슬립(주급 명세서), 호주 계좌번호, 호주 전화번호, 호주에서 살았던 주소가 필요했다. 집에서 직접 할 수 있지만, 호주 국세청 지점으로 가면 직원이 모든 것을 도와준다는 이야기를 듣고 나와 은애는 병수 형을 만나기로 한 날 조금 일찍 브리즈번으로 향했다. 다행히도 평일이어서 사람이 많지 않았고 인도계 남자 직원이 나와 은애를 전담해서 상세하게 하나하나 알려주었다. 순식간에 계정을 만들었고 직원은 이제 세금 환급을 위해 정보만 적어 넣으면 된다며 필요한 정보들을 물어왔다.

"괜찮아요. 지금 바빠서 이후부터는 저희가 따로 할게요."

"많이 바쁘신가요? 오래 걸리지 않는데 도와 드릴게요!"

"고마워요. 하지만 지금 바로 가봐야 해서요."

"알겠어요. 기간 안에 꼭 하셔야 합니다. 행운을 빌게요."

너무나 친절한 직원이었다. 하지만 이대로 그냥 신청해버리면 내가 세금을 토해내야 하기 때문에 더 이상 진행하지 않고 병수 형이 기다리는 곳으로 빠르게 발걸음을 옮겼다.

"What up! Bro~!" 병수 형은 오랜만에 만났음에도 어제 본 사람처럼 나를 반겨주었다. 전화상으로는 도도하게 말하지만 언제나 살가운 형이었다. 병수 형은 일부러 내가 오는 시간에 맞춰 브레이크 타임을 빼서 나와 상담을 해 주었다. "동주야. 계산상으로는 네가 돈을 더 내야 하는 게 맞아." "……." 믿었던 병수 형마저 똑같은 대답이라니. 어느 정도 예상은 했지만, 막상 차가운 현실을 또 한 번 마주하니 마음이 쓰렸다. "그런데," 병수 형은 말을 이어 나갔다. "편법이 있긴 한데 될지, 안될지는 운이야." 한국말은 끝까지 들어야 한다는 것을 절실하게 느끼는 순간이면서 동시에 실낱같은 희망이 다시 마음속에 부풀어 올랐다. 나는 침을 한번 삼키고는 다시 병수 형을 뚫어져라 쳐다봤다. "네가 브리즈번에서 6개월 이상 머물면 '워홀러'면서 '거주자'가 되거든? 세금 환급을 워홀 비자가 아닌 거주자로 신청을 하는 거지. 그럼 세금 법이 바뀌어."

우왓! 나는 흥분한 마음에 도저히 입으로 튀어나오는 소리를 붙잡아 놓을 수 없었다. "근데, 이것도 법이 바뀌면서 워홀러가 거주자가 되는 것을 막아 놓았거든. 하지만 시도해 볼 가치는 있어. 만약 잘못되더라도 다시 재신청하면 되니깐 위험부담이 없어."

그래. 어차피 더 이상 잃을 것도, 무서울 것도 없었다. 여기에 모든 것을 걸어보는 수밖에. "병수 형. 그럼 부탁드릴게요!" 나는 병수 형이 My Gov 사이트의 내 계정으로 들어가 이것저것 정보를 입력할 때 옆에서 묵묵히 지켜보았다. 몸은 가만히 있었지만, 심장은 터질 듯이 빨리 뛰고 있었다. 병수 형은 몇 가지 개인 정보를 물었고 나는 최대한 정확하게 대답했다. 그 결과 산정된 금액은 2,700달러가량으로, 내가 이때까지 낸 세금이었다. 은애는 이미 회사에서 워홀러로 등록해 놓은 상태여서 거주자로 신청이 되지 않았지만 그래도 받을 금액은 3,000달러 정도였다. 워홀 초반 회사 측의 실수로 주급에서 나가야 할 세금이 두 배로 산정되어 나가버렸고 이제야 다시 돌려받는 것이었지만, 그래도 부러운 건 어쩔 수 없는 일이었다.

병수 형은 결과가 보통 일주일 뒤에 나온다고 알려주었다. 은애는 3,000달러 확정이었지만 나는 얼마를 받을 수 있을지 미지수였다. 세금 환급이 될지도 모르는 판국이고 만약 되더라도 2,700달러에서 얼마를 받을지조차도 몰랐다. 세금 환급을 기다리는 동안 점점 눈은 퀭해지고 다크서클은 불면증 환자처럼 양 눈 밑에 진하게 드리워졌다. '신경을 안 써야지. 될 대로 되겠지. 안되면 어쩔 수 없지.'라고 아무리 스스로 최면을 걸어봐도 내 신경은 온통 세금 환급에 치중되어 있었다.

그렇게 인고의 일주일이 지났다. 일주일째부터는 통장 잔고를 매시간, 아니 30분 간격으로 확인을 했다. 7일째는 허탕이었다. 내 통장은 원래 남아있던 잔고 그대로였고 나는 깊은 한숨을 내쉬었다. 은애도 아직 들어오지 않았지만, 은애는 환급이 확정이고 나는 미지수인 것이 나를 더 초조하게 만들었다. 한, 두 푼도 아닌 250만 원 정도의 돈이 운에 달렸다니, 초조해하지 않을 사람이 있을까. 그날 밤 나는 새벽까지 잠이 오지 않아 맥주를 꺼내 들고 베란다로 나갔다. 저기 멀리서 들려오는 잔잔한 파도 소리를 안주 삼아 불안한 심정을 술로 달랬다.

다음 날, 창문 틈 사이로 따스한 아침 햇살이 들어와 오랜만에 만난 친구처럼 나의 볼을 두들기고는 방안을 가득 메웠다. 침대에서 일어나 몽롱한 정신으로 두 눈을 깜빡였다. 아! 불현듯 세금 환급에 대한 생각이 나의 몽롱한 정신에 날아와 꽂혔다. 나는 곧바로 통장 잔액을 확인해 보았다. 왠지 느낌이 나쁘지 않아. 비밀번호를 치는데 손이 떨려왔다.

결과는… 내 통장에는 수수료를 조금 제한 2,700달러가량이 입금되어 있었다. 거의 모든 세금을 환급받은 것이다. "우아아아아아아! 이럴 수가!" 나는 집이 떠나갈 듯이 소리를 질렀다. 그 소리에 잠자던 은애와 영인 누나는 시끄럽다며 한소리 했지만 지금의 나에겐 전혀 귀에 들어오지 않았다. 두 번, 세 번, 네 번. 놀란 마음에 계속해서 몇 번이나 거듭 확인해 보았지만, 2,700달러는 틀림없는 사실이었다.

띠리리리. 탁.

"어~. 동주야. 아침부터 무슨 일이야? 돈 들어왔어?"

"형! 저 거의 다 들어왔어요!"

"오오! 진짜 축하한다. 연락 없어서 안 됐구나 싶었는데."

병수 형에게 축하의 말을 주고받은 뒤 그제야 진정이 되면서 안도의 한숨을 쉴 수 있었다. 하늘이 무너져도 솟아날 구멍이 있다더니, 나에게 병수 형은 솟아날 구멍 그 이상이었다. 동시에 은애도 3,000달러가량 세금 환급을 받으면서 우리의 기쁨은 배가 되었다. 나와 비슷한 상황이던 레스토랑 동료 철우는 거주자 신청이 기각되어 세금 환급을 받지 못한 채 한국으로 떠나야 한다는 안타까운 소식을 들었다. 세금 환급에 성공한 나로서는 그저 안타까울 뿐이었다. 그 날 저녁, 은애와 나는 오랜만에 고급 레스토랑에서 스테이크를 먹으며 축배를 들었다.

호주를 떠나기 전 세금 환급을 알아보면서 연금 환급에 대해서도 같이 알아보기 시작했다. 이렇게 할 게 많다니…. 마냥 한국으로 휙 하고 돌아가면 되는 것이 아니었다. 모든 게 다 돈과 관련이 있다 보니 사람 욕심에 더더욱 철저하고 확실하게 알아보게 되었다.

나는 스시 가게에서, 은애는 도넛 공장에서 처음 연금을 넣어주었다. 보통 첫 연금은 다니는 직장에서 연금 회사에 내 정보로 가입해서 넣어준다. 연금은 주급 이외에 회사에서 따로 부과하는 금액이기 때문에 몇몇 고용주는 연금을 넣어주지 않았지만 우리는 운이 좋았다.

나는 스시 가게 매니저에게 연락해서 연금 번호를 확인했지만, 로그인이 되지 않았다. 계속해서 잘못된 정보라고만 뜰 뿐이었다. 세금 환급에

이어 이 또한 무슨 일인가! 왜 자꾸 나에게만 이런 일이 생기는 건지… 라고 생각했지만, 은애 또한 계속해서 잘못된 정보라고 떴다. 우리는 무엇이 잘못된 건지 한시라도 빨리 처리하기 위해 연금회사로 전화를 걸었다.

연금 회사에서는 서버에 아무런 문제가 없고 다시 계정 확인을 위해서는 신분증을 가지고 회사로 방문해 달라고 말했다. 우리는 한국으로 갈 날이 얼마 남지 않아 시간이 촉박했다. 더구나 우리는 브리즈번이 아닌 골드코스트에 살고 있어서 다시 또 브리즈번을 가야 하는 수고를 해야만 했다. 왜 미리 확인해놓지 않았을까. 후회해 봤자 소용없는 일이었다. 그래서 우리는 귀찮음을 무릅쓰고 브리즈번 시티 외곽에 위치한 연금회사로 향했다.

유리문 너머로 보이는 카운터에는 두 명의 외국인이 서 있었다. 호주에서 생활한 지도 어언 1년 6개월. 이제는 겁먹지 않고 서슴 없이 문을 박차고 들어갈 수 있었다. "제 연금 번호랑 제 정보가 일치하지 않는다는데 어떻게 된 거죠?" 서슴없이 문을 박차고 들어간 것 치고는 매우 어눌한 말로 직원에게 물었다. 우리는 직원에게 10분 동안 모든 설명을 들을 수 있었다. 모든 의문이 풀렸고 모든 문제가 해결되었다. 어처구니없게도 내가 다녔던 스시 가게에서는 1991년생인 나를 1990년생으로 잘못 기입해서 등록했고, 은애가 다닌 도넛 가게는 은애의 '성(姓)' 철자를 잘못 등록해 놓은 것이었다. 연금 회사 직원은 우리 개인정보를 똑바로 고쳐주었고 안내 메일을 보내주는 등 매우 친절하게 하나하나 알려주었다.

모든 수정이 완료되었고 그제야 우리는 연금을 확인할 수 있었다. 은애는 연금 계좌에 120달러가 들어 있는 것을 보더니 실망한 기색이 역력했다. 하지만 신기하게도 내 연금 계좌에는 900달러가 넘게 들어있었다. 깜짝 놀랄 정도로 큰 금액이었다. 연금 회사 사이트에서 누적 통계를 집계해 보니 스시 가게에서 일할 때 쌓인 금액은 536달러였지만 그 이후에도 계속해서 연금이 조금씩 쌓이고 있었다. 불과 며칠 전에도 소량의 연금이 입금되었다고 표시되어 있었다. 도대체 어디서, 왜 나에게 연금을 입금하고 있는 것일까. 돈이 쌓여 있어 처음엔 기분은 좋았지만 곧이어 알 수 없는 불안감이 나를 휘감았다.

"은애야. 도대체 왜 연금이 계속 쌓인 걸까? 스시 가게에서 퇴사 후에도 넣어준 것일까?" 알 수 없는 불안감에 은애에게 질문을 던졌지만, 은애도 명확한 답을 알 리 없었다. 나도 모르게 들어와 있는 돈에 대해 막연한 불안감과 조금의 기대를 가진 채로 연금 환급에 대해 알아보기 시작했다.

연금 환급에도 조건이 있었는데 그 조건은 다음과 같았다. 연금 계좌번호와 나의 개인정보는 당연히 필요하고 그 외에는 첫째, 호주에서 출국 처리가 되어 있어야 하고 둘째, 비자가 만료되거나 취소되어야 한다는 것이다. 그 말인즉슨 내가 한국으로 돌아가야지만, 신청이 가능하다는 것이었다. 게다가 나의 비자 만기는 2018년 3월 까지기 때문에 한국으로 돌아가서 비자 취소 신청을 하고 나서야 연금 환급을 받을 수 있었다. 일단은 지금은 그저 놔둘 수밖에 없는 상황이었다.

너무나 안타까운 사실은 2017년 7월 1일을 기준으로 이전에는 쌓인 연금의 60% 정도를 환급받을 수 있었지만 7월 1일 이후부터는 쌓인 연금의 33%밖에 받지 못하도록 환급률이 대폭 감소한다는 것이었다. 나의 한국행 항공편은 8월 14일, 한 달 차이로 받을 수 있는 돈의 반이 날아가 버리다니…. 뜬금없이 바뀐 호주 세금 법 때문에 입는 피해가 이만저만이 아니었다.

그나마 위로가 되는 것은 세금 환급을 편법으로 거의 다 받았다는 것과 계속해서 쌓이고 있는 왜인지 모를 연금이었다. 은애는 부러워했지만 나는 내심 불안했다. 연금은 계속해서 쌓이는데 갑자기 잘못되었다고 반환되어 버리면? 연금 신청을 했는데 문제가 있다고 연락이 온다면? 가질 때의 기쁨보다 잃을 때의 슬픔이 더 크다는 것을 잘 알기에 나는 마냥 기뻐할 수만은 없었다.

그렇지만 지금 내가 할 수 있는 것은 아무것도 없었다. 그저 한국으로 돌아갈 때까지 조용히 기다릴 수밖에. 연금이 더 쌓일지, 아니면 깎일지…. 그저 나에게 조금의 운이 더 따라 주길 간절히 소망할 뿐이었다.

안녕, 워킹홀리데이!

쿵쾅쿵쾅. 아침부터 분주하게 움직이기 시작했다. 내 방은 이미 텅텅 비어 있었고 나의 괴물 같은 땡땡이무늬 이민 가방과 그 옆에 새로 산 검정색 대형 캐리어가 나란히 놓여있었다. 상민이도 분주하게 짐을 꾸려서 차로 열심히 옮기고 있었다. 오늘은 골드코스트 집 계약 만료일이었고 우리는 남은 짐들을 분주하게 싸며 집을 청소하는 중이었다.

웬만한 짐들은 모두 택배로 한국으로 보낸 뒤였다. 한국에서 호주로 택배를 받을 때보다 호주에서 한국으로 보낼 때 가격이 훨씬 저렴했지만, 어마어마한 양의 짐들로 인해 만만치 않은 금액이긴 마찬가지였다. 우리는 직접 우체국을 이용하지 않고 유학원이나 마트에서 국제 택배 업무 처리를 도와주는 곳에 소정의 수수료를 내고 맡겨버려 수고를 덜었다.

청소를 끝내고 텅 비어 버린 집을 보니 '아. 정말 갈 때가 오긴 왔구나.'라는 생각이 들면서 마음이 허전해지는 것을 느꼈다. 숨을 크게 한번 들이쉬면서 3개월 동안의 골드코스트에서 생활을 가슴 깊이 새기고 아파트 매니저에게로 향했다. 청소까지 깔끔하게 해 놓은 것을 본 매니저는 "그뤠잇!"이라며 우리에게 엄지를 치켜들어 보였다. '유종의 미' '유종의 미' '유종의 미' 나의 강박증이 또다시 튀어나와 버렸다.

이제 남은 것은 우리가 3달 동안 사용한 세금을 계산하는 것이었다. 이 아파트는 모든 것이 전기로만 돌아가는 시스템이어서 전기료만 계산하면 끝이었다. "전기료는 얼마 안 나올 거야. 브리즈번에서 살던 집은 석 달에 120달러 정도였거든. 여기는 가스 말고 전기로만 돌아가니깐 조금 더 나올 거 같긴 한데. 뭐, 걱정하지마." 나는 상민이와 영인 누나 그리고 은애에게 호언장담했지만 나의 예측은 완벽하게 빗나가버렸다. 무려 640달러나 나온 것이었다. "동주 형…. 걱정하지 말라더니." 상민이가 첫 말을 꺼냈다. "어휴, 윤동주. 그렇게 큰 소리로 얘기하더니." 은애가 말을 받더니 "동주야. 차라리 걱정하라고 하지. 그래야 맘이 덜 아팠을 텐데." 영인 누나가 끝맺었다. 너무나 차이가 큰 금액에 민망해져 얼굴이 새빨갛게 달아오르는 것을 느꼈다.

우리 넷은 한국에서 다시 만날 것을 기약하고는 서퍼스 파라다이스 바닷가 앞에서 작별 인사를 나누었다. 우리는 웃으면서 인사를 나눴지만, 말투 하나, 표정 하나에 엄청난 아쉬움이 묻어 나오는 것을 느낄 수 있었다. 3개월을 같이 지내면서 정이 쌓일 대로 쌓인 우리는 그 누구 하나 선뜻 가지 못하고 이런저런 이야기들로 30분은 더 떠들고 나서야 정말 마지막 인사를 나누고 자리에서 일어났다.

상민이는 새로운 집으로, 영인 누나는 일터로 그리고 은애와 나는 브리즈번으로 향했다. 아직 케언즈와 시드니 여행이 남아 있던 우리는 브리즈번 공항에서 케언즈 공항으로 향하는 비행기 표를 예매해 두었다. 브리즈번에서 출발하는 비행기가 가격이 싼 것도 있지만, 마지막으로 호주에서 처음 발을 내디뎠던 곳이 브리즈번인 만큼 브리즈번에 마지막 발자취를 남기고 떠나고 싶었다. 은애와 나는 골드코스트라는 무대에서 금빛 스포트라이트를 받으며 지내온 시간을 기억하며 약간의 아쉬움을 파도에 실어 보내고는 브리즈번으로 발길을 돌렸다.

괴물 같은 땡땡이무늬 이민 가방을 버리고 세련된 커다란 캐리어로 갈아탄 나는 처음 캐리어를 끄는 순간 하늘을 날아갈 것 같은 기분이었다. 끙끙거리지 않아도 부드럽게 움직이는 바퀴며 적절한 손잡이 위치 그리고 옆으로 쓰러지지 않는 튼튼함에 1년 6개월을 함께 했던 이민 가방은 새까맣게 잊어버린 지 오래였다.

전보다 훨씬 수월하게 이동한 끝에 브리즈번에 도착한 은애와 나는 브리즈번의 지인들과 작별인사를 나누고 시티 곳곳을 돌아다니며 마지막으로 아름다운 도시의 모습을 눈에 새겨 넣었다. 브리즈번 시티 홀, 사우스뱅크 대관람차, 도서관, 카지노, 마이어 센터, 우리가 살던 아파트, 일했던 가게들. 모든 것들을 꼼꼼히 하나하나 머릿속에 새겨 넣었다. 너무나 아름다운 브리즈번의 야경까지 후회 없이 모든 것을 눈에 담고는 은애가 함께 일했던 직장 동료의 집에서 브리즈번의 마지막 밤을 보내고 우리는 새벽에 브리즈번 공항으로 향했다.

안녕, 호주 그리고 브리즈번. 나중에 언젠간 다시 또 찾아올게. 나는 기약 없는 약속을 속으로 몇 번이고 되뇌고 케언즈로 향하는 비행기에 몸을 실었다.

케언즈에서 3박 4일, 시드니에서 2박 3일. 총 5박 6일의 후회 없는 여행을 즐기고 나서 한국으로 날아가는 비행기를 타기 위해 시드니 국제공항으로 향했다. 우리는 공항에서 가장 먼저 해야 할 일이 있었다. 바로 TRS! TRS는 Tourist Refund Scheme의 약자로 호주에서 쇼핑하면 물품의 가격에는 세금이 붙는데 여행자 신분이면 세금을 낼 필요가 없기 때문에 공항에서 물품에 붙은 세금을 환급받는 제도였다.

세금을 환급받는 제도이다 보니 여기에도 까다로운 조건이 있었다. 첫째, 한 상점에서 300달러 이상 구입해야 하는데 세금 영수증이 여러 장이어도 합쳐서 300달러 이상이면 가능하다. 둘째, 호주 출국 전 60일 이내에 구입한 물건이어야 한다. 셋째, 구입한 물건은 기내 반입 가능한 물품이어야 한다. 넷째, 신청은 반드시 호주 내에서 이루어져야 한다 등 몇 가지 특수 조건들이 더 있었다. 10% 가까이 되는 호주 세금을 돌려받으니 결과적으로는 더 저렴하게 사게 되는 것이었다. 은애와 나는 한국보다 가격이 싼 물건들에 한해서 물건을 구입했고 공항을 가자마자 TRS 센터로 곧장 향했다.

체크인을 하고 게이트로 들어가 출국 심사를 한 후 면세구역으로 넘어가니 TRS 부스가 보였다. 부스에는 많은 사람이 꼬리를 물고 순번을 기다리고 있었다. 다행히 우리는 TRS를 위해 일찍 체크인을 해서 비행기 이륙 시간까지 여유 시간은 많았기 때문에 마음 편하게 줄 가장 끝에 서 있을 수 있었다. 몇몇 사람은 비행기 시간까지 얼마 남지 않았는지 발을 동동 구르며 계속해서 시간을 확인하고 있었다. "훗. 뭐든지 준비성이 철저해야지. 안 그래?" 은애에게 으스대며 말했지만, 줄은 생각보다 빨리 줄어들지 않았고 우리도 점점 초조해져만 갔다. 분명 바로 앞인데 앞의 사람들은 도대체 얼마나 많이 산 건지 주머니에서 끊임없이 영수증이 쏟아져 나왔다. 오 마이 갓. 어떤 중국인은 무려 20분이나 시간을 끌었다.

드디어 우리 차례. 탑승 게이트 클로즈까지 남은 시간은 20분 남짓이었다. 나는 카메라를, 은애는 지갑을 손에 들고서 빠르게 영수증과 필요한 정보들을 꺼내 직원에게 들이밀었다. "빨리 좀 해주세요! 우리 늦었어요." 우리의 긴박한 표정을 읽었는지 직원은 우리의 여권, 비행기 표, 영수증과 제품을 한 번 훑어보더니 바로 승인을 해주었고 돌려받을 계좌나 주소를 빨리 알려 달라며 재촉하기까지 했다. 환불 방법은 신용카드, 호주 은행 계좌, 수표가 있었는데 수표는 우편으로 날아오는 것이고 신용카드는 까다로운 점이 많다는 정보를 듣고는 호주 카드로 환불받기로 하고 카드 계좌번호를 남겼다. 환급은 일주일 안에 이루어진다는 말을 전해 듣고는 우리는 탑승 게이트로 열심히 달렸다. 아슬아슬하게 세이프였다. 비행기가 조금 지연되어 게이트가 10분 늦게 열렸고 우리는 늦지 않게 비행기에 올라탈 수 있었다.

쿠쿠쿠쿠쿠쿠. 둔탁한 비행기 엔진음이 들렸고 이내 이륙 준비에 들어섰다. 창문 밖에서 실오라기같이 얇은 빗방울들이 떨어지고 있었다. 그 얇은 빗방울 때문인지 내 마음도 촉촉하게 젖어 가고 있었다. 이제 몇 시간 뒤면 호주에서 떠난다니…. 생각만 해도 소름이 돋았다. 그때 은애가 말을 꺼냈다. “동주야. 어떡해? 우리 진짜 떠나는 거야? 진짜 한국으로 돌아가는 거야?” 은애의 눈은 촉촉하게 젖어 있었다. 은애의 그 말을 듣자 내 머릿속에서 1년 6개월 간의 호주 생활이 주마등처럼 지나쳤다. 슬프지는 않았지만, 눈가가 점점 촉촉해지는 것을 느꼈다. 필시 은애도 나와 똑같은 감정을 느끼고 있을 것이다. 나는 속으로 생각하고 은애에게 씩 웃어 보였다.

쿠알라룸푸르(Kuala Lumpur)를 경유해서 홍콩으로 향하는 비행기. 은애와 나는 비행기가 이륙하기 전에 호주 이민성으로 비자 취소 신청 메일을 보냈다. 나도 모르게 쌓이는 연금을 빨리 환급받기 위해서였다. 계속 놔둬서 더 쌓일 수도 있지만 큰 욕심은 큰 화를 부른다는 것을 알기에 한 신청이었다. 그리고 한시라도 빨리 연금에 대한 스트레스를 떨쳐버리고 싶었다.

얼마 뒤, 홍콩행 비행기는 이륙했다. 나는 시드니의 야경이 한눈에 보일 정도로 올라올 때까지 창밖을 내려다보고 있었다. 슬프지는 않았다. 마음 한편으로는 개운하기까지 했다. 1년 6개월 동안에 후회 없이 지냈기 때문이리라. 강한 확신이 들 정도이니 확실히 그럴 것이다.

워킹홀리데이를 오기 전에는 답답하고 반복되는 일상 속에서의 무료함을 달랠 길이 없었다. 필시 내가 결정을 확실하게 내리지 못하는, 요즘 흔히들 말하는 ‘선택 장애’의 표본이었기 때문이었을 것이다. 이런 성격 탓에

이것저것 다 찔러 보기만 했을 뿐 확실하게 한 가지에 몰두하지 못하고 핑계를 대며 도망치기 바빴었다. 그러니 당연히 어떠한 것에도 크게 재미를 느끼지 못했다.

하지만 호주에서는 새로운 친구를 사귀고, 일자리를 구하고, 여행 계획을 짜서 여행을 다니는 이 모든 순간이 나의 선택과 결정이어야 했다. 1년 6개월간의 경험과 그 과정들로 나 자신도 모르게 자존감은 부쩍 상승하고 있었고 새로운 나의 인생관이 확립되었다. 내 인생에서 내가 어떤 선택을 하든 틀리지는 않을 거라고. 조금 다를지언정 그건 그 나름대로의 의미를 가질 거라고. 그러니 용기를 가지자고. 나는 호주에서 느낀 이 감동을 앞으로도 기억하며 살아갈 것이다.

다시 창밖을 바라봤을 때 창밖의 어둠 속에서 반짝이는 별들이 내 가슴속으로 그 어느 때보다 진하고 선명하게 다가왔다.

한국에 오기 전 호주 이민성으로 비자 취소 신청 메일을 보냈었는데 5주가 지나서야 승인 메일이 날아왔다. 드디어 연금 신청을 할 수 있는 조건들이 모두 갖춰졌다. 퇴직금을 받는 기분이 이런 것일까. 하지만 쌓인 돈의 33%밖에 환급되지 않는다는 것이 내심 안타까운 건 어쩔 수 없었다.

연금 회사 사이트에 수시로 들어가 쌓인 연금을 확인하고 또 확인했다. 왜냐하면, 멈추지 않고 계속해서 연금이 올라가고 있었기 때문이었다. 점점 늘어만 가는 내 연금 계좌의 금액은 나의 불안감을 점점 증폭시켰다. 그리고 끝없이 쌓일 것만 같던 연금이 1,897달러가 되었을 때 나는 비로소 환급을 신청할 수 있었고 나의 연금 계정은 환급과 함께 사라졌다. 그리고 한 달 뒤 내가 환급받은 금액은 640달러였다. 처음 600달러도 채 되지 않았던 연금이 어디에서 무엇 때문에 계속 쌓여만 갔는지 알 수는 없었다. 1년 6개월 동안 고생했다고 호주가 나에게 준 선물일지도 모른다. 하하. 의미부여를 하면 끝도 없지. 그저 이렇게 생각하는 것이 마음이 편했다.

이별 선물로 640달러를 안겨준 호주. 워홀 막바지에 바뀐 세금 법이 나

를 힘들게 했지만, 세금 환급과 연금 환급이 이 정도면 불리한 세금 법에 나름 선방한 거라고 생각한다. 마지막의 마지막까지 나에게 크나큰 행운을 남겨준 호주 워킹홀리데이였다.

나는 호주에서의 경험들을 그냥 머릿속의 추억으로만 남기기는 싫었다. 나에게는 엄청난 도전이었으니까. 그래서 은애가 호주로 넘어올 때부터 준비했던 것이 있었다. 바로 여행 영상제작이었다. 나는 1년 동안 우리의 여행을 영상으로 기록했고 한국으로 돌아와서 그 영상을 편집해 4분짜리 여행 동영상을 만들었다. 처음엔 친구들에게만 공유했지만, 친구들은 SNS에 올려볼 것을 권했고 나도 나의 경험들을 다른 사람들에게 간접적으로나마 느껴보게 해 주고 싶었기 때문에 페이스북과 유튜브(YouTube)에 동영상을 공유했다. 결과는… 엄청났다! 페이스북에서 80만 회가 넘는 조회 수, 엄청난 댓글, 쉬지 않는 휴대폰 알람. 나는 끓어 오르는 희열을 또 다시 느낄 수 있었다.

모든 것을 내려놓고 떠난 워킹홀리데이. 하지만 1년 6개월의 시간 동안 나는 내가 내려놓은 것들보다 더 값진 것을 얻어 올 수 있었다. 잊지 못할 경험을 겪고 한국으로 돌아온 지금, 나는 또 다른 도전을 통한 새로운 경험을 원하고 그 경험으로 끊임없이 나의 발전과 행복을 추구하고 싶다. 앞으로도 나는 주저하지 않고 도전할 것이다. 내가 원하고 내가 할 수 있다면 그것이 무엇이든지 해 볼 생각이다.